NF文庫
ノンフィクション

ゼロファイター 世界を翔《か》ける！

元零戦パイロット菅原靖弘 50 年の航跡

茶木寿夫

潮書房光人新社

まえがき

これはパイロットの腕1本で、人生を切り開き、世界を渡り歩いた男の壮大な実話ドラマである。

私は「〝事実は小説よりも奇なり〟とは言うのはまさにこのことか！」と思った。

「火だるまのゼロ戦を操り敵中強行着陸。麻酔無しでの皮膚移植手術。死線上の彷徨から奇跡の生還。ハワイでの特異な捕虜生活経験。

YS－11を南米やアフリカなどの世界中へフェリー（クルーのみでの回送フライト）し、日本人最高位の2万7000時間の飛行時間と国宝級の腕を持つといわれたパイロットの、夢と信念に生き、世界に羽ばたいた波瀾万丈の人生」。

普通の人ならおよそ遭遇しないであろう菅原靖弘氏の特異な経験は、私に大いに関心を抱かせた。

この人の特異な経験を物語にして、歴史的史実という面もさることながら、「ひとりのパイロットが、生死を賭け、自分の信念で生き、腕と度胸であらゆる困難を乗り越えていく男の心意気」を伝えたいと思った。

この本により皆さんの視野が広がり、そして最悪の逆境の中からでも立ち上がる勇気と生きるエネルギーに結びついたら、とても嬉しく思います。

著　者

ゼロファイター　世界を翔《か》ける！——目次

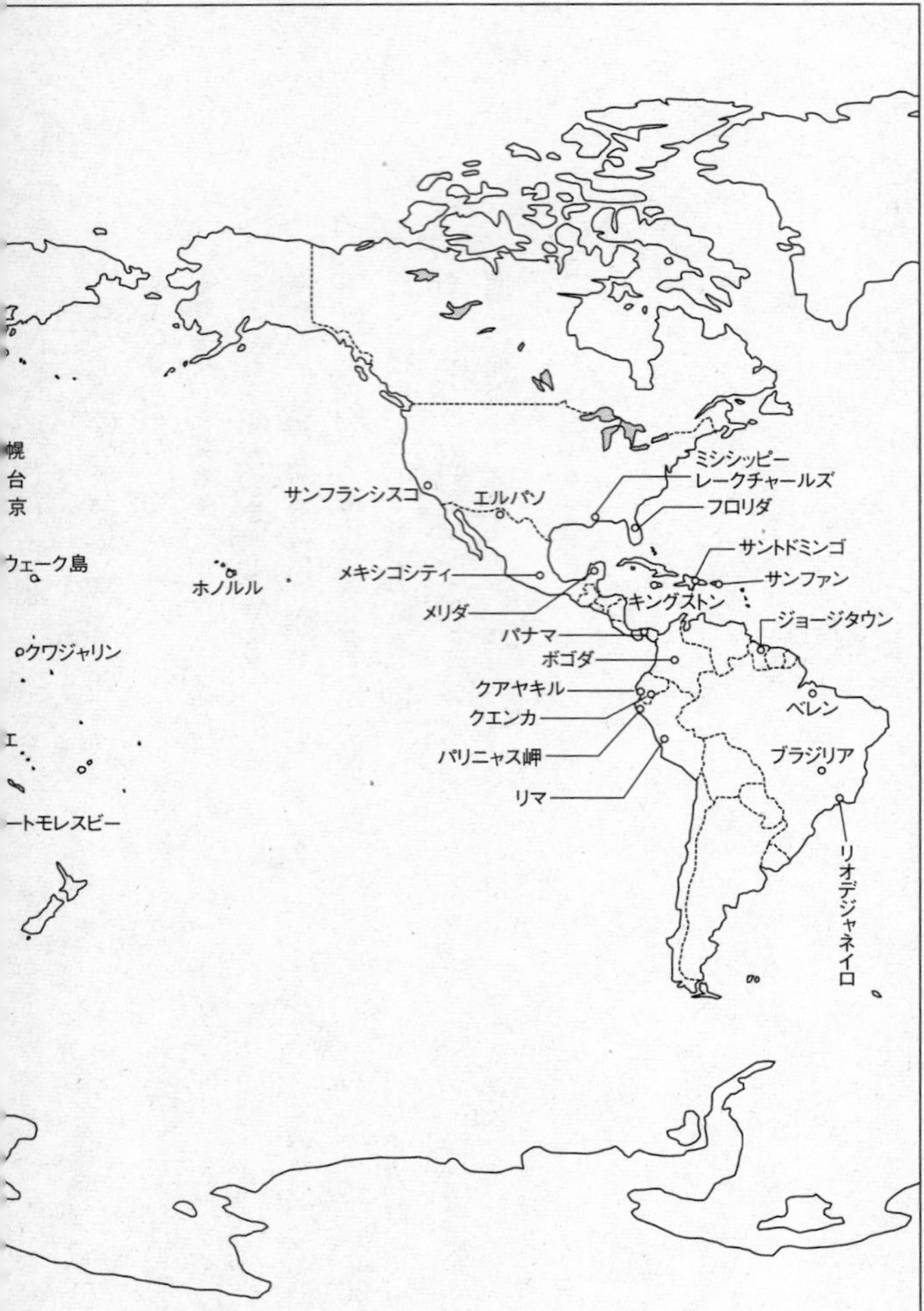

幌
台
京
ウェーク島
ホノルル
クワジャリン
ートモレスビー
サンフランシスコ
エルパソ
ミシシッピー
レークチャールズ
フロリダ
サントドミンゴ
サンファン
メキシコシティ
メリダ
キングストン
パナマ
ジョージタウン
ボゴダ
クアヤキル
ベレン
クエンカ
パリニャス岬
ブラジリア
リマ
リオデジャネイロ

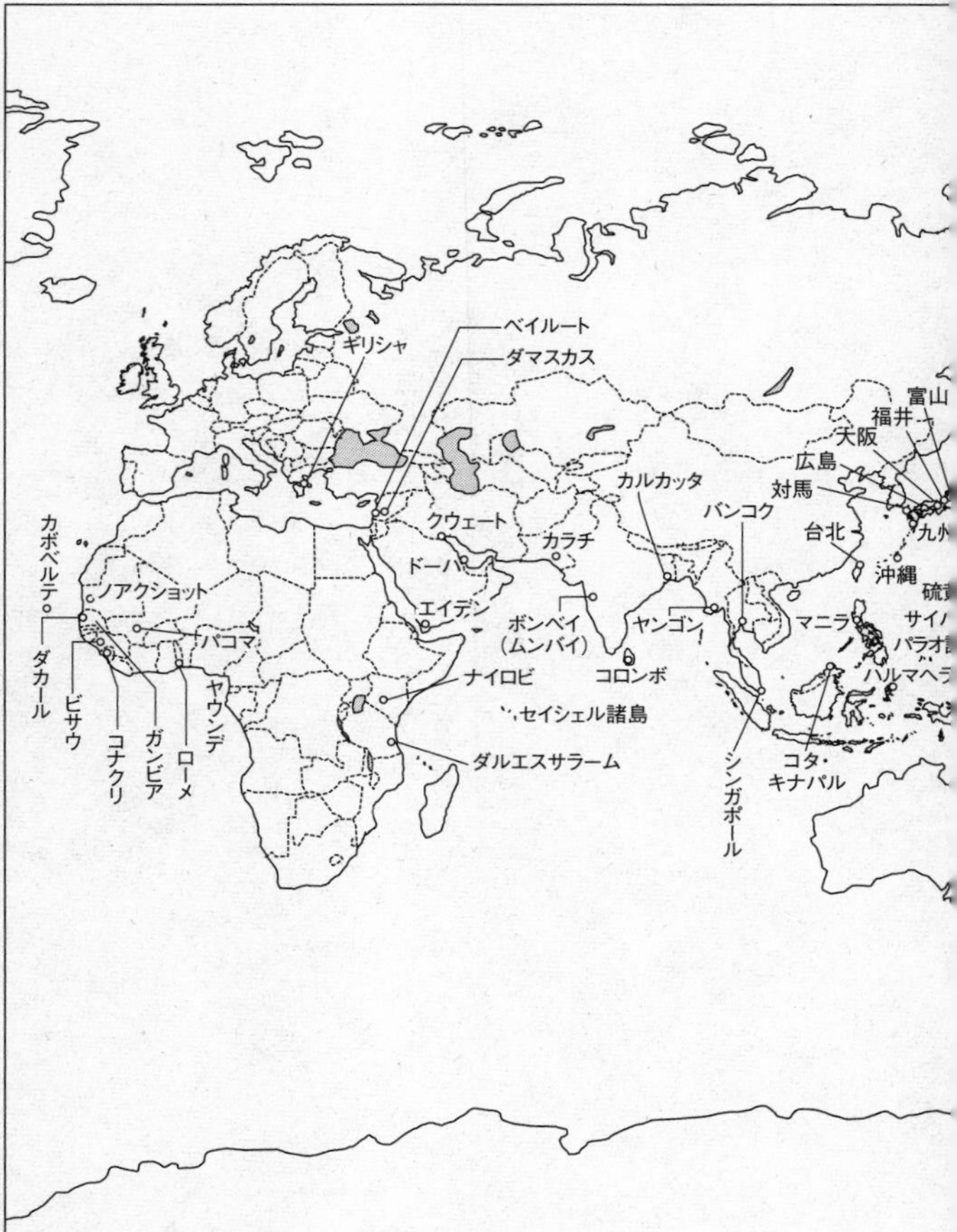

菅原靖弘が飛行した主な地名

(クワジャリンのみ海路)

＊菅原氏の旧姓は粒針《つぶばり》ですが、戦後自らの意志で改名されました。物語の中では菅原姓に統一してあります。
＊人名は一部変えてあります。

ゼロファイター 世界を翔《か》ける！

――元零戦パイロット菅原靖弘50年の航跡

第1章 危機への滑落 火だるまのゼロ戦

海軍のサーカス部隊

グアムから南西へ1000キロ、ミクロネシア連邦のカロリン諸島西端に浮かぶ南洋の島、ヤップ島には今日も南国の風がそよいでいるだろう。だが第二次世界大戦中のそこは〝異常が日常〟になった島であった。

1944年6月、昭和19年、菅原靖弘《すがわらやすひろ》はヤップ島の風に吹かれていた。所属は二六一航空隊。通称、海軍のサーカス部隊の異名をとる虎部隊。北海道三笠町生まれの菅原は、弱冠20歳にして「海軍戦闘訓練生始まって以来といわれる腕を持った男」と評判をとっていた。

予科練を卒業し、百里原航空隊の赤トンボといわれる練習機では成績2番で卒業した。その後の九州の大村航空隊では戦闘機乗りとして首席の成績、続く鹿児島の鴨池基地の猛訓練では、教官相手に互角に戦うか、時には勝っていた。

誰も教えてくれない海軍独特の空戦テクニックのひねりこみ戦法も自分でマスターした。

「お前の単機空戦は世界一流。もう世界中の戦闘機で、お前と単機空戦で勝てる者はいない。ワシが保障する」

こんな御墨付きを、日支事変からの生き残り名パイロット東山中尉からもらっていた。

虎部隊が海軍のサーカス部隊と呼ばれるには訳があった。部隊の全員が、編隊宙返りができる腕の持ち主であり、かつ菅原を含めた3～4名が戦闘機で1番難しいとされる編隊ロールができたからである。

宙返りはループといわれるもので、飛行機の進行方向に対し逆V字型に編隊を組んで、そのまま機首を上にあげ、遊園地にあるようなジェットコースターみたいに下から上にあがり、再び元の高さにおりてくる上下の円運動を行なうものだ。

これに対しロールは編隊の先頭にいる1番機が、機体の軸線を中心にその場で小さな円を描き〝くるり〟とひねりこむ形で1回転する。それにあわせて左右後方にいる2番機3番機は、1番機と握手できそうな位置を維持しながら、3機が一体となった形で1回転するものだ。

扇風機に例えれば、中心が1番機、扇風機の羽の部分が2番機3番機であり、その形で1回転するのが編隊ロールである。これが難しい。〝腕と頭〟が必要だ。

だからこの編隊ロールができるのは、海軍パイロットのなかでも他の部隊には皆無に等しかった。

これらの編隊宙返りや、編隊ロールは、一般的には技術の誇示か、遊びのように見られがちだが、実はそうではない。編隊で宙返りをやるには2番機、3番機は1番機を見ることはもちろんだが、全体を見る能力が要求される。絶えず自分の機が水平線に対しどのような態勢になっているかを把握し、他機の状況も把握しなければならない。それは戦闘になったとき当然必要なこととなる。

ゼロ戦パイロット菅原靖弘

虎部隊だけがそのようなことができたのは、偏《ひとえ》にリーダーがよかったからだ。木村兵曹長がアクロバット飛行を好み、真珠湾攻撃の生き残りの林兵曹が上手かったから、実際に行なってみせてもらい、その訓練を受けた。もっともこれは天性の感覚の上に立って訓練した人だけができるのであって、訓練すれば誰でもできるものではない。
ともかく、そのような卓越した技倆のパイロットが集まったのが虎部隊だった。そして菅原は今、虎部隊の一員としてヤップ島にきているのだった。

毎日のように出撃する仲間はほとんど帰ってこない。昨日も轟々《ごうごう》とエンジンの音を轟かせて、ゼロ戦と彗星艦上爆撃機合計60機以上が出撃したが、帰投予定の今朝に帰ってきたのは3機にすぎなかった。昨日見た顔が今日はもういない。永遠に会えない。

だが異常が毎日となった日常。それは人の心を麻痺させ、飛行機搭乗員にも特別な感情を抱かせなくなっていた。菅原は親友が死んでも、眉《まゆ》一つ動かさない人間になっていた。

そうなったのには、きっかけとなった一つの事故があった。九州の大村航空隊で、教官の乗った九六式艦上戦闘機がダブルロール（急横転）飛行から水平キリモミに入ってしまい、大村湾に墜落しそうになった。通常のキリモミは腕があれば回復できるが、水平キリモミと背面キリモミは危険なキリモミだ。一旦通常のキリモミに戻さなくてはならない。「あっ、危ない」、そう思った菅原は海岸線に向かって心臓が破裂する位に全力で走った。だが、その教官は水平キリモミから回復できず、海に墜落した。人の死を目の当たりに見た菅原は、人の命のはかなさを感じ、可愛そうなことになったと同情した。が、その気持ちは上官からあびせられた一言で吹っ飛んだ。

「貴様ら、何をめそめそしているか！　1人死んだくらいでどうするか！　戦場に行けば毎日のことだぞ！」

〈確かにそうだな〉

そう菅原は思った。そして人の死に特別な感情を抱かなくなった。

だから出撃命令が出ても、眦《まなじり》を決してという雰囲気でもなく、武者震いして戦闘機に乗り込むという感じでもない。仕事の現場へ出かける時間になったから、みんなして「では行ってくるか」、という感じである。

高級士官は軍服を着たサラリーマン

「搭乗員全員集合!」

集まった若者に向かって第二六三海軍航空隊司令・玉井浅一中佐は、声を張り上げた。

「諸君は今日、サイパン沖の攻撃に向かう!」

玉井中佐は続けて、サイパンにいるマリアナ守備軍最高司令官、齋藤義次中将からの電文を読み上げた。「敵アメリカの上陸軍は、我々陸軍が引き受けた。敵を一歩だに上陸させない。海軍は敵艦隊の撃滅に専念せられたい」

これを聞いた菅原は内心〈へぇ〜、戦国時代の延長のような装備しかもたない陸軍守備隊に、そんなことが出来るのかな?〉と思った。

情報や通信が極端に制約を受けている中でも、飛行機乗りたちだけは、仲間うちで独自の情報をもっていた。生き残って帰ってきたパイロットから、情報を聞き出すのである。それは、上官から発せられる情報よりも、はるかに有益であった。

ガダルカナルへ陸軍最強と言われた仙台の第六師団、一木支隊が派遣された。軍は、「陸軍最強部隊が行くからには、もう大丈夫」といっていたが、実際にはガダルカナルの戦いでコテンパンにやられて全滅したのは日本の方だった。それを菅原は知っていた。

本当のところを隠して言うのが上官、本当のところを教えてくれるのが仲間のパイロットであった。

嘘を平気で言う上官たちは海軍兵学校や陸軍士官学校出のエリートで、学歴だけで士官になっている。

例外的な人もいるが、ほとんどの士官は自分たちの組織を守ることに汲々とし、そのために兵士や下士官を消耗品としか思わず、現場の戦法も戦術も知らない。士官には個人的に何の恨みもない。だがそんな体制に、反骨精神旺盛な菅原は反感を持っていた。高級士官はしばらくすると日本へ転勤して戻れる。しかし、菅原のような下士官は死ぬまで帰れない。白木の箱に入って帰ればいい方で、ほとんどは海の藻屑となってしまう。

〈なんだ、彼らは軍服を着た高級官僚、単なるサラリーマンじゃないか〉

菅原は、そんな気持ちだった。軍人としての自覚が最も欠如しているのが、彼ら高級軍人との思いを強くした。だが異常が日常の今はどうすることもできない。歯車のひとつとして、時代の流れに身を任せるしか方法はなかった。

敵の実情を知らない軍幹部は、時代おくれの艦隊決戦だけを考え、戦闘機は一騎打ちで上手いものが勝つという、宮本武蔵と佐々木小次郎の決闘を想像させる時代錯誤的な考えに洗脳されていた。当然そこには敵の罠が待ち受けていた。その罠を知る由もなく、菅原は勇躍ゼロ戦五二型に飛び乗った。菅原の時代には、自分専用の〝愛機〟というものはなかった。傷んだゼロ戦はすぐ修理に入り、整備が済んだ機からどんどん使っていくからであった。

通称ゼロ戦の正式名称は、〝三菱零式《れいしき》艦上戦闘機〟である。その名前の由来は、紀元前660年の神武天皇即位の年を元年とし、この機が正式量産された西暦1940年は皇紀2600年に当たることに起因する。その末尾の0にちなみ零式《れいしき》と名付けられた。当時はレイセンと呼んだが、今では人はそれをゼロ戦と呼ぶ。

菅原が所属していた部隊のゼロ戦（戦後撮影）

ゼロ戦は航空母艦からも陸上基地からも使用できる戦闘機である。ゼロ戦は当時、日本国民はもとより海軍の中でも知らない人がいるくらい、その存在を知られていなかった。むしろアメリカの方では有名で、米軍はもとより、広く国民にも知れ渡っていた。日本で有名になったのは戦後のことである。

ゼロ戦は、三菱の機体に中島飛行機の〝栄〟型エンジンを載せた日本海軍の誇る傑作機である。中島飛行機という会社は、現在スバルという車を造っている富士重工業（2017年に㈱SUBARUに改称）の前身だ。ゼロ戦は日本機中最大の生産数を誇った。三菱が約3880機、中島飛行機はそれをはるかに越える6570機を生産し、総生産台数は1万450機と、日本機中最大の生産台数を誇る海軍の主力戦闘機である。主翼桁には超々ジュラルミンが用いられ、軽くて強い特徴を持ったこの材質は、日本独特の技術であった。

ゼロ戦は一一型から始まり六四型まで幾つかの種類があるが、1番多く生産されたのは五二型で、次が二一型だった。空戦性能が1番良かったと言われているのが二一型で、1速過給器（スーパーチャージャー）が付けられていた。時代があとになるにつれ、高高度での空戦に対応するため、五二型は馬力アップしたエンジンを積み、2速過給器となり、排気管も単排気になった。排気の力を少しでもスピードに生かそうというものだ。すべては高空での馬力を得るためだ。

ゼロ戦の代表機種二一型と五二型の外見的特長は、排気管にあった。「二一型は集合排気、五二型は単排気」である。エンジンはともに2万8000cc空冷多重星型14気筒であるが、二一型は、エンジンカウル（エンジンのカバー）の下方に排気をまとめて出す集合排気で、一方の五二型は、エンジンカウルの周りに、排気管が何本もでている単排気だから見分けやすい。

ゼロ戦は、〝捩《ねじ》り下げ〟という独特の翼と軽い重量、絶妙なトータルバランスにより急旋回、急上昇を得意とする驚異的な能力をもった傑作機である。そして当時ではめずらしい尾輪引き込み式を採用していた。だから飛ぶ姿も美しい。

だが、ある弱点も同時に持ち合わせていた。

注：ゼロ戦の生産機数は資料によって若干異なる。三菱側技師の資料では1万425機、中島側技師の資料では1万450機となっている。25機の差がある。しかしこの両資料ともに一致するのは三菱が3880機生産したという点である。ここでは、三菱が3880機生産とし、残りの生産機数は中島が生産したので中島側技師の資料に基づき、中島が6570機生産とし、合計1万450機とした。

ブラックアウト

「エナーシャまわせ！」

操縦席に乗り込んだ菅原は鋭気に満ちあふれる声で叫んだ。ゼロ戦は現在の車や飛行機のように、セルモーターでエンジンスタートさせる装置はない。

だからゼロ戦はパイロット1人でエンジン始動ができない。無人島に不時着したら帰ってくることができない機だ。地上員はパイロット側から見てエンジン右側下部にあるエンジン始動の慣性起動装置、エナーシャを力強く回す。エナーシャの回転が上がってくる。それは音で分かる。始動できる回転まであがったとみるや、菅原は再び大声で叫ぶ。

「前離れ！　コンタクト！」

バルン、バルンと2回、3回咳払いしたゼロ戦の栄型エンジンは一気に眠りから覚めた。排気管がむき出しの戦闘機はいきなり大きな声で、〝オレは元気だ〟と挨拶してくる。

菅原はサッとメーター類を一瞥し、続いて操縦桿とペダルを動かし、異常が無いことを確かめる。「よし、今日も頼むぜ」と、機に語りかけた。国民には敵国語の英語を禁止していたが、海軍では航空用語などはそのまま英語を使っていた。航空用語をすべて日本語にするとかえってパイロットは混乱するからだ。

そして海軍の飛行機はスピードをノット、距離を浬《カイリ》、高度をメートルで表わしていた。時速1ノットは時速1852メートル、距離の1浬も、1852メートルである。海上の距離は浬で表わし、洋上を航海する船は浬とノットの単位を使うからだ。だから通常飛行機もこの単位を使う。

浬のことをマイルとも言うが、これはノーティカル・マイルを指す。ノーティカルとは〝洋上の〟という意味だから、浬もマイルも呼び方が日本語か英語かの違いで、意味は同じである。ちなみに1浬とは、地球は丸いから360度あり、その緯度1度の60分の1、つまり緯度1分ぶんの地表の距離である。

一方陸軍の飛行機はスピードも距離もキロメートルで表わしていた。地上の距離はキロで表わすから、距離とスピードの単位を同じにしておけば、地上の部隊と連携がとりやすいという利点がある。

なお、高度だけは陸海軍ともにメートルを使っていた。

さぁ、離陸となったとき、菅原はこれから戦闘に行くというのに、いたずら心がわいてきた。

ゼロ戦は尾輪式の飛行機だから、機首がグッと上を向いた状態のまま地上滑走をする。そうすると前が見えない。だからゼロ戦は離着陸のときは、風防を開け、パイロットは伸び上がるような姿勢をとり、顔の上半分を風防より上に出して前方視界を確保する。そうして離着陸するのが原則だ。そのときパイロットには、1000馬力エンジン全開にして回すプロペラの猛烈な風がくる。そのため飛行メガネをかける。だから飛行メガネは離着陸の時だけ使う。

菅原は飛行メガネをかけ、機を滑走させた。滑走路の両脇には整備員が整列し、帽子を振って見送ってくれている。

〈よし、一丁いたずらをやってやれ。すぐに上昇せず、滑走路上を地上スレスレに飛んで、見送りの連中に挨拶してやろう〉

通常なら車輪が地上から離れたらそのまま上昇するのだが、車輪が地上を離れた瞬間、菅原はわざと機を上昇させず、車輪を引き込み、地上スレスレに飛んだ。回転するプロペラの下方が地面をたたきそうなくらいだ。ぐんぐんスピードを増し、滑走路の端にきたそのとき、今度は操縦桿をグッと手前に引いて、機を限度ぎりぎりの急上昇に入れた。バレたら叱られるが、知らん顔して編隊飛行に入っていった。

１９４４年、昭和19年6月18日、南国のぎらぎら輝く太陽が真上にきた午後0時30分、轟音とともに全機地上をけって大空に舞い上がった。魚雷を抱く陸上爆撃機銀河８機、ゼロ戦19機は、高度３０００メートルで編隊飛行に入った。

注：
●陸上爆撃機は陸上基地からのみ使用できる機で、爆弾を積み、敵の艦隊や基地を爆弾で攻撃する機。
●陸上攻撃機は同じく陸上基地からのみ使用できる機で、魚雷を積んだ機。
●艦上爆撃機は艦上（航空母艦）からも陸上基地からも使用できる機で、爆弾を積んだ機。
●艦上攻撃機は艦上（航空母艦）からも陸上基地からも使用できる機で、魚雷を積んだ機。
●しかし区別はそうされていても多くの場合、攻撃機は爆弾を、爆撃機が魚雷を積むこともでき、そうして出撃もした。魚雷は約８００キロで、爆弾はそれより軽い。だから魚雷が積める機は爆弾が積める。爆撃機でも８００キロ積める機は、魚雷も積める。
●なお、艦上機は艦上を飛び立つ機なので、必然的に大きさも制限される。よって艦上爆撃機だけは、爆撃用に設計されて機体が小さいから、魚雷を積むことはできない。
例　陸上爆撃機〝銀河〟（製造＝空技廠《しょう》）

陸上攻撃機〃一式陸攻〃（製造＝三菱）
艦上爆撃機〃九九艦爆〃（製造＝愛知）
艦上攻撃機〃九七艦攻〃（製造＝中島、愛知、他）

ゼロ戦は4機で、1番機を頭に逆V字型の編隊を組む。日本海軍きっての名パイロットと呼ばれる小田飛曹長が1番機、1番機の左手斜め後方に菅原の2番機、1番機の右斜め後方に久保二飛曹の3番機、2番機菅原の左斜め後ろに浅川飛兵長の4番機が位置した。

菅原は、1番機の左翼端の前後線上に自分の右翼端を合わせ、機首を1番機の最後尾の横線上にピタリと合わせた。もし菅原がそのまま数メートル前にでれば翼端同士が握手でき、右に数メートル移動すれば、自分のプロペラで1番機のお尻を叩きそうになる位置だ。ゼロ機幅、ゼロ機長と呼ばれるこの編隊飛行は、高度技術ではあるが海軍パイロットにとっては朝飯前、ましてや腕の立つ菅原たちにとっては幼稚園のようなものだ。全員が編隊宙返りをやる精鋭の集まった虎部隊の面々は、一枚岩のごとく編隊を組む。

陸軍の飛行機は1機長、1機高という編隊を組んでいた。つまり1機分の長さを前後に開け、高さも1機分下げる編隊の組み方だ。これだと1番機が急激な運動に入ったとき、機同士の間が開いているため2番機や3番機がついていけず、バラバラになりやすい。だが、手を伸ばせば届きそうなゼロ機長、ゼロ機幅なら雲に入っても1番機が見え、いかなる運動にもついて行ける。

アクリル板をガラスで両側から覆ったキャノピーという風房越しに、4人はお互いの顔を見合わせ、ニコッと微笑んだ。だが、お互い明日またこの笑顔に合えるとは限らないことも知っていた。

ゼロ戦4機編隊は2つ集まって小隊、小隊がさらに2つ集まったのを中隊と呼ぶ。今日は中隊の陣容だ。任務は爆撃機の護衛、目指すは北東1300キロにあるサイパン島。その北東沖にいるアメリカ艦隊を叩こうというのが目的だ。世に言うマリアナ沖海戦である。

劣勢を挽回したアメリカ軍は反攻し、日本本土攻撃のために南洋のソロモン諸島の島々を次々に日本軍から奪い、今まさに、日本のいう絶対防衛圏のライン、サイパン、グアムに及ぼうとしていた。

それを日本軍は「あ」号作戦を発令して、真珠湾攻撃の攻撃隊をはるかに上回る艦隊と航空機を集結し、この防衛圏ラインを死守しようといていた。

ゼロ戦隊は爆撃機の500メートル上方に位置し、進路を北東に取った。菅原は、ガソリン節約のためエンジン回転数を毎分1850回転に合わせてから、ミクスチャーレバーを絞りこみ、エンジン回転が不調となったところからほんのわずかにそのレバーを戻し、空気に対してガソリンの混合比を薄くした。

驚異的な飛行距離が自慢のゼロ戦は、無給油で約3200キロ飛べる。3200キロといえば、北海道の稚内から沖縄を越えて、台湾までに匹敵する距離だ。当時そんな長距離を飛べる戦闘機は、日米の戦闘機のなかでゼロ戦だけだった。

菅原は大まかに飛行ルートと行程を頭に描いた。

胴体下に取り付けられた補助燃料タンクを増槽と呼び、使用後、切り離して捨てることができる。その増槽に入っているのは320リットル。燃料消費量は巡航速度で1時間あたり約90リットル。だから増槽で飛べるのは時間にして約3時間半。したがって増槽は丁度グアム島あたりで空になり捨てることになるだろう。その後は主翼にあるメインタンクの570リットルを使う。戦闘に入れば燃料消費量は一気に4倍位に跳ね上がる。30分の戦闘で180リットルは消費してしまう。いずれにしても往復2600キロに戦闘の燃料消費を入れれば、無給油日帰りは無理である。

戦闘が終わればグアムで1泊し、給油してヤップ島に帰島だ。

〈グアムには、予科練の同期生仲間はいるのだろか〉

そう思ったが、日本の劣勢をうすうす感じていたから、考えを変えた。

〈まだ何人生きているのだろうか。今日は誰に会えるだろうか〉

南国の太陽は明るく輝き、白い雲は子供の頃、夏休みの石狩湾でみた入道雲をおもいださせてくれる。戦争であることが嘘のような平穏なひと時だ。青い空と白い雲、下には大海原、洋上飛行に地上の物標はない。あるのはコンパスとパイロットの経験だけである。無線機は重くて性能が悪いから、機を少しでも軽くするために取り外して、捨ててきている。だから仲間同士の会話も一切ない。ただ黙々と飛ぶ。

もう3時間半も飛んだだろうか。燃料コックをメインタンク切り替え、増槽をきりはなした。戦闘空域は近い。爆撃機は高度を上げ始めた。高度5000メートル、ゼロ戦はさらにその上方500メートルに位置して飛んだ。

菅原は機をいつでも戦闘態勢に入れるように、ミクスチャーレバーを押し込んでガソリン混合比を上げた。目は絶えず全方向に注意をはらっている。

1対1の空戦に入れば絶対的自信があるものの、上空から編隊で攻撃されたら逃げまくるか、打ち落とされるかしかない。だから一瞬でも早く敵機を見つけ、高い高度から敵の後方に付いた方が絶対優位となる。

経験の浅いパイロットは、編隊飛行についていくのが精一杯で、1番機を凝視し、周りが目に入らなくなる。これは危ない。しかしベテランはそんなことはなく、1番機を視野に入れながら絶えず周囲全体を視野に入れている。

菅原は目を皿のようにして全方向に注意を払う。前方に1割、あとの9割は後上方、真上、そして下方へと注意を注ぐ。下から来られたら死角に入ってやられてしまう。だからときどき機をくるりと回し背面飛行に入れて，下を見る。

それから5分も飛んだだろうか、下方を飛ぶ銀河爆撃隊はいっせいに頭を下げ緩降下に入った。〈スワッ、敵艦隊発見か！〉と下方を見た。

「いた！」

敵艦隊は白い航跡を引きながら早くも回避運動に入っている。「遅れじ」と菅原は機の頭を下げ、増速した。

その時だ。前方1キロくらいの白い雲の合間から敵戦闘機グラマンF6Fが、スポン、スポンと湧き出るように現われた。

菅原は身震いした。予科練に入ってから3年2ヵ月、戦闘機での訓練を始めてから1年と5ヵ月、血の涙を流しつつ励んできた幾多の訓練も、この恐るべき敵グラマンF6Fとの空戦に必勝を期すべきことのみにあった。

過去の出撃は爆撃機への攻撃だったから、今日が待ちに待ったグラマンとの初見参だ。群れをなして現われた。その数およそ15機。

「そら来た！」、と菅原はすぐ指揮官役の1番機を見た。だが1番機は気が付かないのか、何事もないように定位置から動かず、そのまま飛んでいる。

敵戦闘機グラマンの速度は550キロを越える。早くも10秒後にグラマンは銀河爆撃機に襲い掛かった。〝バッバッバッ〟、グラマンの12・7ミリ6挺の銃口が火を噴いた。銀河隊も後席の20ミリ機銃で応戦する。が、防弾装置のない銀河は長く応戦できるものではない。戦闘機の機銃は相手を攻撃するためにあるが、爆撃機の機銃はあくまでも防御のためのもので、爆撃機が戦闘機に向かって攻撃に行くためのものではない。

菅原は焦る。〈早く救援に行かないとやられてしまう！〉

だが1番機はまだ動かない。

〈どうしたんだ、気がつかないのか?〉

ならば知らせたいが無線機がない。焦りは募る。1番機が動かないのに2番機が勝手に動くことはできない。

〈1番機はなぜ動かないのだ。なぜだ……?〉と思ったとき、事態はそれどころではなくなっていた。

1機のグラマンが、菅原の機とその後方にいる浅川機に、後ろ上方から急速に接近してきた。

〈危ない!〉

もう1度1番機を見たが相変わらずそのまま飛んでいる。もう1番機にはかまっていられない。振り向くと敵グラマンは既に射程距離圏内に入って来ていた。敵パイロットの顔が見える。銃口は浅川機に向けられてバッバッバッと火を噴いた。

「逃げろ　浅川!」

叫んで届かぬ声を張り上げた。

その瞬間、浅川機は敵の機銃射線をかわすべく、左斜め上方に反転をはじめた。獲物が視界から消えたグラマンの銃口は、今度は菅原の機に照準を当ててきた。

〈んっ!　これはまずい!〉

そう思った菅原は、敵の機銃が発射される寸前に、床から出ているスティックタイプ(棒状）の操縦桿を右腕のひじ内側にあて、思いっきり身体のほうに引き寄せた。そして自分の機をすばやく浅川機同様に左斜め上昇宙返りに入れた。急激な上昇宙返りは足元に強力な重力のGがかかる。

６Ｇ以上かかると血が頭から足元の方へ叩きつけるように行き、頭に血が行かなくなり、ブラックアウトとなる。目が見えなくなる現象だ。目にも血が行かなくなるからだ。だが、目が見えているようでは相手の後ろにつくことが出来ない。それは自分の死を意味する。重力はＧであらわす。立っている状態が１Ｇである。６Ｇはその６倍もあり強烈だ。

敵の背後について攻撃してやろうと思った菅原は、身長１６１センチの小柄な身体を利してゼロ戦のシートに寝そべるような姿勢をとっていた。この方が足元に行く血の量を少なくできる。それは目が見えてくるのが早いことを意味した。菅原は経験上それを知っていた。しかもその方が上方や後方がよく見える。縦の円運動の格闘戦に持ち込みたい。そうすればこの態勢からでも優位に立てる。とにかく格闘戦に誘い込まなければ勝ち目はない。なんとしてでも誘い込みたい。

だが、敵機グラマンは背面になった菅原機の下を通りながら、ゆるい角度の上昇飛行につっていった。グラマンはゼロ戦の後ろ上空から攻撃を浴びせ、勢いに乗ったそのスピードを生かして、そのまま退避する算段である。〝一撃離脱戦法〟、それはアメリカの戦闘機がゼロ戦を攻撃する基本中の基本であった。そうすれば攻撃を仕掛けた側は、攻撃するだけで、攻撃されることはない。

菅原は宙返り姿勢から正常飛行に入る寸前にエンジンを全開にした。敵グラマンは高い高度から降下しながら攻撃してきているのでスピードも速い。宙返りから回復したばかりのゼロ戦は、いかに名機といえども機速はすぐにつかない。

機速が乗り、一旦グラマンの後尾に着けば、相手がどんな操作で逃げようが、菅原は絶対に逃がさない自信はある。だが、こちらの機速はまだ不十分だ。距離は100メートル以上ある。通常相手を攻撃する時は5〜10メートルくらいまで接近して撃つ。それは手を伸ばせばとどきそうな近さだ。100メートルは射撃するにはちょっと遠いが、このままでは逃げられてしまう。

菅原は左手スロットルの前についている機銃発射レバーを握った。ゼロ戦の20ミリ機銃はスイス・エリコン社から特許権を買って国内生産したものだ。その20ミリ機銃の弾は、火災を起こす焼夷弾、弾の航跡がわかる曳痕弾、炸裂する通常弾、装甲をぶち抜く徹甲弾の4発が一巡し、それが連続して出る仕組みだ。発射レバーの上部に7・7ミリ機銃2挺発射と、7・7ミリ2挺と20ミリ機銃2挺を同時に発射できる切り替えスイッチがついている。

菅原のゼロ戦4挺の機銃はバリッバリッと火を噴いた。が、機速の乗ったグラマンは、スピードをさらに上げた。その差は200メートル、300メートルと開き、ついに雲の中ににげこんでしまった。

〈ちくしょう！　残念！〉

これ以上追っても無駄だ。時間にして2分のことだった。単機になった菅原は、すぐに先ほどの空戦の始まった空域に引き返した。

〈３番機の久保はどうしたのだろう〉と想いを巡らせた。

とにかく一旦追われる立場になると、逃げ切るしかない。追われたとき逃げ切る方法は二つ。雲の中に逃げ込むか、海面すれすれに飛んで逃げる方法である。

海面まで急降下すれば、追うグラマンも、一歩間違えると自分が海中に突っ込むことになるから、攻撃に集中できない。機を引き起こし水平飛行に入れるタイミングを計る必要に迫られるからだ。さらにはこちらが海面すれすれに飛べば、たとえ相手が同じように水平飛行で後尾についても、やはり海面に気を払わなくてはならないから、攻撃しにくい。

もし、後方から撃とうとしたら、その一瞬前に、片方のラダーを思いっきり踏んで、機を横滑りさせ、敵の射線からずらす。そうして逃げ切るしかない。

広い大空だから、敵の意表をついてどこへでも逃げられそうに思うが、実際は蛇ににらまれたカエルのごとくとなるから、雲に逃げ込むか、海面すれすれで逃げる以外、逃げ切れるものではない。

菅原は先ほどの空戦空域に戻ったが、当然のごとく、そこにはもう、そのまま攻撃に入った銀河の姿はなかった。グラマンの姿もなかった。雲上には空戦を終えたゼロ戦の姿のみがあった。

〈はぐれた１番機を探さなくてはならない〉、と思っていたら、４番機の浅川、そしてやや遅れて、3番機の久保が集合してきた。彼らは生きていた。

菅原は手信号で彼らに問いかけた
「イ チ バ ン キ ヲ、シ ッ テ イ ル カ ?」

だが2人とも首を横に振る。

そのとき、浅川機の胴体に2つ穴が開いているのがわかった。菅原は指を2本立て、「お前の機は、2ヵ所やられて穴が開いているぞ」と教えたら、浅川もニコッと笑って2本の指を出して下に向けた。

「2機落とした」といっているのである。菅原はよくやった、と誉めてやりながらも、気持ちは1番機をさがしていた。

〈1番機はどうしたのだろう?〉

銀河攻撃隊とともに爆撃機を直接掩護する直掩隊《ちょくえんたい》として雲中に突入していったのだろうか。

2年前なら、爆撃機のさらに前方を味方の遊撃隊が飛び、敵の戦闘機を蹴散らし、味方の爆撃隊の進路を確保してくれた。そして爆撃機を直掩隊が護衛する体制だった。だが今はもうそんな余力は日本には無い。だから今回も遊撃隊などというものはない。

それだけに、グラマンとの空戦に入ったとはいえ、爆撃機の直掩隊として自分がはぐれたことに少し後ろめたさを感じた。

だが、それが戦争というものだ。状況は刻一刻を変わる。その変化にすぐに対応しなければならない。1番機のいなくなった今、菅原は3番機、4番機の先頭に立ち、指揮しなければばならない。3番機、4番機を従え、他のゼロ戦隊に後続する形で合流した。全機は再び針路をサイパンに向けた。腕にはめたセイコーの腕時計はすでに夕方の4時をさしていた。

死の垂直急降下

サイパンは虎部隊の基地の島であり、菅原も数ヵ月常駐し、交代で何回も上空哨戒にあたっていたところだ。だからサイパン島の地形を自分の庭のようによく知っている。彼はつい2週間前までそこにいた。敵はそのサイパンに上陸しようというのである。それを阻止するための出撃だ。

飛行中、彼は考えた。

〈なぜ、日本の高角砲が当たらないのに、米軍の高角砲の命中率は高いのだろう？　米兵の腕がそんなにいいのか？〉

飛来する敵機を打ち落とす砲を、陸軍では高射砲、海軍では高角砲とよぶ。

〈航空戦においては、常に高度とスピードとに勝るものが絶対的優位に立つ。そして全戦闘を通じて機数が大きく結果を左右する。我々も目を皿のようにして見ているのだが、毎回のように敵は上空に待ち構えて襲ってくる。アメリカ人の目だけが、そんなによい訳がないのだが、なぜだろう。どうもレーダーで捕捉されているらしい〉

アメリカの飛行機生産力が大きいということと、戦闘機パイロットを大量に養成できることは、菅原もある程度知っていた。当時の航空機生産能力はアメリカが日本の4倍もあった。日本の軍幹部は未だに日露戦争の艦隊決戦勝利に味をしめ、大艦巨砲主義を振りかざし、艦隊決戦で勝つことが勝利に結びつくという妄想に取り付かれていた。時代はもう航空機を中心に変わっていたのである。考え方が時代遅れだった。

アメリカは偶然に毎回上空に大挙していたわけではない。それには合理的な計算があった。「敵を知り、己を知れば、百戦あやうからず」という孫子の兵法を取り入れていたのは、アメリカの方であった。

レーダーで日本の戦闘爆撃隊を捕捉し、味方のグラマンを優位になる高度まで上げる。機数もゼロ戦の3倍から5倍、時には10倍にする。そこからさらに無線でゼロ戦の攻撃に絶好の位置まで誘導する。そしてラグビーやフットボールゲームのようにうまく組織化され、統制のとれた小グループ戦闘形式の戦術で襲い掛かり、格闘戦に入らないようにする。全てが合理的だった。

アメリカ軍はとにかく、日本軍のゼロ戦さえ壊滅してしまえば、制空権が取れるともくろんでいる。ゼロ戦さえいなければ日本の爆撃機や基地を攻撃するのはわけがない。だからゼロ戦をなんとしてでもかたづけようとしていた。

レーダーによって捕捉されていることにはうすうす気がついていた菅原も、高角砲命中率の高さの謎はわからなかった。

レーダー、無線機での誘導に加え、多数の戦闘機、高角砲の秘密、それらを駆使して敵は罠を張って待っていた。

30分飛び、機はサイパン上空へさしかかろうとしていた。

そのとき前方に敵グラマンF6Fが4機、左手から横切るように現われた。米軍にしては間抜けな奴だ。

〈おっ、飛んで火にいる夏の虫とはこのことだ〉

編隊の先頭にいた僚機のゼロ戦はいっせいに襲い掛かった。予定外に現われたゼロ戦に泡を食ったグラマンは逃げる。

先頭から後方に少し離れて飛んでいた菅原は、「よし、上空から僚機をカバーする体勢に入ろう」と高度を上げようとしたそのとき、機の下を覆っていた雲がスポンと切れた。はるか下方に海面が見える。同時に真っ白な航跡を引いた敵の巡洋艦が目に飛び込んできた。

〈危ない！　早く前のグラマンに追いつかないと高角砲でやられる！〉

グラマンとの距離200メートル。グラマンに近づけば味方を撃つことになるから彼らは撃てない。菅原はスロットルを全開にしてスピードをあげた。が次の瞬間、ダダーンという炸裂音とともに機体が大きく揺れた。

〈しまった！　やられた〉

左手に針か釘を刺したような鋭利な痛みが走る。左に目をやると、主翼のすぐ後ろに直径1メートルくらいの大きな穴が開き、燃料タンクのガソリンが後方に火を伴って激しく飛び散っている。高角砲にやられたのだ。

敵の高角砲の秘密は、照準器と連動したレーダー射撃装置、そして弾頭に2万Gにも耐える巧妙な回路を組み込んだVT信管にあった。VT信管（Variable Time Fuse）は近接信管のことで、弾が直接当たらなくても目標物のある一定の圏内に入ると起爆し、爆発する仕掛けだ。

敵は数年かかって考案したこの仕掛けを実用化し、今回の海戦では、ほぼ全艦の高角砲に装備してきていた。当たる確率が上がり、高角砲の威力は一気に20倍に跳ね上がっていた。

もちろん日本軍はそんなことはまったく知らない。菅原もこのVT信管の事を知ったのは、戦後30数年経ってからだった。敵は合理性とエレクトロニクス、わが方は精神論と個人の資質に頼る一騎打ち思想。そして防御性ゼロのゼロ戦。これではたまらない。

〈幾多の先輩搭乗員が空に散った。ついに俺にその順番がきたのか〉

燃え盛る炎、手から流れ出る鮮血。菅原は一瞬、〈これが死の入り口か〉と諦めた。が、次の瞬間〈こんなことで死んでたまるか！〉と、菅原の頭は「生きる」方に切り替わった。

父は「仏はほっとけ、神かまわず」と言っていた。だから菅原は、今まで神や仏に祈ったことは一度もない。神や仏に祈っていた多くの者は死んでいった。神や仏は助けてくれなかった。だから菅原はそんなものはあてにしない。自ら助かる方策を探し出そうと転瞬《てんしゅん》の間に決意した。

火がついた機は、もう、いつ爆発するかわからない。1秒でも早く脱出しなくてはならない。頭をフル回転させ10分の1秒～2秒の間に、2つの助かる方法を見いだした。1つ目はパラシュートでの脱出、2つめは着陸だ。

〈よし、パラシュートで脱出だ〉

と、思うより早く身体はもう操作に入っていた。

パラシュートで脱出するためにはスピードを殺さなくてはならない。菅原はエンジンを全閉にし、右手で操縦桿をグッと引いて機首を上げ、スピードを殺した。頭上のキャノピーを開けようと左手を上に伸ばし後ろへ引こうとした。

が、開かない。

〈まずい！〉

先ほどの被弾でキャノピーのレールが歪んでいる。撃たれた左手からは鹿皮の飛行手袋を通して血が滴り落ちてくる。キャノピーが開かなければ脱出は不可能だ。もう一度試みるがダメだ。菅原は事態を認識した。そうなると残る一つの方法は、サイパンのアスリート飛行場への着陸だ。

〈あそこへ着陸しよう。味方の基地だ。それまで爆発しないでもってくれ！〉

火はどんどん激しくなってきている。

事態は一刻を争う。菅原はパラシュートで脱出できなかった時のために、機を操作開始と同時にアスリート飛行場の方向へ向けていた。位置関係をすでに計算に入れていた菅原は、機を斜め宙返りから背面飛行に入れ、一気に垂直降下にいれた。その方が単に機の頭を下げるより、早く垂直降下に入れるからだ。

菅原はこの切迫した状態のときも、全体の位置関係を冷静によんでいた。そして機を立て直して水平飛行に入れたとき、一発で機を滑走路のセンターラインの延長線上にもってこなくてはならない。着陸のやり直しや、進路を修正している時間はないからだ。機は高度3000メートルから、真っ青な海面を目指して垂直に降下していく。富士山のてっぺんから、海面まで真っ逆さまに落ちるようなものだ。

スピードは300キロからグングン増して行く。400キロ、500キロ、そのときある思いがひらめいた。

〈そうだ、この風圧を利用して、キャノピーを吹き飛ばそう〉

とっさに左胸にある拳銃に手を掛けた。とにかくキャノピーが開かなければ外に出ることは出来ない。拳銃で、前面の風防ガラスを破り、急降下中の強烈な風圧でキャノピーを飛ばそうというのだ。

左胸のホルスターから6連発拳銃を取り出した。弾は込められている。だが発射するには発射状態にするため装填しなくてはならない。それには両手が必要だ。搭乗前に装填しておこうと何気なくつぶやいたとき、1番機の小田飛曹長から「何でそんなことが必要か」といわれ、止めたのを悔やんだ。

菅原は操縦桿を両足の間に挟んだ。そうしないと機が頭を上げようとするからだ。本当はトリムタブを操作して、手を離していても頭が上がらない状態にしたい。その操作は1秒の何分の一かの時間があればできる。が、その時間がない。それほど事態は切迫している。痛む左手も使ってガシャと装塡できた。

〈よし、これでいい〉

狙いを定めて引き金を引いた。轟音とともに弾がでるはずだった。が、弾はでない。

〈えっ？　何故だ〉

垂直急降下をしているから、海上までわずかな時間しかない。あまりにも性急に装塡操作をしたのと、負傷した左手では、完全に装塡できていなかったのだ。海面がどんどん近づいてくる。装塡をやり直す時間は、もうなかった。

垂直急降下は高度3000メートルをダイブするのに、わずか16〜17秒だ。スピードは既に限界に近い700キロに達していた。このスピードだと地上1000メートルで機を引き起こさないと地面に激突する。だから実際の垂直急降下している時間はたったの12〜13秒だ。

火はすでに操縦席にも入り込もうとしていた。チャンスは1回のみ。菅原はアスリート飛行場滑走路の西側から進入するよう、巧みに操り、エンジンを全閉にして、機を引き起こした。

強烈なGが再び足元にかかる。機は通常の飛行姿勢に戻った。進入コースも角度も良い。だが今度は出すぎたスピードの処理だ。目を前方のアスリート飛行場1000メートルの滑走路とスピードメーターに集中させた。まだ速度は250ノット、460キロも出ている。スピードが速すぎる。

だが、着陸やり直しは不可能だ。エンジンは既に完全全閉にしている。着陸用の車輪は設計上、230キロ以下でないと出してはいけないことになっている。だが、チャンスは1回のみ。

〈ええい、かまうものか〉

そう思って車輪を出した。グゥ〜ンという音がする。もどかしい時間ののち、幸運にも車輪が出た。それが空気抵抗になって、スピードも落ちた。

〈しめた！　これならいける〉

機は海上50メートルの高さから、海岸線のチャランカノア集落の上を通過しようとしていた。そのとき、バッバッバッと攻撃を受けた。弾がブリキ板を叩くようにカンカンと激しく音をたてている。目茶目茶に撃たれている。事態が飲みこめない。が、次の瞬間、米兵が海岸線まで来ているのだと理解できた。全閉だったエンジンを再び全開にして、スピードを上げた。

一旦減少させたスピードはまた上がってしまった。が、とにかく海岸線の銃撃を振り切った。火はすでに操縦席まで入り込もうとしていた。菅原はとっさに、首に2重3重に巻いてある白絹のマフラーを鼻まで上げマスクのように覆い、額の位置にある飛行メガネを降ろしてかけ、そして飛行帽を深くかぶった。そうして皮膚の露出を最小限にした。炎がサッと顔を一なでするだけで、表皮はベロリと焼けただれるからだ。

飛行服もマフラーも絹で作られているのは、絹は綿のように炎を上げて燃えないからだ。絹のマフラーはカッコいいから巻いているのではない。火災から身を守るためだ。下着から飛行靴、飛行帽、飛行服はすべて官給品だが、マフラーだけは官給品ではなく、個人が用意する私物であった。菅原は母親に頼み、1・5メートルくらいの長さの白絹マフラーを作ってもらい、刺繍《ししゅう》も入れてもらって首に巻いていた。

鹿皮でつくられた飛行帽は夏用と冬用の2種類あった。菅原は、南方の熱帯地方にいても冬用を好んで愛用していた。冬用は内側に毛皮が張ってあった。多くのパイロットが冬用を愛用する最大の理由は防寒であった。熱帯が熱いのは地表のことであって、上空8000メートルに上がればマイナス20℃、マイナス30℃である。地表はプラス30℃でも、上空へ10000メートル上がるごとに気温は6・5℃下がる。8000メートル上がれば52℃も温度の差があるからだ。

8000メートルまで上昇するのに約10分だ。その10分間で、熱帯からマイナス20℃の世界に入る。8000メートルといえば、世界最高峰エベレスト山の高さである。その寒さも想像できる。ただし、コックピットはエンジンの余熱があるから、寒さに震えるということはなかった。

菅原は、ようやく味方陣地の上空に入れたと思った。と思う間もなく、機はすでに滑走路の目前まできていた。スピードはまだ150ノット以上、キロになおして280キロ以上は出ている。通常74ノットで着陸するから、このスピードでは普通なら絶対降りられない。減速するためフラップを出したいが、その操作をする10分の1秒という時間がない。

このままだと滑走路からはみ出して、はるか彼方まで突っ込んでしまう。だが降りるしか助かる道はない。何とか滑走路上で機を止めたい。菅原は普段使わない、ある方法を使うことにした。そして自信はあった。

菅原は、機を滑走路に滑り込ませた。スピードが速い。菅原は主車輪から接地すると同時に、エンジンのメインスイッチを「ＯＦＦ」にした。このとき、ついに火は操縦席におよび始めていた。ことは一刻を争う。早く操縦席から出なくては丸焼きになってしまう。見渡すとキャノピー右上部に被弾による穴があいているではないか。

〈よし、そこを拳銃で叩こう〉

滑走路を滑走中に拳銃を取り出し、右手に持ってそこを叩いた。だが割れない。操縦席は狭く、キャノピーは肩から10センチ位しかない。だから打撃の効果を十分に加えることができないのだ。火はすでに操縦席に完全に燃え移り、飛行服の上につけているライフジャケット（救命胴衣）に移っていた。

〈熱い〉

今度は左手に持ち替えて、思いっきり叩いた。割れた。

〈これで助かった！〉

と思うまもなく、滑走路の終点がみるみる迫ってくる。

今度は機の行き足を止めなくてはならない。あと２００メートル、あと１００メートル、あと50メートル、とそのとき左ラダーペダルを思いっきり一気に踏み込んだ。ラダーとは舵のことである。車は前輪で舵をとるが、飛行機は後部の垂直尾翼で舵をとる仕組みだ。

スピードがあれば尾翼の方向舵が効く。菅原が左ラダーペダルを思いっきり踏んだので、尾翼に急激に右に行く力が働いた。機は、右前輪を機軸にしてお尻を反時計回りに急激に振った。スピンし、１回転して滑走路上で止まった。

もし、ゆっくりとラダーを踏んだら、前輪の脚が折れる。脚が折れれば、火をふいている菅原の機は爆発するかもしれないからだ。そのことを計算にいれてのグランドループ挙動コントロールはうまく決まった。

〈しめた！　これで出られる〉

割れたキャノピーの間から上半身を乗り出した。だが、今度はパラシュートとなっている座席のシートがお尻のところで引っかかり、出られない。

障害が次々に立ちふさがってくる。菅原はすぐに胸にあるベルトのバックルを外した。が、それだけでは身体からパラシュートは離れない。リックサックを肩から下ろす要領で、両手を後ろに回したら、ようやく外れた。

だが、上半身を乗り出していたから、手を前に出す暇も無く頭から落ち、「ドスーン！」と地上のコンクリートに打ち付けられた。

操縦席から地上まで3・5メートルはあるから、建物の2階から落ちたようなものである。頭から落ちたが運よく頭も割れず、意識もちゃんとあった。

彼はすぐに起き上がった。そして火が回ったライフジャケットの紐を解こうとした。が、鹿皮の手袋は焼けただれていて、上手く紐が解けない。手袋を抜こうとしても手に張り付いてとれない。次々に襲い掛かる困難。気持ちは火の付いたライフジャケットの紐を解くことにだけにいっていた。そのとき銃弾が菅原の身体をかすめてシュン、シュンと飛んだ。足元には、ピシッ、ピシッ、ピシッと、コンクリートに弾丸で白い煙が立った。

事態が飲み込めない。だが、撃たれていることだけはわかった。

〈なぜ味方から撃たれなくてはならないのか？〉

とにかく飛行機の反対側に回り込み身をかくした。

ライフジャケットの火は燃え続けている。早く棄てないと火傷がさらにひどくなる。再び紐を解こうと試みるが上手く解けない。そのとき、後ろの方からバタッバタッバタッと何人かが駆け寄ってくる足音がした。

〈あっ、味方が来てくれた。これでようやく助かった〉、と思って振り向いた。

だが、菅原の目に映ったのは、自動小銃を手にし、扇形に取り囲んだ青い目の米兵10数人だった。

〈しまった！　サイパンはすでに敵が上陸していたのだ〉

味方の基地と思って着陸したアスリート飛行場は、前日に米軍に占拠されていたのだった。

菅原は、敵中強行着陸したことを理解した。とっさに左胸の拳銃を取ろうと手をやった。が、拳銃が無い。さっき、キャノピーを割って出るとき、パラシュートの上に肩から吊り紐で下げていた拳銃が、パラシュートベルトを外した時一緒に外れてしまったのだ。

米兵がさっと近寄り、菅原は両手両足を掴まれてしまった。

〈万事休す！　ワシの人生もこれで終わりか〉

この世に生を受けて、まだ20年しかたっていなかった。

第2章　死線上の彷徨

敵陣だから助かった皮肉

ひとりの米兵がナイフを出し、菅原のライフジャケットの紐をスパッと切った。燃え盛るライフジャケットを遠くへ投げやり、危険物を持っていないかポケットをまさぐった。そのとき、誰も乗っていないはずのゼロ戦の機銃がバッバッバッと火を噴いた。火災熱による暴発だ。菅原の機は炎に包まれた。

米兵は左右から菅原を抱え、全力疾走で滑走路北側の芝生地帯まで走った。担架に寝かされた彼に向かって、ひとりの衛生兵が鋏を出し、燃え残った飛行服もサッと切り裂いた。続いて飛行靴も鋏で切り裂いて、足からガバッと引き剥がした。靴に足の皮が張り付いて、皮ごと靴を脱がされた。全身の火傷がひどい。

火傷は頬《ほお》から両腕、両脚、さらには両手と広範囲に渡り、弾丸傷は鎖骨と左の肩、そして左手にあった。

米兵は、服や靴、手袋を脱がせ、傷にワセリンガーゼを当て、包帯を巻き、モルヒネの注射を打つ。担架の上に寝かせられた菅原からは、米兵の顔が見える。だが、不思議とどの顔にも敵意というものが無い。

ひとりの男がノートを片手に近寄ってきた。

「モルヒネを注射しましたので、すぐに痛みは和らぐでしょう」

流暢な日本語で言う。

「私の名前は、ジョージ・エンドウです」

日系2世の中尉という。年のころなら22～23歳だろうか。

「あなたの名前はなんといいますか？　所属はなんと言う部隊ですか？　部隊での階級はなんですか？」

飛行服や飛行靴には、虎部隊　菅原靖弘上飛曹とエナメルで書いてあり、隠しようがなかった。菅原は答えた。

「名前は菅原靖弘、虎部隊、階級は上飛曹」

ジョージの書いたその字を見て菅原は驚いた。彼は達筆の行書体で書きこんでいた。

西の空に陽がかげり、あたりは薄暮を迎えていた。やっと痛みをこらえているのに、米兵が入れ代わり立ち代わり来た。

ひと目、ゼロ戦パイロットを見ようというのである。ゼロ戦パイロットというのは、野球の選手かフットボール選手のように、アメリカでは有名な存在で、彼らはゼロファイターと呼んでいた。

〈日本では国民はもとより、海軍の上層部ですらゼロ戦の名を知らぬと言うのに、アメリカでは一般国民にもその情報が流れているという。なんと言うことだ〉

両手がまったく使えない菅原に向かって、一人の米兵がタバコに火をつけて、差し出してくれた。

「ワァナ スモーク?」(タバコを吸わないか)

菅原にとってみれば、激しい痛みに耐えている時で、タバコどころの話ではない。首を横に振って断った。

何人かのちにきた米兵の一人が、また同じようにタバコを出して言った。

「ユーは、利口そうな顔をしているな。タバコ吸うかい」。菅原の顔を覗き込み、白い歯を見せてニッと笑った。その笑顔にふっと親しみを感じて菅原はうなずいた。痛みも時間の経過とともに少し和らいできていた。火傷で両手が使えない菅原に、その男はタバコを吸わせてくれた。

しばらくして最初の男が再び来た。そして言った。

「ユーは、なんで私のタバコを断ったのに、この兵士のタバコを吸うのか」

〈そんなこと言われたって……〉

返事に困って、寝た振りをした。

〈それにしてもすべての兵士から敵愾心というものがまるで感じられない。不思議だ〉

外科治療が一通り終わったら、衛生兵が点滴をはじめた。戦争中、しかも最前線にこのような医療品をふんだんに揃えているとは、いったいどういうことだ。菅原は内心大いに驚き、かつ感心した。

菅原は逡巡した。

もし被弾したとき、キャノピーが開いてパラシュート降下したら、助かっただろうか。もし、日本軍の基地に上手く降りられてたとしても、このような治療は受けられたであろうか。それは１００％考えられなかった。

すると、燃料タンクに被弾したら爆発するのに、爆発しなかったのも幸運ではないか。普通なら燃料タンク内のガソリンが気化し、そこに引火すれば爆発する。ところがあまりにも穴が大きく開き、燃料が一気に流れ出し、気化した空気も一緒に引き出され爆発しなかったのだ。

飛行機から脱出するとき、頭から地面に落ちたのに、頭部陥没くらいで済んだのも幸運だった。３・５メートルの高さから頭を下にして落ちたら、普通なら頭蓋骨が割れているだろう。

米兵に囲まれたとき、もし拳銃を持っていて撃とうとしたら、彼らはすかさず自動小銃で私を撃っただろう。するとパラシュートの上に肩から吊り紐で下げていた拳銃が、パラシュートベルトを外した時一緒に外れてしまったのも、結果として、すべて幸運だったことになる。

もし仮に、菅原が無傷でサイパンの味方陣地に降りたとしても、結局はサイパン陥落で日本守備隊4万2000人玉砕のうちの1人となったであろう。何しろ米軍は3フィート、つまり約1メートル間隔で兵を並ばせ、サイパン島を北上し、日本軍を一掃したのである。

ということは、米軍の捕虜になったから、とりあえず助かった。なんという皮肉であろう。

だがとにかく、現実にはいま大火傷を負い、こうして捕虜になってしまった。菅原は、捕まった直後は、〈火傷はたいしたことはないだろう。治ったら必ず機会を見て脱走し、もう1度ゼロ戦を駆って大いにグラマンと戦ってやろう〉と思っていた。

が、この負傷ではあと何日生きられるかわからない。もし、多少元気を取り戻しても、拷問が待っているだろうとも思う。

〈ええい、今そんなことを考えてもしょうがない。どうせ死ぬのは1回だ〉

痛みとモルヒネ注射で朦朧とする異常な精神状態のなか、点滴の落ちるしずくを見ながら、菅原はそんなことを考えていた。

すると、先ほど尋問したジョージが、話し掛けてきた。

「菅原さん、本当は私はここへ来たくなかったのです」

日本語がわかるのは、ジョージと菅原の2人だけだから、ジョージは自分がここへきた理由を話し出した。

ジョージが、現在の短大に相当する日本の高校を卒業して、カリフォルニアに帰郷したのは、日米開戦の直前のころだった。開戦直後に、親兄弟もろとも強制収容所に収容されて、自由は完全に奪われてしまった。それで志願した。親たちの苦境を救うには、自分たち若者が米軍に志願する以外になかった。でも、できるなら日本軍と戦わなくてもよいヨーロッパ戦線を望んだ。だがジョージは、極東戦線で必要な日本語能力があるということから、サイパンに廻されたのだった。彼ら日系人も懊悩《おうのう》苦悩《くのう》していたのである。

夜の帳《とばり》があたりを包もうとしていた。その暗闇に乗じて、突然にまた弾丸が飛来し始めた。その銃撃は明らかに日本兵のものだ。

日中ではできない反撃を、日本軍がはじめたのだった。銃撃が始まったとたん、米兵は近くの避難用の窪みに逃げた。それはそうだろう。菅原を運ぼうとしたら、自分たちがやられてしまう。

「シューン、シューン」

担架の上に寝かせられたままの菅原の頭上20～30センチのところを銃弾が飛ぶ。菅原は、すでに死は覚悟していたが、味方の弾に撃たれてだけは死にたいと思わなかった。

菅原は自分一人が置き去りにされたと思った。が、逃げなかった男がもう1人いた。衛生兵である。驚くことに、その男は何ら動ずる気色もなく、腹ばいになって点滴に注目している。

〈任務に忠実とはこのことか！〉

彼は命を張って自分のためにしてくれている。菅原は感心した。

銃撃は止んだ。助かった。銃撃の中での点滴を終えた菅原は、ジープに乗せられ、チャランカノア集落へ運ばれた。チャランカノアは、彼がゼロ戦で最終着陸に入る寸前に撃たれたところだ。

ジープが停まった。そこは、砂地に丸めたままの刺鉄線《ばらてつせん》に囲まれた捕虜収容所だった。菅原は砂地の上に寝かされた。空には星が輝いていた。

朝が来た。１３００キロも離れたヤップ島からの飛行の疲労、劇的な1日、重度の火傷による高熱。菅原は昨夜から意識不明に陥っていた。

突然に、「北海道生まれというのは誰だ！」と、その威勢のいい声で意識が呼び戻された。だがそれが夢の中なのか、現実なのかわからない。昨日のジョージの声とはちがう。朦朧とする頭は少しずつ戻ってきた。

〈いったい誰を探しているのだろう？〉

菅原は寝たまま首だけを廻して周囲を見渡した。

そこにいるのは、日本陸軍の兵士4人、少数の沖縄県人、その他は現地のチャモロ族、合わせて20人ぐらいだろうか。負傷者は息も絶え絶え、負傷していないものもひどく落ち込んでいて、とてもそんな威勢のいい声を出しそうもない。あとひとり、白人の将校が入り口付近に立ってこちらを見ていた。

〈いったい叫んだのは誰だろう？　まさかこの白人ではないだろう。でも、ほかに元気そうなのは誰もいない〉

菅原は戸惑いながらも声を発した。

「北海道生まれは、私です」

するとその白人将校はサッと駆け寄ってきた。

「そうか、お前か。なつかしいな。ワシは小樽生まれだ。君は北海道のどこだ？」

菅原は三笠町の出身だが、三笠は小さい町だ。それより自分の通っていた中学校の町、岩見沢を言ったほうがわかるだろうと思い「岩見沢です」と答えた。

「そうか、そうか、なつかしいな。僕は海兵隊のオーテス・ケーリー中尉だ。君の階級は？」

〈それにしても流暢な日本語だ。ワシと僕を使い分けている。目をつぶって話していると、日本人と話しているのと変わらない〉

相手が中尉だったので対抗心も手伝い、

「飛曹長です」と答えた。菅原は1階級うえの飛曹長とサバをよんだのである。

〈どうせ自分は死んだことになるのだろう、そうすると1階級昇進する〉と思ったからだ。

ケーリー中尉は、日系2世のジョージが昨日書いた名札のほうに目をやった。

「なんだ、上飛曹ではないか」

彼は行書体の漢字を、なんなく読めるのである。

〈こりゃまずい〉菅原は二の句が告げなかった。

ケーリー中尉の父は牧師で、小樽にいたとき彼が生まれたのである。その後、神戸に転居し、14歳のときアメリカの学校に戻ったのである。日本語を母国語のように話し、漢字が読めるのも当然だった。

彼がアメリカに戻り、東部の名門アマースト大学3年在学中に太平洋戦争が始まった。海軍に志願し、日本語の再教育をうけ、対日戦の情報部員としての赴任であった。

「菅原君、君はハワイに送られるよ。アメリカは捕虜を大事に扱うから心配するな。ハワイの収容所では、先に捕まった連中が毎日、野球をやって遊んでいるよ」

にわかには信じられないことを言う。

「それからMP（軍の警察）が『君は英語が上手い』と言って褒めていたぞ」

当時は英語を話すものはいないに等しく、菅原はMPに「水を欲しい」というような簡単な英語を使うだけだったが、米兵にとって「英語を話せるめずらしい日本人」として映ったのだった。

「ところで君はゼロ戦に乗っていたんだな。ゼロ戦のエンジンは火星だったかな?」

さすがは海兵隊情報部員のケーリー中尉、栄型エンジンと知っていて、わざととぼけて訊いてくる。

〈これは手ごわいぞ、下手なことを言うとまずい〉、菅原はそう思ったから無言でいた。だが、ケーリー中尉は決して無理して聞きだそうとはしなかった。無理に追い込まなくても、日本人のある心理を知っていて、多くの日本兵は遅かれ早かれしゃべりだすのは分かっていたからである。

ケーリー中尉は帰り際に、「菅原君、日本の連合艦隊が接近中とのことだから、われわれも戦死するかもしれんな」、と言い残して慌しく出て行った。

今日、6月19日は艦隊決戦の予定日であることを菅原は知っているから、気がかりだった。だが、日本の機動部隊の実力からして、多くは期待できないとは思っていた。

だが、〝ひょっとしたら〟の期待もした。でも、そうなると自分は味方の攻撃にやられて死ぬのか？　味方の弾に当たってだけは死にたくない。そんな思いが交錯した。

合理的な考えによる作戦、圧倒的な戦力をもったアメリカは、日本軍の航空部隊を〝太平洋のカモ撃ち〟とよんで、手ぐすね引いて待っていた。菅原の〝ひょっとしたら〟の期待は起ころうはずはなかった。

アメリカはマリアナ沖海戦での空戦を〝太平洋のカモ撃ち〟と呼んでいた。それはまさに当を得たことばであった。日本軍機をレーダーで捕捉、味方のグラマンを高い位置に上げ無線で誘導し航空機の数は日本軍の3倍から10倍上げる、命中率の高いVT信管の高角砲、これらをもって待ち構えるアメリカ。

その陣容の前に現われる、パイロットの目だけが頼りの日本軍機。それはあたかも、木の上に隠れて陣取った多数の猟師の銃口の前に、少数のカモがまとまって、あたりをキョロキョロしながら現われるようなものだ。

しかも猟師はカモが何時くるか、レーダーを使って知っているのである。まさに太平洋のカモ撃ちである。

菅原は、「今日の決戦は、どうなったのだろう?」と気にはなるが、捕虜の身、状況は知る由もなかった。ただ、夕暮れになってもサイパンに弾は飛んでこなかった。

戦場の紳士

3日目の朝、菅原は担架に乗せられ、チャノンカノアにある野戦病院に運ばれた。包帯を替えるときに激痛がはしる。焼けただれた皮膚が、包帯に張り付いて引き剥がれるからだ。

痛みをぐっとこらえ、ようやく終わった。と、思うまもなく上品な感じの男が入ってきた。ベッドのそばの椅子に静かに腰掛けて、水を飲ませてくれた。

「菅原さん、私は情報部士官で、ビリー・ライト中尉というものです。ここではまだ、上陸直後で冷たい水を造れませんので、こんな温かい水ですが我慢してください」

菅原は、思いがけない丁寧な言葉をかけられて驚いた。このような人を本当の紳士と呼ぶのだろう。

日本なら、〈水を飲めるだけでも有難いと思え。そら、サッさと飲め〉といわれるのがオチだろう。食物が喉を通らない菅原は、有難くその水を飲んだ。

〈温かい水も、かけられた言葉ひとつでこうも違うものか！〉

その水は3倍くらいおいしく感じた。

ライト中尉は、上品な日本語を流暢に話し、尋問を開始した。

尋問は核心に及んできた。

「あなたの18日の出撃地はどこですか？」

「グアムです」

「そんなはずはない。グアムは徹底的に叩かれて、1機の飛行機も残っていなかったはずです。どこか別の基地からではないのですか？」

米軍はすでに、グアムやテニアン島などの近隣のマリアナ諸島の日本軍基地はことごとく叩き、壊滅状態にしていた。グアムとサイパンの距離は約２５０キロ。そしてグアム近隣の島も叩いたのだから、近くの島から発進して、サイパンに飛んでくるはずがないと思っている。しかも米軍は、日本の連合艦隊の艦載機はいまだにずっと南方洋上にいると思っているから、そこからも飛んでこられるはずがないと思っている。

彼らは、まさか菅原たちのゼロ戦が片道１３００キロもの遠距離を飛んできて、空戦にくるとは想像もしていなかった。彼らの戦闘機はゼロ戦の3分の2くらいしか航続距離がなかった。だから彼らは、戦闘機は航空母艦で近くまで行って発艦し攻撃するもの、又は近くの基地から飛び立つものと考えていたからだ。

ゆえに菅原たちのゼロ戦がどこから飛び立ったのか、そこが一番知りたいところだと思ったから、菅原は、

「いゃー、グアムですよ。飛び立ったのはグアムの秘密基地。それは、とても短い滑走路を木でカモフラージュしたもの。だから腕のいいパイロットが集められていた」

と嘘を語り、肝心なところは一切語らなかった。

「ところで菅原さん、日本では新しい戦闘機の紫電と雷電という、2つの機種を開発中のはずですが、あなたは見たことがありますか?」

〈う~ん、敵は航空機がいかに戦局を左右するか、よく認識している。日本の幹部は未だに艦隊決戦を夢見ているのとは大違いだ〉

菅原は南方へくる前に、飛行機を群馬県の中島飛行機へ飛行機を取りに何度も行ったことがあるし、さらに三重県鈴鹿航空隊にも行ったことがあった。その鈴鹿で雷電の試作機を見て知っていた。試作の雷電は、機銃を装備していない軽い状態ではあるが、30度位の角度で一気に上昇していくのをみて〈すごいなぁー〉との印象が強く焼き付けられていた。

菅原は質問に答えた。

「いえ、まったく知りません」

3時間にわたる尋問はようやく終わった。尋問はあったが拷問はなかった。菅原は再び露

天の収容所に運び戻された。大火傷と銃撃による負傷、激痛、食事を受け付けないくらいに衰弱した身体。朦朧とする意識。温存していた体力で、かろうじてもっているようなものだった。

収容所に収容されていた12～13歳のチャモロ族の少年が、食事を菅原のところまで運んできてくれた。

「兵隊さん、残念でしょうが頑張って下さい。食べなくてはいけませんよ」

スプーンで口に入れようとしてくれる。親身になって世話をしてくれるその少年の澄んだ目をみて、菅原はうれしさのあまり目に涙が潤んだ。

〈逆境の最悪の状態におかれた自分に、こんなに親切にしてくれる。人の親切とはこういうものなのか〉

菅原は涙声でむせんだ。

「ありがとう、ありがとう」

だが、高熱に苦しんでいる喉は、水しかうけつけなかった。

少年の姉は山形県人と結婚して、山形にいっているという。そんな話を聞きながら、眠りに入っていった。

朦朧とする意識、もう何日たったのかよくわからない。まさに死線上の彷徨であった。およそ一週間もたったであろうか。菅原は、担架ごとジープにのせられた。

珊瑚の海は船が接岸できない。米軍はそこに長い桟橋をかけ、停泊中の船のクレーンで菅原を吊り上げた。彼はいよいよハワイに送られると悟った。

船室のベッドに収容された菅原の目に、驚くべき光景が飛び込んできた。それは、部屋のコーナーに噴水式で出る冷たい水、ファウンテンと呼ばれる装置であった。

〈米軍はこんなにいい設備を常備しているのか!〉

驚きであった。

菅原をベッドに移し変えた衛生兵は、菅原がそれまで枕にしていた飛行帽とマフラー、そして横にあったセイコーの時計をすばやく丸めて、あたりまえのような顔をして部屋から消えた。

陸に上がることのない水兵にとっては、またとない記念品獲得のチャンスだったのである。包帯でぐるぐる巻きされ、寝たきりで自由の利かない菅原は、どうすることもできない。〈まあ、しょうがない〉と諦めるしかなかった。

今度は別の兵隊がきた。ガシャ、ガシャという音とともに、ピカッと輝く鉄製のものが見えた。手錠であった。菅原は左手首に手錠をはめられ、その片方の先端はベッドの手摺につながれた。

「俺は犯罪者じゃない!」

猛烈な怒りが込み上げてきた。

「よお~し、こんな手錠なんかねじ切ってやる」

菅原は重症の身を忘れて、手錠をかけられた左手をぐるぐる廻し、鎖をガチガチにからませ、満身の力を込めてねじ切ろうとした。

「んっ！　んっ！」、畑仕事と柔道で鍛えた身体に自信があったから、ねじ切ることは可能であると信じていた。だが、特殊鋼の手錠はそう簡単にはきれるものではない。

その異常な光景にベッド脇に控えていた海兵隊員のガードが、猛然と立ち上がりながら怒鳴った。

「やめろ！」

〝ガシャ〟、と自動小銃を装塡し、ピタッと銃口を菅原に向けた。

その怒鳴り声に、菅原は我にかえった。

「そうか、手錠を切っても、切らなくても同じことだ。船は出航してしまったのだし、この重症の身では、いまはどうしょうもない」

悪あがきは止めることにした。だが、その手錠も、歩行不可能なのだからと、まもなく外された。その部屋には5人がいた。他の4人は手錠をかけられたままだった。

夜になった。意識喪失状態の耳にけたたましいサイレンが聞こえた。

〈何だろう？　何だろう？〉

菅原は歩くことも、上半身を起こすこともできないはずなのだが、突然歩き出した。硬直して「く」の字に曲がった両足で立ち、手摺につかまり、部屋の出口の方に向かって歩き始めた。ガードの米兵がものすごい形相で、銃口を突きつけてきた。

「またお前か!」

米兵の人指し指が引き金に掛かった。そのとき一人の男が日本語で叫んだ。

「静かにして、ベッドに帰って寝ろ!」

同室の捕虜の一人、柳平だった。

菅原以外の捕虜は手錠をかけられているから、起きてきて静止することが出来ない。だから叫んだ。

〈なにを生意気な! 上等飛行兵曹で戦闘機搭乗員の俺に何を言うか!〉

銃口と、叫びに対する反発心が、朦朧とする頭で交錯する。だが、不思議と身体はベッドへと向かった。

サイレンは潜水艦警報であった。近くに日本軍の潜水艦がいるのだろう。が、そのときはサイレンだけで終わって、何事もなかった。

次の日、柳平は言った。

「菅原さん、昨日あなたは撃たれると思ったよ」

彼の叫びがなかったら菅原は死んでいた。叫んでくれた柳平は顔面に盲管銃創《もうかんじゅうそう》を受け、顔の感覚を喪失していた。そのとなりの男は、乗っていた船上でグラマンF6Fの銃撃を両脚に受け、両足首から先が切断されていた。

船は針路を東に取り、サイパンとハワイの真中より少し南にあるマーシャル諸島のクウェゼリン島を目指していた。そこで船を乗り換えようというのである。そこまでは5日間の航海だと教えられた。

数人のアメリカ人水兵がベッド脇にきた。

「は～い、SUGAWARA。ユーは英語がしゃべれるだろう。教えてくれ。これは何というものだ?」

手にしているのは、カルピスだった。

「それは日本のドリンクだ」

「米のとぎ汁か?」

「いや、違う。乳酸飲料だ」

「どのようにして、飲むのか?」

「水を持ってきてくれ、それで薄めて飲むのだよ」

彼らはどんぶりに水を入れてもって来た。やって見せたくても、菅原は両手が使えない。

「そこに原液を3分の1くらい入れてくれ」

彼らは菅原の言うとおりにした。そしたら、彼らは菅原に飲んでみろと言う。何日もろくに食事をとっていなかった菅原の喉を、このときカルピスはいたく慰めてくれた。〝うまい〟。あまりうまそうに飲むものだから、彼らも安心したらしく、おのおのどんぶりに水を入れてきて、菅原の指示に従ってカルピスの原液を入れた。

そして、おそるおそる口をつけた。その美味な味に驚くと同時に、大いに喜び、何回もお代わりをした。その都度、菅原に指示を仰ぎ無邪気に喜んでいる。それを見て菅原の気持ちも少しは和んだ。

だが、菅原の病状は死線上にあるようなものだった。食べ物はもちろん、水を飲んでもすぐ吐き出すようになっていた。

高熱が続き、痛く苦しい。菅原は思った。

〈もはや日本に勝ち目はなく、国の未来も暗黒なら、自分の生きる見込みもない。もはやグラマンと再び戦う夢も叶わない。ならば、潔く死のう〉

菅原は衛生兵に伝えた。

「俺は死ぬことに決めた。この次から食事はいらないから、もう持ってこないでくれ」

次の食事から衛生兵は持ってこなくなった。

目を閉じた。真っ暗な、どこまでも続く深い穴。その底に落ちていくような気になる。行き着くところまで行けば、もう苦しまなくても済む。その滑落は、なぜか甘美な感じがした。

眠りの中で、今までの20年が走馬灯のように浮かんできた。

第3章　ゼロ戦パイロットへの道のり

〝飛行機・搭乗員募集〟ポスターとの出会い

菅原は1924年（大正13年）3月に、北海道三笠町（現・三笠市）で7人兄弟姉妹の次男として生まれた。

三笠町は、札幌と旭川の中間に位置する炭鉱の町だった。小樽―札幌を経て、岩見沢から延びてきた鉄道線路は、ここ三笠で幾春別《いくしゅんべつ》と幌内へ分かれる。三笠駅はその分岐点にあった。

父は国鉄職員で、地元の三笠駅に勤務していた。働き者の父は、2町歩、坪で言えば6000坪の畑を持ち、勤務のとき以外は畑仕事に精をだしていた。土地は畑のほかに、山に五町歩、1万5000坪も持っていた。7つ違いの兄は神童と呼ばれたが、父は、豪放磊落《ごうほうらいらく》な性格の弟の靖弘と畑仕事をするのが好きだった。

兄は農業を好まず、高等小学校を出るとすぐに札幌の文房具店に勤めて、札幌で生活をはじめた。靖弘が小学2年の時だった。

父は、靖弘と長兄との間の2人の姉に、家事はさせるものの農作業のことはあまりさせなかった。だから農作業の手伝いは、もっぱら靖弘の担当となった。ジャガイモ、大豆、かぼちゃ、スイカ、メロン、トウモロコシ、イチゴ、トマト、あじうり（まくわ瓜）、それらに加えて、栗の木が200本、さらに梨の木、桜の木も沢山あった。

「オーイ　靖弘、サクランボ取っておいてくれ」

「うん、わかった」、猿に次いで木登りが上手かった靖弘は、桜の木に登ってサクランボをたくさん取った。

靖弘はサクランボが好きではなかった。だから、取ったものがそのまま籠に入って収穫となるが、弟たちがやると収穫よりそのまま口に入る方が多い。そんな光景を父はときどき笑って見ていた。

とにかく6000坪に、いろいろな野菜、穀物、果実を栽培しているから、農作業は多忙を極めた。学校に上がる前から手伝っていた靖弘は、別にそれをなんとも思わなかったが、ひとつだけまいっていたことがあった。

「靖弘、お前また休んでいるのか」手を休めて一息ついている靖弘にむかって、父は鍬《くわ》をチャ、チャ、と動かしながら話しかける。

靖弘の腕は長時間の鍬使いで、パンパンにはっている。父には、ほとんど休み無く働きつづけられる特技があった。両腕が利き腕なのである。だから父は疲れたら鍬を反対方向に持ち替えて、作業を続ける事が出来るのである。

馬とか牛を飼うのが嫌いだった父だから、必然的に農作業は手でやることになる。農業機械などというものが無い時代だった。この農作業は靖弘の体づくりに、知らず知らずのうちに大きく役立っていた。

春から冬にかけての農作業も、さすがに雪が降るとしなくてもよくなる。靖弘は裏山の斜面で小さいときからジャンプスキーをして遊んでいた。

だれに教わるわけでもなく、我流であった。当時の北海道ではスキーを持たない子がいないくらい、スキーは生活の一部であり、子供たちの遊び道具だった。

豪快な感じのするジャンプスキーが性に合い、学校が終わると毎日のようにジャンプスキーをしていた。靖弘はジャンプした時の浮遊感がたまらなく好きだった。

最初は小さな台から飛んで同級生と遊んでいたが、小学生の高学年の頃には10メートルも飛べるようになった。友達が恐がっても、靖弘はビューンと飛べるから、ますます気分を良くし、ジャンプスキーの豪快さに取り付かれた。

ジャンプスキー用のスキーは幅が広く、長い。だが、靖弘はそんな板を持っておらず、ノルデック距離用のとても細くて軽いスキー板で飛んでいた。

三笠町には正式なジャンプ台はなかったが、近隣の町では岩見沢にのみあった。菅原は休みの日に汽車に乗ってときどきそこへ出かけた。斜面にやぐらを組み、板を張り付けた少年シャンツェ。それは20数メートルも飛べるものだった。ジャンプ台のスタート位置に立ち、下を見ると足がすくむ。同級生は恐いと言って、板を担いで横の階段を下りていった者もいたが、菅原は飛んだ。スキーがしなり、風を切り、ビューンと唸る。が、この音は後へいくから本人には聞こえない。最初はちょっと恐かったが、慣れれば平気だった。

スキージャンプから帰ったある日、先生が家に尋ねてきていた。先生は父に向かって言った。

「靖弘君は、勉強もよくできる。お金も掛かるが、中学校へ行かせてやってくれませんか」

当時、義務教育は尋常小学校の6年間だけだった。その先、進学希望者の多くは2年間の高等小学校へ行った。5年制の中学へ進めるのは、優等生で授業料がまかなえるごく一部の者に限られた。

父は、わりとすんなり承諾してくれた。父は靖弘を自分と同じ国鉄に勤めさせたかった。中学を出たものは、国鉄採用試験のとき有利だったからである。

小学校時代は、特別勉強したわけではなかった。畑仕事が忙しく、とても勉強どころではないのが現状だった。宿題も一生懸命やったわけでもなかった。畑仕事で疲れて食後すぐ眠ってしまい、翌朝学校へいって、「ありゃ、そんな宿題あったのか?」ということもたびたびだった。

特に勉強が好きだったわけではないが、小学生のとき読んだ〝民族日本史〟が靖弘を歴史の世界に誘《いざな》った。

尋常小学校を首席で卒業した靖弘は、中学の試験に合格した。この年、中学へ進んだのは靖弘ひとりだった。彼は汽車で30分の北海道庁立・岩見沢中学、通称〝岩中《がんちゅう》〟へ進んだ。

中学に入ると英語の授業があった。

旧制・岩見沢中学

「菅原君、この英文の意味を答えてください」

「菅原君、have to と Must の違いは何ですか、説明してください」

「Can I～ は、許可を求める言い回し。ではお願いするときの言い回しは？　誰か分かる人？　はい、では菅原君」

〈何で俺ばかり当たるんだ。この中学の先生は俺に恨みでもあるのか？　それとも可愛がってくれているのか？〉

とにかく、この当てられ地獄から逃げるには、少し勉強するのが一番賢明のようだ、と靖弘は思った。

〈俺は数学、特に幾何学とか代数は苦手だ。頭が良くないと無理そうだ。でも英語なんてただ覚え

ればいいのだから、何も難しく考えることは無い。覚えればいいだけだろう！〉
〈それに、日本語は自分を表すのに、私、僕、俺、小生、手前、ワシといっぱいあるが、英語ではすべて〝I（アイ）〟ですむじゃないか〉

かくして傍から見ると、一見優等生のような中学生が出現した。家に帰ると畑仕事が待っているから、通学の汽車の中で行きも帰りも教科書を広げたのである。そして暗記した。

「あの子、毎日見かけるけど立派だねぇ〜。汽車の中でいつも本を読んでいるよ」
「あの学生さん、なんか訳の分からんことをつぶやいているけど、あれが英語とかいうやつかい？」

汽車に乗り合わせた大人たちの会話である。靖弘はひたすら暗記した。それは先生の〝当てられ役〟地獄から自分を救うためだった。

当時、高等小学校と中学校では授業内容が異なっていた。高等小学校では算術はやるが、数学はなかったし、英語もなかった。中学では英語は週5時間あった。当てられ役対策ではじめた英語は、地獄からの救済が目的であろうと、なかろうと、めきめき実力がついた。

歴史の授業はつまらないが、年表や内容は覚えた。覚えるだけだから知能は特別要しないし、歴史そのものには興味をもっていたからである。これは後年、いろいろな出来事に歴史的考察を加える素地となった。

菅原は、〝畑で鍛えた身体、歴史から学んだ世界のこと、身に付けた英語〟、この3つは、その後の人生の節目節目に大いに役立つとは、そのとき認識はしていなかった。そしてジャンプスキーの空中感覚が、パイロットとして腕をめきめき上げていく下地となっていることも、この時点では想像していなかった。

ある日、体育授業のとき、体育教師が言った。

「全員の背筋力テストをする。これが最新の検査機だ、君らの年齢だと100キログラムを超えればまずまずだ」

機械は、かがんで取っ手をつかみ、両手でぐっと持ち上げて測定するものだった。

体育教師は胸板が厚く、胸囲は115センチもある。

「まず、先生がやってみせる。はい、200キログラム」

「はい、では青山君やって……115」

「次、池田君……88」

「池田君、もやしみたいな身体でどうする。もう少し背筋力をつけないといかんな」

「次、植田君……120」

「次、菅原君……235。ん？　235？　おい菅原、もう1度やってみろ」

「はい、わかりました」

靖弘はさっきよりさらに満身の力を込めて取っ手を引き上げた。236キロ。先生も驚いたが、彼自身も驚いた。

〈俺の背筋力は、先生よりすごいのか〉、靖弘は自信をもった。

中学は5年制だが、成績優秀な生徒は4年終えた時点で、北海道大学の予科や、秋田高校、新潟高校、難関といわれた一高などを受験し、進学した。つまり4年修了で次のステップへ入ることもできたのである。中学4年は、今の高校1年である。

菅原が中学4年生の1940年、昭和15年の10月、校庭には秋のさわやかな風がそよいでいた。菅原は親友の秋山実と2人で校庭から屋内体育場に入った。

「ん？ なんだこれ」

壁に貼られたポスターが2人の目に入った。〝飛行機・搭乗員募集！〟、それは飛行服スタイルの若いパイロットが、飛行機を背景にして立っているものだった。

「おい菅原、君は敏捷《びんしょう》で運動神経もいいから、これに向いているんじゃないか」

「う～ん、そうかなぁ～。そうかもしれんな」

菅原は一度も飛行機というものを見たことがなかったが、なぜか心が惹かれた。

「大空を飛べる」、そんなことは一度も考えたことはなかった。でもトンビがゆうゆうと空を飛んでいるのをみて、自分も鳥のように飛べたらいいな、と小さいとき思ったことがあった。その思いは夏の入道雲のように、むくむくと湧きあがり大きくなっていった。

飛行機に乗りたいと思う背景には、実はもう二つ理由があった。

父は菅原を国鉄職員にしたかった。だが菅原は「鉄道員にしかなれないのか」と思うといやだった。そして同じ乗り物にのるなら飛行機と思った。

もうひとつは、どうせ戦争に行かなくてはならないなら陸軍には行きたくないと思っていたからだ。

菅原は小学6年のとき東京に行き、そのとき靖国神社に展示してある捕獲した兵器をみた。そこには中国兵が使っていた自動小銃、戦車、軽機関銃などがあり、それらはチェコ製であった。自動小銃は引き金を引くと、次の弾が自動的に装塡され、次々に引き金を引いて撃てる銃で、機関銃は引き金を引いてから離すまで連続して弾が出る仕組みの銃である。

菅原は雑誌〝少年倶楽部〟などで陸戦や海戦ものを読んでいたので、日本の武器は進んでいると思っていた。

ところが中学校で週1時間やらされる軍事教練で使われる銃は、明治38年に正式採用され、日露戦争で使われた三八式歩兵銃であった。時代遅れのその銃は、「銃に入れた5発の弾を、1発撃つごとに〝がしゃっ〟と手で装塡して次の弾を撃つ」という仕組みの35年も前の銃であった。そしてそれは訓練だけではなく実戦でも同じものを使っていた。菅原は靖国神社でみた銃との違いを知ってがっかりした。

軍事教練には、学校のグランドが使われた。岩見沢中学のグランドはとても広く、1周400メートルのトラック、野球グランドがひとつ、テニスコートが2面、バスケットボールコートが1面というものであった。

ちょっとした練兵場くらいの広さがあるそのグランドを使って、菅原たちは陸軍の退役将校たちにより陸戦訓練などをさせられていた。そんな広いところを鉄砲を持って、匍匐前進《ほふくぜんしん》などをやらされる。それは陸軍に行ったら同じことをやらされるということだった。それは嫌だった。

その頃は、すでに日支事変がはじまっており、日本は軍国主義が高まりをみせていた。だから菅原は「いずれは兵隊にならなくてはならないのだろう」と感じていた。

当時は陸軍が一括して徴兵し、その一部を海軍に回していた。だからほとんどの人は陸軍にとられる。そして一部が海軍に回される。だから海軍は陸軍から回されてきたその人たちを、「どうせクズが回ってくる」と思って、あまりあてにしていなかった。それで、海軍も独自に志願兵を集めた。

〈陸軍に行ったら、移動はいつも2本の足で歩かされるだろう。そんなことはたまらん。アホらしくてやっていられるか。海軍なら移動は船だし、垢抜けてスマートそうだ。しかも海軍が独自に募集している予科練に入れば、近代的な飛行機に乗れる。どうせ、軍に行かなくてはならないのなら、自分の意志で志願し、飛行機に乗れる予科練に行こう〉

そういう理由から、予科練に行こうと決意した。菅原は、応募用紙にペンを走らせた。

24時間汽車に乗って、茨城県土浦の予科練に着いたのは翌1941年、昭和16年2月下旬の日だった。汽車賃は役場から支給された。岩見沢を出るときには雪景色だったが、土浦にはもう梅の花が咲いていた。

希望に胸膨らませてきた菅原に向かって、北海道出身の身体検査の衛生兵が言った。

「お前、岩中まで行っていて、何でこんなところへ来たんだ。試験に受かったら大変なことになるぞ。試験なんかいい加減に受けて帰れ、帰れ」

衛生兵は婆婆の辛酸をなめ、ようやく手に入れたのが、この職であった。いいところへはなかなか就職できない時代であった。それを岩見沢中学出の人間なら、希望する一流企業へ就職できるのに、消耗品と言われる搭乗員なんぞに何故志願するのか！　というのである。同郷のよしみの親切心からだろう。

〈そうは言っても、自分は飛行機に乗りたくて来たんだし……〉

450人の募集に対し、全国から応募したのはなんと1万5000人。合格率3％である。英語、数学、物理、化学などの学科試験と、第一次の身体検査は全国で行なわれた。そして合格した1000人がここ土浦に集まり、身体検査、適性検査の試験を受けているのである。朝食が終わると試験はすぐに始まり、夕食が終わってもメンタルテストがあり、これが4日間に及ぶ。適性検査は、実に科学的に行なわれた。

機械を使ってのリンクトレーナーもあった。これは今でいうシミュレーターみたいなもので、当時は機械式である。擬似飛行をして機をコントロールするのである。乱気流に入って機がいろんな方向へ行くのを、操縦桿とペダルを使って、機首方位を合わせよというものだ。

菅原は天性の感覚で、飛行機があらぬ方向へ行こうとする出鼻を捉えてピタリと合わせた。つまり針路がずれてから修正するのではなく、ずれを予知し、ずれる前に修正をかけるのである。すると結果として機は、ピタリ安定して針路を保つ。そうできるのは100人の中で

5人くらいだった。つまり5%。85%の人間は針路がずれてから、修正動作に入っていた。後の10%の人間はパニックに陥っていた。

予科練の目的は優秀な搭乗員を養成するものだから、直感力、判断力、肉体的な能力など、海軍はとても適性検査を重要視していた。

4日間にわたるハードな試験は終わった。試験の結果は後日通知が来るという。菅原は再び24時間汽車に揺られ、三笠町に帰り着いたのは3月4日だった。それは5年生の卒業式の前日であった。学校へは何の届けも出していなかった。

卒業式は終わっても、在校生はまだ授業がある。4年生の菅原はいつもと変わりなく登校した。

「菅原君、1限目が終わったら宿直室に来てください。担任の先生がまっておられます」

1限目の授業直前に、用務員のおじさんに言われた。

〈これはまずい。昨日のことがバレたのかな〉

菅原は昨日、柔道の腕を見込まれて、喧嘩の助っ人に駆り出されたのである。そう思っていたら、再び用務員がきて、メモを渡された。〝授業中でもいいから、すぐに宿直室に来るように〟。担任の体育教師の字で書かれていた。

「菅原、そこに座れ。お前はなんと言うことをしてくれたんだ。住民から『岩中の生徒が街で乱闘している』と通報があったんだぞ」

「……」

「それから卒業式で紅白の餅が1個たりなくなって、どうしてだろう? おかしい、おかしいと思っていたら、お前のせいだったんだな。だいたい学校に何も言わず、受験に行き、何日もいないと思ったら、急に出てくるからだ。あの紅白の餅は旨いから、もって帰りたい気持ちは分かるが、足りないものだから先生の分を出して数を合わせたぞ」

「……」〈確かに紅白の餅は旨かった〉

「こんなことじゃ、予科練の試験に受かっても、行かせることは出来んぞ」

「……」〈へぇ～、そんなことができるのかなぁ〉

「だいたいお前は、いまどき何で軍隊なんか行こうと思うのか。よせよせ」

先生方は校長を除いて、大正デモクラシーの風の中で教育を受けていた人たちだったから、軍国主義反対者であった。ただ、菅原は飛行機に乗りたい一心だったから、先生の言うことは聞き流した。

数日後、予科練合格の通知が届いた。

そのまま在学していたら、退学とまではいかなくても停学ぐらいにはなっていたかもしれない。この件は、とにかく説教だけで済んだ。

1941年、昭和16年3月29日、菅原は合格通知をカバンに入れ、役場で支給された汽車賃を持って、再び土浦への車中の人となった。岩見沢には春の雪が空から舞っていた。

〝2度と生きて帰ることはない〟宣告

土浦では、満開の桜が菅原を迎えてくれた。それは、白黒の世界から総天然色の世界に飛び込んできたかのように綺麗だった。

昭和16年4月1日、菅原は第8期海軍甲種飛行予科練習生（通称・甲飛8期生）として入隊した。昭和12年から始まった日中戦争は続いているが、その頃はまだ日本国内では軍事色はあまりなかった。

「きれいだな～」と桜の花を愛《め》でるのも束の間、現実に引き戻された。

入隊式典のあと、担当教官から、〝えっ！〟と思う言葉があびせられた。

「お前たちは、もう二度と生きて娑婆《しゃば》に帰ることはない。ここから帰れるときは白木の箱に入った時か、病気になって使いものにならなくなったときだけだ」

〈いゃ、これはえらいところへ来てしまったぞ〉

菅原は内心そう思った。海軍兵学校や陸軍士官学校は生徒扱いだから、イヤなら止めて帰ることも一応できる。が、予科練はそうはいかない。予科練に入ると、その日から軍籍に入ることになるからだ。

菅原は、日中戦争で中国大陸に渡った飛行機搭乗員は、行った数より帰ってくる方が少ないので、ある程度戦死しているのだろうとは想像していた。しかしこんなにハッキリ言われると、やはりドキリとした。

予科練の授業に、実際の飛行訓練は一切ない。飛行練習生の予科だからである。この間、軍事基礎教育、軍艦のこと、爆弾のこと、毒ガスの知識や、モールス信号、手旗信号など、多岐にわたってみっちり叩き込まれる。

450名のうち、パイロットになれるのが200名である。後の250名は偵察員、電信員など、飛行機の中で操縦以外の任務につく搭乗員となる。

ここ土浦の予科練には、練習用の飛行機はない。ただ、適性検査をするために水上基地に、水上機を10機ほどもっていた。入って間もなく適性検査が始まった。

「今から適性検査のために飛ぶ。操縦桿を右へ倒すと右、左へ倒すと左に曲がる。ペダルもそれに連動させて使う。操縦桿を前に倒せば降下、手前に倒せば上昇する。以上」

教官の言ったのはそれだけだった。

〈えっ、たったそれだけの指示?〉

そう思った仲間はたくさんいた。誰もそれまで飛行機に乗ったことはないのである。5回の実飛行で適性をみようというものだ。

「菅原、右旋回しろ!」

「はいッ」

菅原は操縦桿を右に倒して、右ペダルを軽く踏んだ。機は右旋回に入った。

「次、左旋回」

「はいッ」

先ほどと反対の操作をして左旋回した。

〈これはおもしろい。自由に動けるからおもしろい。大して難しくないじゃないか〉

ところが、ダメな者は幾ら訓練してもダメなのである。それをチェックしているのである。

上昇、降下と、ひと通り課題を終えた。

これは適性検査のひとつで、他にも統計学に基づく人相見や、各種の検査があった。

「検査結果を発表する」。発表されたパイロット200名の中に菅原の名前があった。

〈やった! これで、パイロットになれる!〉

わくわくする気持ちで胸がいっぱいになった。この先、パイロットと偵察員とは訓練内容が異なった。

朝の6時半から、夜の9時半の消灯まで、授業はハードだ。午前中はオール漕ぎ、陸戦訓練、午後は、海軍の設備と道具の全てにわたって叩き込まれる。

エンジンや航海の設備、マスト、舵、大砲、副砲などの軍艦の全般、ロープの結び方などの運用術。そして数学、無線通信などの電子工学の物理、毒ガスなどの化学などもやらされる。

また、複葉機の九〇式戦闘機の星型460馬力エンジンを、機体から下ろし、分解し、再び組み立て、機体に乗せ、そして試運転までの一連の作業もする。結果として、菅原はメカニズムにも強くなり、無線電信のトン・ツーはイロハの和文、ABCの英文ができるようになり、手旗信号も完全に身につけた。

訓練と授業は体から火を噴くくらいハードだった。それに加えて、夜は監視付きの自習時間となる。疲れて居眠りもでる。だが監視付きだからやらざるを得ない。菅原は毒ガスなどの分野はあまり興味がないので、監視の目を盗んで、予科練甲飛の授業にはない英語を勉強していた。

予科練には、甲飛、乙飛、丙飛、特乙の4つがあった。応募資格は甲飛が旧制中学3年以上終了していることだった。乙飛は高等小学校以上の終了者だった。前述のように、高等小学校の授業には英語がなかったが、旧制中学には英語の授業があった。だから、甲飛に入ってくるものは、英語の知識はあるという前提に立っていたから、甲飛では英語科目がなかった。

土浦航空隊での予科練時代

予科練の修業年限を終えた菅原が配属されたのは、茨城県にある百里原航空隊であった。土浦から汽車で1時間、霞ヶ浦の北にある百里原に向かった。

百里原についたとき、菅原は訊ねた。

「赤とんぼと呼ばれる飛行機はどれですか？」

「右手後方を飛んでいるやつだよ。九三式中間練習機、略して九三中練。それを人は赤とんぼと呼ぶ」

確かに赤とんぼが飛んでいるようであった。菅原は心ひそかに決心した。

「よし、どうせ飛行機乗りになるなら、俺は飛行技術では誰にも負けないようになってやろう！」

百里原での飛行基礎訓練を終えたとき、2番目の成績だった。パイロット200名のうち、60名が戦闘機パイロットで、後は艦上爆撃機、陸上爆撃機などのパイロットに割り当てられた。

卒業という段階になると、一応希望が訊かれた。菅原は「どうせ飛行機に乗るなら、戦闘機」と思っていたので、迷わず戦闘機搭乗員を希望した。

希望は訊くが、実はそんなものはほとんど関係なかった。教官、教員連中が協議して決める。戦闘機搭乗員として配属されるのは優秀な者か、どこへ配属しても余り使いものにならない、どうしようもない者だった。戦闘機の枠が1番多かったからである。

菅原は、幸い希望通り戦闘機パイロットとなれた。

大村航空隊時代

菅原は、意気揚揚と次の訓練地、長崎の大村航空隊へ向かって汽車に乗った。いつものように手荷物のなかには、岩中時代からの愛用品、英和と和英の小型辞書を2冊忍ばせていた。大村航空隊は、佐世保より南へ50キロの大村という町にある。大村湾に面した町だ。1943年、昭和18年3月初旬、菅原は大村の竹松駅に、同期の山川と供に降り立った。山川は青森県の風呂屋の息子で、友であり、よきライバルである。

入隊した60名の訓練は早速開始された。いよいよ戦闘機に乗っての戦闘訓練だ。訓練に使うのは九六式艦上戦闘機だ。この飛行機は支那事変の主力戦闘機として、中国大陸方面で使っていた海軍の飛行機である。菅原は、勉強と訓練に励んで、メキメキ腕を上げていった。

そんなある日、久しぶりに仲間3人と共に町に出た。大村という町は1本のメイン通りがあるだけだった。娑婆の空気をすいながら歩いていると、向こうから女学校の生徒が数人歩いてきた。制服を着ているからすぐどこの女学校か分かる。

それは長崎市にあるクリスチャン系の活水高等女学校生であった。今でいう名門私立短大である。

その後ろから、同期の山川たちも、な

んだかんだと、その女学生に声をかけながら歩いて来る。菅原はすれ違いざまに彼に言った。

「おい山川、お前たちも遊びにきていたのか」

「菅原、あの真ん中のおさげの子、可愛いいと思わんか。俺の好みなんだよ」

ナンパしようとしているのである。

「おお、そうか。うまいことやれよ」

菅原は口では励ましているものの、〈あんないい女、そう簡単に口説けるわけがない〉と思っていた。町のはずれまできたので、再び今きた道を引き返した。

内田川の鶴亀橋をすぎた左側に神社があった。通りから100メートル位入ったところに鳥居があり、社殿はそのさらに奥にあった。

ふと見ると鳥居のところに、先ほどの女学生と山川たちがいるではないか。彼らも菅原たちの存在に気が付いた。

菅原が、

〈ん？ あいつら何やっているんだ？ なんか、よろしくやっているようだな〉

と思ったら、山川が手旗信号を送ってきた。

「ソ ウ シ ン ス ル」

「リ ヨ ウ カ イ ・ オ ク レ」

「モ ノ ニ シ タ ！」

〈何？ ものにしたって！ あいつはそんなにモテるのかな？〉

「おい、俺たちもいってみよう」と他の2人に声をかけ、鳥居の方へ行き、みんなで社殿の縁に腰掛けた。

山川は盛んにお目当ての女学生に声を掛け、いろいろ聞き出していた。彼女の名は澤井たか子。顔もかわいいが、どことなく気品があり、言葉も上品だ。

それもそのはず、長崎では有名な回船問屋の娘で、いま近くにある別荘に友達と遊びに来ているのだと言う。帰り際に彼女たちを別荘までおくっていってびっくりした。門から奥の建物が見えない立派な別荘なのである。彼女たちが去ったあと、門の前で萱原は言った。

「山川、ちょっと無理じゃないかい？」

「いや、愛情に家の大きさは関係ない」

季節はもう夏だった。

5ヵ月間の訓練は終わった。萱原はトップの成績であった。予科練から数えて2年半。長かった訓練もようやく終わり、いよいよ実戦部隊へ配属である。

山川ともここでお別れである。萱原の配属は鹿児島の海軍鴨池航空基地にある、同年6月に編成された虎部隊にきまった。後に海軍のサーカスと異名をとる部隊である。〝後《のち》に〟というのは、萱原が虎部隊に入って高度な編隊ロール飛行が数人できるようになってから、そう呼ばれるようになったのである。

一足先に立つ菅原を、山川は大村の竹松駅まで見送りに来てくれた。菅原は山川に向かって言った。

「山川、あの娘《こ》、どうした」

「俺が戦地から帰ったら、連絡するから待っていてくれと言ったんだ」

「そしたら、なんて言った？」

「にっこり笑って、何も言わなかったよ」

汽車は鹿児島に向けて走り出した。

このときの澤井たか子との出会いが、のちに菅原に空への道を開いてくれるとは、このとき夢にも思わなかった。

さらば日本

汽車の窓から錦江湾《きんこうわん》の桜島が見えてきた。錦江湾は鹿児島湾の別称である。海面が太陽の光を浴びてキラキラ輝いている。真珠湾攻撃のとき、ここをパールハーバーに見立てて、攻撃の訓練をしたところである。

1943年、昭和18年7月初旬、菅原は全財産である衣類を四角く畳んで入れた衣嚢《いのう》を担いで、虎部隊入りをした。菅原を含めた10人は、以前からいる虎部隊20数名に加わった。

虎部隊の指宿正信隊長は開口一番、

「お前らの中で命の惜しい奴は、今すぐ衣嚢を担いで海兵団へ帰れ。うちの部隊は近いうちに南方に転進する。生きて再び日本に帰ることはない！」

と言う。

〈いやぁー、こりゃ驚いた〉

鹿児島基地、虎部隊零戦搭乗員時代。照国神社にて

という心境だが、かといって帰るわけにもいかない。

とにかくゼロ戦での戦闘訓練が始まった。虎部隊にはゼロ戦二一型と五二型があった。朝飛び、昼飛び、夜間訓練にも飛び立つ。菅原がゼロ戦に乗ったのはこのときからだった。

この段階になるともう机上の学習はなく、ひたすら飛び、格闘戦の練習や実弾射撃訓練に明け暮れる。

教官の指示が飛ぶ。

「各人60発の実弾を搭載して飛ぶ。標的は曳的機の引いた吹流しだ。後上方からの攻撃を2度行ない、終わったらすぐ基地に戻れ」

菅原は格闘戦も、射撃も得意とした。格闘戦は得意中の得意だったから、教官にもたびたび勝っていた。吹流し射撃では、日中戦争の戦場帰りの教官よりも、よい点を出すことがめずらしくなかった。

射撃訓練は7・7ミリ銃で行なわれる。撃った弾には、個人別に違う色の水性塗料がついているので、誰の弾が何発当たったかすぐわかる。曳航機が地上にもどると、誰の弾が何発当たったかすぐチェックされ、黒板に書き出される。日頃威張っている先輩パイロットも、弾が当たっていないと「0、0、0」と書き込まれる。それを「団子」と呼ぶ。団子のパイロットはバツがわるいから、部屋の入り口の方でちょっと覗き込み、早々に引き上げて行った。

操縦の下手なパイロットに、射撃が上手いものはいなかった。なぜなら、飛行機そのものが機銃なので、飛行機をコントロールして、ピタリと目標の吹流しなり敵機を、照準に入れなければならない。そしてそのとき、自分の機が完全に横滑りしていない状態にして発射しなければ、当たらないからだ。

飛行機の横滑りといってもピンと来ない人も多いだろうが、車に置き換えると想像がつきやすい。

雪道で、大きな交差点に差し掛かり左に曲がろうとハンドルを左に切ったとする。しかしタイヤが少しスリップし、車はハンドルの切ったほうには進まず、多少は曲がりたい方向に進んではいるのだが、どんどんふくらんでいってしまうことがある。これが横滑りである。

つまり、車の頭が向いている方向に進んでいない状態をいう。

今、あなたが操縦しているとしよう。あなたの機は、敵機の左の後上方からどんどん近づきつつあるとする。敵が右斜め下方にいることになる。あなたの機は少し右に横滑りしながら、敵機の真後ろについて、ようやく照準に入れた。

その瞬間だけ見れば、自分の機の機軸延長線上に敵機がいることになる。そのときあなたは発射レバーを握って、弾を発射した。でもそれは当たらない。弾は敵機の右にいってしまう。なぜなら弾自体も発射される瞬間において、右に横滑りしているからだ。弾は発射され、前に行こうとする力と、横滑りの力が合力された方向に飛ぶからだ。

だから、命中させるには、どんな位置から相手を攻撃に入ろうとも、照準に敵機を捕らえたそのときは、3舵のコーディネーションにより、自分の機が全く横滑りがない状態にしておかなくてはならない。

3つの舵とは、機を左右に傾けるエルロン（主翼後縁の補助翼）、上下操作のエレベーター（水平尾翼の昇降舵）、機の頭をどちらに向けるかのラダー（垂直尾翼の舵）のことだ。

発射の瞬間は、自分の機軸線上に相手を捕らえ、弾が自分の機軸線上を真っ直ぐ飛んでいくようにして撃つ。しかも全くの同高度でない限り、敵機の進行方向の少し先を狙って発射する。敵も飛んでいるからだ。そうして命中させる。

だが操縦の下手なパイロットは、自分の機をそのような状態にもっていけない。これが「下手なパイロットに射撃の上手い奴はいない」と言われる所以である。

射撃の上手い菅原も、時には、曳的機の役目をしなくてはならなかった。このときは、さすがにいやだった。曳的機と言うのは　飛行機のうしろに150メートルのロープをつなぎ、直径1メートル、長さ5メートルの鯉のぼりのような吹流しを曳行する機だ。

吹流しを敵機とみなして、後上方から降下態勢で撃つのだが、下手な奴がやると真後ろから撃ってきたりする。ひどいのになると上から下へ行き過ぎて、「ありゃ、こりゃいかん」と言うことで、再び上昇する時に撃つ奴がいる。そうすると弾道の前に曳的機がいることになって、撃たれてしまうのである。

ダッダッダッ――「うっ、やられた」。悪夢がついに本当になった。防御というものは何もないゼロ戦は、撃たれたら操縦者はもろに弾を喰う。

菅原は、背中に1発喰い、炸裂した弾は足の指の第二関節に入り、指は骨折した。燃料タンクからガソリンも漏れている。菅原はすぐに曳行索を切り離し、着陸した。

軍医は苦労してその弾を取り出してくれた。

「菅原さん、炸裂した弾は粉々になっているから、100％完璧に取り出せたかというと自信はない。だが、まあ、大丈夫でしょう」

撃った〝へぼ〟が謝りにきた。「すみませんでした」、ガックリと肩を落としている。

「まぁ、しょうがない。だが貴様、そんなことでは撃つ前にお前がやられているぞ」

幸い菅原の負傷は回復に向かった。

訓練は射撃訓練のほか、同位戦と呼ばれる空中戦も行なわれた。菅原はこれを得意とした。戦闘機同士の巴戦である。お互い同高度、同スピードで反航し、つまり向かい合ってどんどん接近してきて、お互いの翼が真横になった瞬間、戦闘開始である。そのとき、相手の後ろに付いた方が撃てることになるから、相手の後についた方が勝ちとなる。

高度1500メートル、速度がメーター読みで180ノット、時速330キロでお互い反航する。そして翼が真横になった瞬間、畑で鍛えた腕力で操縦桿を一杯に左斜め手前に引き、機を左上昇旋回に入れる。遠心力が働き、足元に強烈なGがかかる。

巴戦ではいかに小回りして相手の後ろにつくかで勝負が決まる。だから、菅原は手首だけでなく、右手の肘の内側に、床から出ているステックタイプの操縦桿を腕に沿わせてずらしていって挟み込み、限界まで操縦桿を手前に引いた。手で操縦桿を引いているのでは力不足で、腕と体全体で引くのである。

もちろんブラックアウトで目は見えない。が、しばらくすると、スッーと目にものが映るようになってくる。そのとき自分の視界の中に相手の機が少しでも見えたら、もう勝ったも同然、それから、1旋回ごとに、じわりじわりと追い詰めていく。菅原は歴戦のつわもの教官にもよく勝っていた。

パイロットの腕は飛行時間にある程度比例するが、天分のものも多分にある。虎部隊のなかでも菅原の技倆は特別に輝きを見せ始めていた。

日本がこのように、一騎打ちで勝ったものが強いという発想なのは、その発想の原点にサムライの伝統があるからだろう。だから日本は戦闘機乗りの「宮本武蔵」を作ろうとしていた。ゼロ戦も軍のその発想の基に設計された。だから確かに、一騎打ちになったらゼロ戦は強かった。

ところが、アメリカはそんなことは考えていなかった。要するにゼロ戦を落とし、制空権を取ればいいのだから、機数を増やし、パイロットをどんどん養成し、一撃離脱法、そしてサッチ戦法で挑み、ゼロ戦を落とそうと訓練していた。

サッチ戦法は攻撃に入るとき、事前に2機がコンビを組み、左右に少しはなれて位置する。1機目のグラマンが上空からゼロ戦に攻撃を仕掛けたとき、2機目はゼロ戦がどちらに逃げるか見ている。

攻撃されたゼロ戦は舵を一杯に使って左右どちらかの方向へ必死で逃げる。そのゼロ戦の行く鼻先を、2機目のグラマンが抑えて攻撃を仕掛ける。逃げるゼロ戦は1機目の攻撃から逃げるため、舵を一杯に使っているから、それ以上舵が切れない。よってもう2機目の攻撃からは逃げられなくなる。

もし2機目が攻撃に失敗しても、1機目が一撃離脱したあと上昇旋回して、再び上空に待機しているから、2機目と同様な方法で攻撃に入れる。

いってみれば、攻撃の1機目はゼロ戦を打ち落とすための攻撃をするが、攻撃が成功しなくても、ゼロ戦を撃たれやすい状況に持っていく追い込み役をしたことになる。そして2機目がとどめを指す。ともに一撃離脱法で攻撃するから、攻撃した自分が撃たれることはない。頭のいい戦法、それがサッチ戦法である。

菅原たちも、サッチ戦法と同じ2対1での空戦訓練をしてみたことがある。するとどうだろう、2対1の1の方は、どんなにベテランで卓越した飛行技術を持っているものでも、攻めてくる2機から逃げることはできなかった。だから、菅原たちが何とか敵戦闘機を格闘戦に持ち込みたくても、彼らは絶対それに入らず、一撃離脱法を用いる。米軍はそのための訓練をしていた。考え方が違っていた。

日本も同じ戦法を取ればよいではないかという考えがでるが、現実には無理だった。敵はレーダーで日本軍機を捕捉し、無線電話を使って、味方の戦闘機をゼロ戦より高い高度に上げて待ち構えているからである。

鹿児島航空基地時代。虎部隊零戦搭乗員の菅原靖弘（19歳）

サッチ戦法は基本的に攻撃する態勢のときは効果的だが、逃げるときにはあまり意味をなさなかった。昭和17年の太平洋戦争初期のころと、菅原たちのころとは、戦法が変化していたのである。

適性がある人間が訓練を重

ねれば、当然上達する。日ごとに腕を上げる菅原は、茶目っ気たっぷりだから回りの目を盗み、時々いたずら飛行もやった。桜島の上空を背面飛行で飛ぶ〝お釜覗き背面飛行〟。仲間を後に従え、錦江湾の洋上を、海面すれすれの1メートルの高さで飛ぶ超低空飛行。海面1メートルまで下がって飛ぶと、海面にプロペラ後流の風で、V字型にさざ波が立つ。後続の機はさすがにそこまで降りず、海面3メートルで飛んでいた。いたずら小僧のやる空の暴走族みたいなものだ。これは知られたら軍規違反だ。だから、バレないようにやっていた。

ある日、隊長の声が響き渡った。

「われわれ虎部隊は、いよいよ硫黄島を経由して、南方へ転進する」

戦況はアメリカの反攻で、既に日本がどんどん劣勢になってきていたのである。暦はすでに1944年、昭和19年2月19日になっていた。

全機、鹿児島から千葉の香取基地に入り、そこから硫黄島に針路を取った。香取基地からは長距離洋上飛行なので、ナビゲーターが搭乗している一式陸攻などが誘導機となっての飛行だ。高度3000メートルに達し、編隊が水平飛行になったとき、菅原の目に雲海の上に頭を出した真っ白な富士山が飛び込んできた。

〈綺麗だ。とっても綺麗だ。7ヵ月訓練に励んだ鹿児島、そして日本ともお別れか。もう富士山を見ることもないだろう〉

菅原はちょっぴりセンチメンタルになった。

南方に転進した菅原は、グアム、サイパンでの哨戒飛行や、およそ80機あるゼロ戦のテスト飛行も毎日のように行なった。

そして爆撃機B－24の迎撃戦。初陣となったのは1944年4月23日だった。

西カロリン諸島のメレヨン島に、オーストラリア方向にある赤道直下の南半球のアドミラルティ諸島からB－24が、毎日定期便のように爆撃にくる。それを撃墜せよとのことで、菅原は1機を率いて高度5500メートルで哨戒に出た。菅原は、北上してくるB－24の4コ編隊を発見した。6機で1コ編隊だ。だから全部で24機だ。

「敵機発見！」と、菅原は北の方で待機している仲間の部隊に、この時はまだ搭載していた無線でその旨を知らせ、すぐに最初の6機編隊の頭上から、垂直降下で攻撃を仕掛けた。

敵編隊の先頭機から最後尾機にむけてゼロ戦の機首をわずかにずらしながら、流し撃ちをする。バッバッバッ、その間約3秒。敵機のエンジンからパッと火が吹いた。〈チョロいもんだ〉と思った。真上から攻撃をかけると、敵は射てない。そのことを菅原は知っていた。

そして敵編隊の最後尾をスポンと下へ抜けるのである。その100分の1秒が危ない。

敵は真上には撃てないが、その代わりB－24の編隊後尾方向に向かって各機一斉に撃つ。その水平な弾幕の中を、菅原のゼロ戦は垂直に突っ切るのである。一瞬生きた気がしない。〈えいっ、ナムサン！〉とばかりに抜けると、〈アッ助かった〉という心境だ。気分よく鼻

歌まじりで、「よし、次！」と機を上昇させ2度目の攻撃にはいると、

〈ありゃ、火は消えているではないか……〉と思うまもなく、被弾した。

ハリネズミのように武装したB－24に近づきすぎていた。慌てて離脱し、攻撃をかけ直す。繰り返し繰り返し、6撃まで仕掛けたが、2機に黒煙を吐かせただけで終わった。

B－24の真上から垂直急降下で攻撃するも、撃っても撃ってもなかなか落ちないB－24。〈なぜだ？　普通なら落ちるのに？〉疑問に思った。そんなとき、さらに南方の前線から生き残って帰った数人のパイロットから、あることを知らされた。

「もう格闘戦の時代ではない。敵は圧倒的な数と、チームワークで襲い掛かってくる。格闘戦に入ることすらできない、しかも戦闘機も爆撃機も防御は万全だ」

米軍の飛行機の防弾は万全で、例えば燃料タンクはゴムで被覆し、弾が当たっても穴がすぐ塞がり、燃料が漏れ出ないように対策されていた。

〈そうか、そういうことだったのか〉

菅原はそれでも何とか得意の格闘戦で、宿敵グラマンを落としてやろうと思案した。

〈腹が減っては戦はできぬ、よし、何か食べよう〉

菅原は食堂に向かい、食事に手を差し出そうとした。そして菅原は本当に手を伸ばそうとしたそのとき、激痛で現実に引き戻された。

第４章　死の宣告　ハワイでの捕虜生活

米軍医からの死の宣告

「飯は要らん。俺は死ぬことに決めた」と言ってから、どのくらい眠ったのだろう。激痛で現実に引き戻された菅原は、船のベッドで寝ている自分に気が付いた。

枕もとに、以前から親切にしてくれていたアーサー・クラークという軍医中尉がきていた。時間は経ち、既に2食を抜いていた。クラークは語りかけてきた。

「君は、死ぬ気になっているようだが、なぜなのか。日本兵は捕虜になった場合、死を選ぶということだが、それは愚かなことだ。アメリカでは全力で戦ったあと、やむを得ず捕虜になった兵士は英雄として処遇され、捕虜期間中の給与は全額支給されるし、進級もする。日本はこの戦争には敗戦するのだから、君らが日本に生きて帰るのに、何の支障もなくなるはずだ。君らは全力つくして戦ったのだ。なんら恥じることはない。

君らが戦場で血を流して戦っているときも、国では偉いといわれる連中のなかには、不正をして自分の懐をこやすことに狂奔しているものが大勢いる。まぁ、アメリカにもそんな連中がいないわけではないが、とにかく彼らに対して、君らは何ら恥ずることはないではないか。戦争の終わった日本に威張って帰れ」

菅原は無言で聞いていた。

次の日の朝、夜明けとともに再びクラーク軍医はやってきた。彼はコーヒーをすすりながら、昨日の話の続きをはじめた。

「日本が戦争に負けることは間違いないことだ。それは君らにとって大変口惜しいことだろう。それなら生きて帰り、もう一度、戦争をやり直したらよいだろう。そうなれば、我々はいつでも相手になろう。死んでしまっては、何も出来ないではないか。頑張って生きて帰るべきだ」

彼の言うことは、一つ一つもっともだと納得させられる。反逆精神旺盛な菅原は、再び生きることに決め直した。

菅原は、衛生兵を呼んで言った。

「私は死ぬことを止めた。今朝から食事をすることにしたから、食事をもってきてくれ」

クラークの言葉が、菅原を死神の甘美な誘いから救ってくれた。

ベッドの横の椅子に座った衛生兵は、膝の上にお盆を置き、菅原の希望する食べ物を少しずつ口に運んでくれた。生きるために、なんとしてでも食べなくてはいけない。

軟らかそうなものを少しずつ喉に押しやった。両手は火傷と負傷のため、包帯でぐるぐる巻きにされていて、用をなさなかったから、食事は他人の手をわずらわせるしかないのであった。

それにしても敵の負傷した捕虜に、親切に食事の世話をするアメリカ兵に、菅原は感心した。

しかし、高熱は依然としてつづいていた。

あるとき、寝ている菅原の横で３人の軍医が立って話をしている。英語での会話はアメリカ人同士だから速い。それでも何とか聞き取れた。

「この男の熱は乗船以来、少しも下がらない。生存の可能性はないだろう」

その声は、医長の声だった。

〈すると私は注射１本打たれ、安楽死させられて太平洋の海底に沈められることになる。やっぱりだめか〉

再び絶望が頭をよぎった。

そのとき、３人のうちのひとり、説教にきてくれたクラーク軍医が言った。

「チーフドクター、菅原というこの男は、若くて、スマートで、英語も話せる。だから何とかして助けたい」

スマートとは頭が良いという意味だ。

「ドクタークラーク、まぁ、君がそう言うなら、君にまかせよう」

そう医長は答えた。

〈死線上の綱渡りとはこのことか！〉

またしてもクラーク軍医に救われた。英語ができなかったら、クラーク軍医と意思の疎通もなかっただろうから、やはり太平洋に葬られていただろう。

「〝芸は身を助く〟ならぬ英語は身を助く」である。菅原は中学のとき、英語を勉強していて良かったと思った。岩中以来、荷物のなかにはいつも2冊の辞書をしのばせ、予科練時代も鹿児島でのゼロ戦訓練のときも、暇さえあれば独習していた。さらにグアムでは、暇をみては現地人を相手に会話にいそしんだのが、思い出される。

グアムはアメリカの直轄統治領だったから、現地のチャモロ族の中には英語をある程度しゃべれる人もいたのである。つまり戦闘機に乗っている時以外は、いつも辞書を傍らにおいていたのである。菅原は、報われない努力はないと改めて感じた。

「大事にしていたあの2冊の辞書はどうなったのだろう。持っていた2台のカメラもどうなったのだろう」

当然それらからは完全に引き離されていた。今あるものは身体一つのみであった。

2人の医師は去った。クラーク軍医は菅原のベッド脇に来て、体温記録表を見せて言った。

「君の体温は、乗船依頼、華氏104度が続いている。この体温が続くようでは、大変危険だ。この体温を下げるには、なによりも水を飲むことだ。ガードの兵隊に言って水を頻繁に飲むようにしなさい」

「はい」

〈華氏104度といわれても、摂氏何度か分からない。多分40度くらいだろうか〉

事実そうであった。

クラークは、具体的に生きるための方策を指示してくれた。ありがたかった。

「クラークさん、僕は一生あなたの恩は忘れません。住所と名前を書いてもらえませんか」

クラーク軍医は、タバコの箱の裏側に、書いてくれた。「○○州□□市△△通り××番地。ドクター　アーサー・クラーク」

船は予定通り、乗り継ぎ中継するマーシャル諸島のクウェゼリン島についた。だが、次の船に乗せ変えられるとき、ベッドからタバコ箱の紙切れが取り上げられた。菅原はクラークに会う道を閉ざされてしまった。

ベッドに寝た通訳

〈天と地の差とは、このことか！〉

クウェゼリンで乗り換えさせられた船は、見るからにボロ船の貨物船だった。速度は10ノット、つまり時速18キロしか出ないし、エアコンもなければ、噴水式の水飲みもない。そしてあてがわれた部屋は、船室と呼ぶのをためらうくらいの、ただスペースを区切った大部屋である。

船底にあるその部屋には、窓がまったく無い。暑い南洋で、船底の部屋に大勢入れられ、しかも窓がないから閉塞感が暑さを助長する。しかも船は甲板の鉄材工作作業のため、出航は数日先になるという。

朝から夕方までキンキン、ガンガンという工作騒音が鳴り響く。頭上でその音が鳴り響くのだから、たまったものではないが、どうすることも出来ない。

3日後、船はようやく出港した。

出航した翌日、同室のひとりの男が声をかけてきた。

「菅原さん、あなた英語がしゃべれるだろう。頼みがある。暑くてたまらん。この部屋に扇風機をつけてくれるよう頼んでみてくれないか」

確かに暑い。40度近くはある。しかも風が抜けないから灼熱地獄のようである。

「俺は重症だ。誰か他の人に交渉を頼んでくれ」

「いや、ここで英語が話せるのは、あなただけなんだよ。頼むよ」

〈そんな我儘《わがまま》は通るだろうか？　でもまぁダメで元々、やってみるか〉

菅原は部屋をガードしている米兵に言った。

「お願いがあります。扇風機を取り付けてもらえませんか。このままでは暑さで衰弱し、何人かは死んでしまいます」

「なに、扇風機を？　よし、聞いてみよう。確か備品室にあったような気がする」

すると驚いたことに30分もしないうちに取り付けてくれた。これにはみんなが喜んだ。

「菅原さん、あんたのお陰だよ。助かった。本当にありがとう」

扇風機のスイッチが入った。全員が涼しくなるのを期待した。が、そうはうまくいかなかった。かえって暑くなった。体温より温度の高い空気は、暑い風となって吹いてくる。

「頼む！　扇風機を止めてくれ」

あとは耐え忍ぶしか方法はない。全員がそう悟った。

次の日、別の男がまた頼みごとをしにきた。

「菅原さん、何かおやつをもらってくれないか。3食の食事だけでは腹が減ってたまらんのですよ」

「そうか。じゃ頼んでみるか」

「ハイー、ゼイ　アー　ベイリー　ハングリー。プリーズ　ギブ　ゼム、サム　パン」（彼らは大変腹が減っている。お願いだから、パンをもらえないだろか）

「パン？」

「イエス、パン　プリーズ」

「……？」

「パン。パン、プリーズ」

「……!」

米兵は3分後に戻ってきた。

差し出されたのは、洗面器だった。このとき菅原はようやくパンが英語でないことに気がついた。

「ヒィア イズ、パン」

〈えーと、パンのことをなんと言うんだったたっけ。えーと、えーと〉身ぶり手振りをくわえて、何とか分かってもらおうとする。

「パン?…… ユー ミーン ブレッド?」

〈おー、そうだ! ブレッドと言うんだった〉

「ブレッド、プリーズ」言い直したらようやく、本物のパンが出てきた。

パンをかじりながら、依頼してきた男は言った。

「菅原さん、さっきは何であの米兵、洗面器をもってきたの?」

「洗面器を英語でパンと言う。フライパンもパンというだろう。鍋とか洗面器のようなものをパンと言うのだ。我々の言うパンはポルトガル語で、食べるパンは英語でブレッドというのを忘れていたんだ」

ベッドに寝ながらの通訳は、他人の役に立つうれしさと、つらいときに勘弁してくれよ、という気持ちが交錯する。

〈この中には大学出までいるのに、どうして誰も英語を話せないのだろう？　よっぽどみんな遊んでいたのか？〉

そんな想いをめぐらす菅原の身体は、やけただれた皮膚が収縮し、痛みが増してきた。

その翌日、出航から3日後、軍医がベッドにやってきた。

「これから、君の死んで収縮した皮膚をとる。モルヒネは打たないから、ちょっと痛いが我慢してくれ。まぁ、タバコでも吸いたまえ」

軍医は火の付いたタバコを菅原にくわえさせると、すぐに鋏を手にして脚の手術をはじめた。軍医の手が動き始めたとたん、菅原は悲鳴を上げそうになった。

「んぐっ！」、その痛みはちょっとどころではない。なにぶん生身から焼けた皮膚を鋏で切り離すのだから、気絶しそうになる。

40℃の船内は灼熱地獄さながらだ。そんな中で軍医は汗を拭き拭き、丹念に皮膚をはがしていく。軍医の額から大粒の汗が滴り落ちる。菅原は思った。

〈この暑さのなかで、細かい手作業をしなければならない軍医のことを思うと、痛いとなど言っていられない〉

軍医は根気よく手作業を続け、菅原は耐えに耐えた。終わった時には、すでに3時間を経過していた。手術は翌日も続いた。

その結果、ようやく焼けた皮膚の萎縮硬化による強度の緊迫痛から解放された。皮膚を剥がされた菅原の両脚は、皮を剥かれた因幡の白兎のごとく、広い表面積が赤裸の生傷となった。

〈これをくれ返すのか？　本当に治るのか？〉

そんな想いの菅原を乗せたボロ船は、出航から10日後、ようやくハワイのホノルルについた。カレンダーは1944年、昭和19年7月13日をさしていた。船室に閉じ込められていた菅原は、担架で波止場に上げられた。初めての外国、初めてのアメリカ。

〈ここが、ハワイなんだ。アメリカなんだ〉

陽の光のもと、さわやかな風が通り抜けた。

〈やっと生きた心地なれた〉

次の瞬間、そんな喜びに水をさす言葉があびせられた。年配の水兵が立っていた。

両足切断の危機

「お前には、そのうちにきっとミーの靴磨きをさせてやるぞ」

担架の横に腰掛け、その水兵は、あざ笑うかのようにいった。

〈そうか、アメリカ人にもいろいろいる。全員が紳士ではないのだ〉

菅原は自分の置かれた境遇のきびしさを痛感した。思いかえせば2年8ヵ月前、日本軍が奇襲攻撃をかけたパールハーバーは、ほかならぬこのホノルルの港なのだ。日本人に対し、いい感情を持たぬのは当たり前といえる。

30分後に菅原を乗せた車は、アイエワ海軍病院に着いた。

捕虜のことを英語でPOWという。プリズナー・オブ・ウォーの略でウォーとは戦争を意味する。

「そのPOWは、ちょっと待て。写真をとる」

他の捕虜は直ぐに建物の中に入れられるのに、菅原だけは入り口で写真を何枚も撮られた。

「なぜ俺だけが……?」

シャッターを切る人の中に新聞社のカメラマンもいた。

ベッドに寝かされると、4~5名の衛生兵がきた。いろいろ聞いてくるから、菅原はサイパンで敵中着陸をやったゼロファイターだと言った。

すると彼らは、

「おお、ユーのことは知っている。何とかという本に写真が出ていたぞ。それとユーは英語が話せると書いてあったぞ」と言う。

そのとき、菅原はどうしても聞きたかったある1つのことを、その衛生兵に訊ねた。

「私が敵中強行着陸をしたとき、先を行くゼロ戦とグラマンが戦っていた。そのどっちが勝ったか知らないか?」

「知っているぞ。たしかゼロ戦が最後までグラマンを追い回していたと書いてあったぞ」

これを聞いて、菅原は少し溜飲がさがった。そのゼロ戦はグラマンと接近していたので、米軍はVT信管付きの高角砲を打てなかったのだろう。ハワイの新聞には、アメリカにとって有利なことも、不利なことも書いてあった。

〈ハワイまで来て、自分のことが報じられているとは、驚きだ〉

菅原は有名人になっていた。写真を撮られたのも、事前に名前が知られていたからだ。有名であることは時として人を利する。菅原はゼロファイターであったこと、有名であったこと、英語が話せたことから、その後の病院での扱いが特別扱いとなり、かなり手厚い看護を受けることになった。

「ユーの担当医はドクター・セインだ。腕はこの病院で1、2を争う評判の軍医だ」

と、衛生兵から教えられた。

菅原は、同室の日本兵捕虜から、ここでも尋問があることを聞かされた。その捕虜もパイロットであるが、軽症なので1週間くらい尋問されたと言う。「菅原は重傷なので尋問は先送りにするが、そのうちに尋問する」と言っていたという。

聞いてみると、捕虜収容所と病院は別であるが、オーテス・ケーリー中尉は、捕虜収容所の所長でもあり、情報部中尉であるから自ら尋問もしているという。小樽生まれのケーリー中尉は、次のようにべらんめえ調でやるらしい。

「さぁ、階級順に並ぶんだ。右から二等兵、一等兵、上等兵、少尉、中尉、大尉、少佐、中佐、大佐、少将、中将、え～と元帥は1番左……んっ？　今日は元帥はいねぇかあ」

捕虜たちが爆笑する。方言も軍隊用語も軽くこなす彼の流暢な日本語と、ソフトで親しみのある対応に、捕虜になるのをタブーとされていた日本兵は、この一言で閉ざされた心を緩ませる。実はそれがオーテス・ケーリーの人心掌握術なのである。

もう、生きて祖国に帰れない、あるいは、この先どうなるのだろうという不安が交錯する日本兵にしてみれば、思いがけない親しみのある言葉は、地獄に仏の心境になる。ケーリー中尉はこのようにして、日本兵の心を摑み、時間をかけていろいろ聞き出す。

無理に聞き出すようなことはしなかった。米軍の親切な対応と好遇にほだされ、いずれしゃべりだすのが分かっていたからだ。

菅原はそのやり方を聞いて、ケーリー中尉のそれは技術というより、身についた自然体であると感じた。

〈いずれ情報部が自分にも尋問にくるだろう。だが、自分は、要の処は絶対にしゃべらないぞ〉

と、菅原は心に誓った。

数日後、オーテス・ケーリーは部屋に入ってきて、窓側のベッド寝かされた菅原を見つけた。

「ハーイ、菅原さん。今日はちょっと挨拶にきたんだ」

「ケーリー中尉、久しぶりです」

「私はじきにサイパンに戻らねばならない。だが、数ヵ月したらまたハワイにくる。その時また会おう。その頃には君の火傷も、相当良くなっているだろう。ここは設備も整っているし、軍医の腕もいい。心配するな。それと、君は英語が話せるから、仲間の日本兵の力になってやってくれ。言葉が通じないと不安になるからな。じゃ、頼んだぞ」

そう言い残すと、出て行った。

病院に入って数週間経った。院長を含めた3人の医師が病棟の回診に来た。そのうちのひとりに菅原の主治医であるドクター・セインもいた。軍医大佐の院長が口を開いた。

「この男の両脚は、切断したほうが良いだろう」

高熱による死線上から抜け出せたと思ったら、今度は両脚切断の危機。負傷してからすでに1ヵ月余り経っていた。その間、闘病の苦痛から、菅原は正常な判断力を失いつつあった。

院長が帰った後、ドクター・セインが再び来て、話しかけてきた。

「院長が、君の両脚を切れと言っているが、君は切られてもよいのか?」

〈もういいや。この苦痛から逃れられるのなら、切られても。切れば2週間くらいで治る〉

そう思って菅原は答えた。

「院長がそう言われるのなら、切られても仕方ありません。切ってください」

菅原は、まるで他人ごとのように無表情に答えた。

「いや、そんな脚でも義足よりはましだ。私が切らずに治してやる」

ドクター・セインのその一言で、危機からの脱出の扉が開いた。植皮手術の開始である。

20世紀に入って医学は、皮肉にも大戦を経験するたびに格段の進歩を遂げた。植皮手術も最先端の医療であった。そしてアメリカの一部の医者がそれに挑戦していた。ドクター・セインもそのひとりであった。日本には、その医療技術はなかった。

皮膚は表皮、真皮、皮下組織の3層からなっているが、真皮まで火傷でやられてしまうと、そのままでは皮膚は再生しない。だから火傷していない背中、太腿、お尻の皮を剥がし、火傷したところへ植皮するのである。植皮したところをギブスして、2週間待つ。

剥がすときは麻酔を打つから良いが、その後、定期的に消毒するときアルコールでチャッ、チャッと拭くときがたまらない。痛みが脳天を突き上げ、天井まで飛び上がりそうになる。向こう10ヵ月に9回にわたる植皮手術は、こうして始まった。

菅原は様態が安定している時期に、ベッドに寝たまま尋問された。

「出身、階級、戦闘機訓練の内容、どこから飛び立ったか、英語はどこで習ったか……」

それらの問いに菅原は適当に答えた。

尋問の情報員は穏やかな口調ながら、ドキッとすることを言った。

「あなたの言っていることは、サイパンで語ったことと、あちこち違いますね」

〈しまった。まずい〉

相手は今までの調書をノート1冊分くらいにして持っている。

菅原はデタラメを言ってその場をしのいできたので、そのデタラメの内容をいちいち覚えていない。だが、何とかつじつまを合わせなくてはならない。
「いやー、そんなこと言ったかな」、「それは、聞き違いじゃないですか」、「そのときは高熱と痛みで、頭が混乱していたのでしょう。今言っていることが本当です」

菅原は、ある部分は本当のことを言い、ある部分はデタラメの上塗り、そして沈黙で逃げ切った。もちろん発進基地はグアムと言い切り、後継の戦闘機のことについては一切しゃべらなかった。

このように尋問はあったが、拷問は絶無であった。

アメリカの捕虜に対する考え方は、兵士は犠牲者というものだ。兵士は戦争を首謀したわけではない。一部の首謀者が企て、国民がそれにかりだされ、兵士として戦った。だから兵士に罪はない。

故《ゆえ》に捕虜に肉体的苦痛を与えてはいけない、軍事機密を聞き出してはいけない、寝起きするところを与える、仕事に従事したときは賃金を払うなど、アメリカはこれを守った。

だから、菅原に肉体的苦痛を与えることもしないし、軍事機密を無理に聞き出そうともしなかった。事実、労働に対しても1日数十セントではあったが賃金が支払われた。菅原も最初から、捕虜の待遇に関するジュネーブ条約のことを知っていたわけではない。ハワイで捕虜になってみてわかったのである。

彼らは尋問にくるとき「あなたの健康のために、これをどうぞ」と言って、オレンジを持

ってきたりした。彼らは菅原に向かって、

「答えたくないことは、答えなくても良いですよ。でも、差し支えなければ答えてください。私も仕事ですから」

そう言って尋問した。菅原たちのゼロ戦隊がどこから飛び立ったかを訊いたのも、姓名、生まれ、所属などの質問の延長線上のことであった。もちろん彼らはそこが1番知りたかったところではあったが。

菅原は思った。

〈自分はいままで、同じ味方の日本人から半殺しの目にあってきた。それが敵国アメリカ人からこのような人間的な扱いをうけている。アメリカは敵の兵士を人間扱いし、拷問は一切無く、最先端の植皮手術もしてくれている。これは天と地の開きだ〉

菅原の心は、感心から感謝の念に徐々に変わっていった。

菅原は、訓練生時代は教官や教員から、部隊に配属されてからは先輩から受けた半殺しのことを思い浮かべた。それはひどいものだった。およそ人間的とはいえないものだった。

飛行のための訓練はいくら厳しくても耐えられる。しかし意味のないリンチは納得がいかなかった。

彼らはバットや樫の木で作った八角棒を大きく振り回し、菅原たちを思いっきり叩く。別に何か悪いことをしたわけではない。「貴様らたるんどる。軍人精神を叩き込んでやる」と言って、尻をめがけて叩いてくる。八角棒に「大和魂　我の前にルーズベルトもチャーチルも青息吐息」などと書き込んだ者もいた。

叩く回数は、茨城の百里原のときは3本、九州の大村のときは5本が相場だった。叩かれた方は、その瞬間、全身の筋肉が収縮してしまう。それでも1本目から3本目くらいまではなんとか耐えられるが、4本目からは全身が痺れてしまう。もちろん血はでる。馬だって牛だって飛び上がるくらいのひどい叩き方だ。病院に担ぎ込まれ1ヵ月入院した者もいた。

ボート漕ぎの訓練は4時間もぶっ通しでやらされた。手はマメだらけで、尻の皮がむけて血が出る。漕ぐ力が入らなくなった者にたいして、艫《とも》にすわっている班長は、ボートを寄せる時使うフック付の棒で、バシッと叩いてくる。

「前に支え」とは腕立て伏せの姿勢ことだが、軍隊では腕を伸ばしたままの姿勢を1時間くらいやらされる。疲れたら膝をつきそうになったり、尻が上がったりする。普通は5分くらいしか持たない。そうすると「前へ出てこい」と言われてバットで殴られる。

腕立て伏せは、慣れてくると腰が棒のようになり、1時間でも耐えられるようになるが、これではイジメがいがないとみるや、今度は片手片足でやれという。

その他、1周すると4キロになる飛行場を、地上滑走する飛行機のあとについて走らされたりもした。これも遅れたり、落伍したりすると、バットで叩かれる。

叩く方は、ニタニタして、〝他人の痛みは、自分の楽しみ〟とばかり、これを無上の楽しみとしていた。菅原は、〝国家のために働こうと思ってきた人間に、何でこんな仕打ちをするのか〟といつも思った。

これらは、体躯のためではなく、制裁であり、肉体的苦痛をあたえることにより、洗脳するためのものだった。菅原は「これは支配体制に100％従順に従わせるための拷問だ」と思った。

あまりの仕打ちに、「死に対する恐怖は麻痺させられる。〟それゆえ出撃の時に〝さて、では出掛けるか〟という感覚になるのである。そして菅原たちは出撃の時、家族や地域を守るためとは思ったが、決して、国家や天皇などの支配体制のためにとは思っていなかった。

非人間的な扱いの日本、それと対照的に捕虜までをも人間扱いし、いたわってくれるアメリカ。菅原は〈あんな日本のために、何で戦わなくてはならないのか！〉と思った。そしてこれは、〝人間の進化度合いの差〟であろうと思った。

病院に送られてくる捕虜の数は次第に増えた。最初は普通のベッドだった病室は、ついに2段ベッドになった。重症者は下段、軽負傷者は上段をあてがわれた。菅原は重症だから、もちろん下段である。

上段に飯島という面白い男が入ってきた。もちろん本名かどうか分からない。日本軍、特に陸軍は戦陣訓で「死して虜囚の辱めを受けず」という教育をしてきた。捕虜になるようなときには自決しろという意味だ。すると本名のまま捕虜になるとまずいから、ほとんどの捕虜はつかまったとき偽名を使う。ときどき自分の部隊の上官の名を名乗る者もいる。その上官があとで捕虜になって偽名をつかっても、〈あれ、自分の名前の捕虜が別にいる〉ということもあった。

その飯島という男は、大学は出ていると言うが学問はまるっきりダメで、英語もまったく出来ない。ところが遊ぶことにかけては天才的な男である。

病院での捕虜は、治療以外にすることがないから暇だ。食事が終わると彼は歌を歌い始める。戦前の歌謡曲はもちろん、大正メロディー、明治の流行り歌、およそ知らない歌はないくらいよく知っている。ついには紙に歌詞と音符を書き出し壁に貼った。それにつられて何人か集まりだし、いつしか合唱となるのである。

しかしこの天才は、こんなのは序の口で、将棋、囲碁、花札、麻雀、何でもござれである。だが、アメリカの海軍病院に麻雀も花札もあろうはずがない。ところがこの男、遊ぶ事にかけては何故か知恵が回る。彼は、「おーいみんな、食事のときご飯粒を少し残して取っておいてくれ」と声をかける。そしてダンボールや厚手の紙を切って、それをご飯粒で張り合わせ、だんだん厚くし、将棋の駒や麻雀のパイをつくりだす。

菅原は飯島に声をかけた。

「あんた、将棋を教えてくれないか」

「なんだ、君は寝ているじゃないか。そんな状態ではダメだ」

「いや、そう言わずに教えてくれよ。元気になったらやりたい。だから今のうちに覚えておきたいのだ」

「うーん、そうか。じゃいいだろう」

どこから持ってきたのか知らないが、いつのまにか何かの板の裏を将棋盤にしていた。

「香車はこう動くだろう、桂馬はこう、飛車角はこう……」

「うん、うん、なるほど。そうか。ところであんたどこの大学を出たの？」

「上智大学」

「えっ、上智大学！」

菅原はびっくりした。上智と言えばレベルも高く、語学でも有名な学校だ。それなのに英語がしゃべれないとは？？？

〈この男、裏門から入って表門から出て行ったのじゃないだろうか〉

菅原はそう思った。

だがまぁ、この際そんなことはどうでもよい。菅原はベッドの中で首を横にしながら、将棋をマスターした。

同室には早稲田や立教の大学出もいたが、誰ひとりとして英語を話せるものはいなかった。

結局、菅原が〝ベッドに寝た通訳者〟として活躍させられた。

５回目の植皮手術が終わった頃、ドクター・セインが話しかけてきた。

「あと４～５回植皮手術をすれば、完了する。君の足はもと通りになる。ところで、戦争が終わったら君は僕のところへ来て、飛行機の操縦をしないか。僕の家は東部だが、南部に農場がある。600マイル、つまり1000キロ近くも離れているから、飛行機が必要なのだ。そして農場では農薬散布も、飛行機で行なうからだ」

菅原は自分の耳を疑った。そんな夢みたいなことが実現できるのだろうか。

〈夢でもいい、夢でもいいから実現したい〉

パン以外に、人間生きるために必要なもの、それは、夢と希望だ。今その夢と希望が具体的に示され、菅原の胸はふくらんだ。

「私は絶対そうなりたい！」

菅原は、ベッドの横に立つ2メートルはあろうかというドクター・セインを見上げた。白い歯をみせ、にっこり微笑んだセインの顔がそこにあった。優秀で善意に満ちたドクター・セインの姿が、まぶしく見えた。

捕虜の身で、米軍医の助手

被弾と火傷した手は、最初指が曲がらず動かなかった。だが、塗った薬のワセリンがよかったのか、ハワイにきて1ヵ月くらいでリハビリを開始できるようになり、良くなっていた。

そして、9回にわたる手術もようやく終わった。

時は経ち、カレンダーはすでに1945年、昭和20年4月になっていた。ドクター・セインは菅原に言った。

「リハビリも順調に進んで、だいぶ歩けるようになったね。ところで衛生兵の手が足りない。私の手伝いをしてくれないかね」

「えっ、なにを手伝うのですか？」

「まぁ、最初は患者の脈と、体温を計る。それとペニシリンの注射。最初は私が教えるから そのとおりやればよい。ハイ、これ君の着る白衣」

〈そんなこと言われたって、何の心得もないし……〉

返事をしかねている菅原に、ドクター・セインは追い討ちをかけてきた。

「君の手術にかかった費用は、君が一生かかっても払いきれないほど高額だったんだぞ」

それを言われると弱い。

〈その通りだろう。そしてこの人がいなかったら自分は両脚が無く、這って動くしかなかっただろう〉

菅原には、心から感謝の気持ちがあったから、返事は決まった。

「はい、わかりました。やります」

ドクター・セインは、アメリカ人同士で呼び合うときは、ドクセンに聞こえる。菅原もいつしかドクセンと呼ぶようになっていった。ドクセンは衛生兵の手が足りないと言っていたが、それはあまり働かない衛生兵が多かったからである。

菅原は、ドクセンの手伝いをしていて、手当ての要領も急速に呑み込んだ。菅原自身が大変な目にあって、死線上から生還したのだから、負傷兵の痛みもつらさも分かる。菅原は思った。

〈どうせやるなら、衛生兵にまけないようにやってやろう。負傷者のためにも、ドクセンのためにも〉

ドクセンの椅子にこしかけ、白衣を着て、英語と日本語を話していれば、誰がどう見ても日系人医師に見える。菅原は、いつしか外科の手当てまで出来るようになっていた。

「はい、次の方どうぞ」、負傷したところに肉が盛り上がるとき、白く脂身のようになることがある。それをそのまま放置しておくとよくない。菅原は経験上、それを判断できるようになっていた。それをスプーン型に曲がった鋏を使って、シャキッ、シャキッと切り取るのである。

今度は、弾が身体の中に入っていて化膿する可能性のある負傷者に、抗生物質のペニシリン注射だ。用意されたペニシリンは小さな瓶に入っており、厳重に封がされ、衛生管理は万全だ。ワゴンの上に消毒した白い布を敷き、新品の注射器をずらりと並べる。そして消毒済みの新品の手袋をはめて、各ベッドの負傷者にチャッ、チャッと注射して回る。

菅原はドクセンから厳命されていたことがあった。それは、注射針はもちろん、注射器も絶対に使いまわしはしないことであった。彼はそれを守った。包帯ももちろん使ったら、そのまま捨てる。日本では包帯は洗ってまた使うから、大いなる違いである。

ところがある日、衛生兵のひとりが注射針は変えたものの、注射器を使いまわしにした。そのことが発覚した。その衛生兵は相当に怒られ、かつ衛生兵の職を解かれ、どこかへ左遷されていった。

菅原は、個人の人命尊重、医療の原点を垣間見た気がした。

遊びの天才飯島から習った菅原の将棋と麻雀の腕は上がり、白衣も板についてきた６月のある日、久しぶりにオーテス・ケーリー中尉がやってきた。

「おーい菅原、お別れに来たぞ。いよいよ日本本土上陸作戦の開始だ。戦争はあと２ヵ月か３ヵ月で終わるかもしれん。あるいは日本が降伏しない場合には、まだ10年続くかもしれん。そんな訳で今度は生きて帰れるかどうかわからないので、お別れにきたのだ」

〈日本は負けるだろう〉

菅原は直感的にそう思った。すでに約１ヵ月前の１９４５年5月7日、ドイツは無条件降伏していた。

ケーリー中尉が帰った後、思いを巡らせた。軍事力の圧倒的な差は、南方の前線にいたときから感じていた。菅原は戦闘機乗りで、かつ第一線で戦っていたから、日本軍のどの基地にどの位の戦力があるかつかんでいた。

物資もないということは、よく分かっていた。航空機が高度５０００メートル以上になると、パイロットは酸素マスクをつける。ところが南方の前線基地ではその酸素ボンベの補充が追いつかない。補充が追いつかないというより、まったく無いのである。

いま積んであるボンベを使うと、後がないから、哨戒も高度４０００メートルくらいでやる。敵はさらに高高度で来るというのにである。

〈もう、日本にはまともな兵器は無いだろう。竹やりでB－29爆撃機は落ちない〉

菅原はハワイの新聞〝ハワイタイムス〟と〝ハワイ報知〟などで、各地の戦局や、戦争の大局はおおよそつかんでいた。ハワイの新聞は両紙とも片面が英語で、片面が日本語であった。当時、ハワイの日系人は、ハワイの人口の35％を占めていたし、一世が多かったからである。

ハワイの新聞は、マリアナ沖海戦で艦隊を率いた小沢治三郎中将のことを「ばかの一つ覚え。バカの標本」と報じていた。

「毎回負けているのに、毎回同じ戦法でくる。わがアメリカにとって、こんなやりやすいことはない」。もっともである。そして負けても日本では、責任は問われない。

同じく新聞は、ヨーロッパ戦線のノルマンディ作戦の中将が、その責任を問われて軍法会議にかけられたと報じていた。

ノルマンディ作戦そのものは成功し、フランス西海岸に上陸できた。だが、あまりにも多くの犠牲者を出した。それは作戦に問題があったのだろうから、その責任を追及しているのである。菅原は、本来責任とはそういうものであろうとの思いを強くした。

一方の日本では、戦時中東京・有楽町の日劇に「くたばれ米英、われらの敵だ。進め！一億、火の玉だ！」と書いた垂れ幕が下がっていた。

火の玉になって突っ込もうにも、B－29爆撃機は高度1万2000メートルを飛んでくる。ゼロ戦でさえ1万1300メートルしか上がれず、攻撃できない高さにいる爆撃機を、どうやって落とすのだろう。精神論で飛行機は落ちない。

そんなことに思いをめぐらせていた菅原は、ハッと我に返った。

〈そうだ、このままだとハワイから日本に送り返されてしまう！　そうなると自分の夢が果たせなくなる。それでは、せっかく捕虜になった甲斐がないではないか！〉

菅原は密かに一つの夢をもっていた。

翌日、菅原はその夢を実現させるため、ドクセンに丁重に頼みごとをした。

「ドクセン、私を退院させてもらえませんか」

「ん？　君は僕の手伝いをするのが嫌になったのかね？」

「いえ、そうではありません。私はドクセンの手伝いは喜んでやります。ですが、戦争はあと2～3ヵ月で終わると思います。戦争が終われば、私はハワイから直接日本に送還されると思います。そうなると私のアメリカ本土を見る機会は失われてしまいます。私はなんとしてでもアメリカ本土を見たいのです」

病院から退院した捕虜は、一旦収容所に入れられる。そしてパイロットや通信士はサンフランシスコ湾にあるエンジェル島に送られる。その後アメリカ大陸の南部に汽車で行き、綿花作業に従事する。そういうことを菅原は知っていた。

「そうか、そういうことか。君が手伝うのが嫌になって出してくれと言うなら、絶対出さない。君は僕の優秀な助手だからね。しかし、そういう理由なら分かった。ただちに退院手続きをしよう」

ドクター・セインはすぐ手続きをとってくれた。しかし退院までには数ヵ月要するのであった。

その頃はドクセンの助手をしているくらいだから、菅原の身体は完治して、ベッドは上段があてがわれていた。

朝6時、ぐっすり眠っていたら、「スガワラ、ウェイク　アップ、ウェイク　アップ」、と言って肩をポンポンと叩く男がいた。見ると顔見知りの番兵であった。

「んっ？　何？」と聞き返すと、彼は気の毒そうな顔をして低い声で言った。

「ウォー　イズ　オーバー。ジャパン　ソレンダー」（戦争は終わった。日本は降伏した）

戦争は終わったのだ。カレンダーは1945年8月14日をさしていた。番兵に返事をするのも忘れて、菅原は大声を張り上げた。

「おーい、みんな起きろ！」

その声に、寝ぼけ眼をこすりながらひとり、ふたりと起き出した。一体何事か？　といぶかっている。

「みんな驚くな。戦争は終わった。日本は降伏した。番兵がそう言っている」

「なにを寝ぼけているんだ。そんなこと信じられるか。日本は神の国だぞ」

大方の受けとりかたはそうだった。無理もない。生まれてからこの方、そう信じ込まされ、洗脳されてきたのだから。

情報が何もない彼らは、自分たちがコテンパンにやられたのは偶然であり、運が悪かっただけと受け止めている。だから、やられたのは自分たちの部隊だけで、他の部隊は、大本営発表のとおり勝っていると信じていた。それは幻想にすぎなかった。

少し間をおき、菅原は番兵の言葉をもう少し詳しくみんなに伝えた。心が少し落ち着いてきたせいか、皆その事実を受け入れ始め、納得した。「二度と帰れないと覚悟していた祖国に、生きて再び帰れる！」、そう想いを馳せると、泣き出す男もいた。うれしいのか、悲しいのか分からない。きっとその両方だろう。ショックであり、複雑な気持ちになるのは当然であった。

その日の午前10時、海兵隊情報部士官の中尉が病室に来た。

「みなさん、よく聞いてください。日本は本日、連合国に対し、無条件降伏しました」

それは同時に、菅原のアメリカ本土行きの夢が絶たれたことを意味した。

収容所のナンバーワン・トラブルメーカー

海軍病院から退院できたのは、終戦から1ヵ月後の1945年、昭和20年9月中旬であった。

日本への送還を待つ身の菅原は、正規のスコッフールド収容所がいっぱいのため、とりあえずテントをはった仮収容所に送られることになった。そこはハワイ・オアフ島の北西部、カリヒの谷間にあった。菅原は、ここでも労働者兼通訳とされた。

「今日は、菅原と山形は倉庫の荷物を移動作業をやりなさい」、そんな指示がでた。

「あいよ」とばかり、ふたりは倉庫に入ってびっくりした。天井までうず高く積まれたビール、フルーツの缶詰、肉の缶詰、ドライフードに、非常食。非常食を開けて見てさらにびっくりした。主食の肉やパンはもちろん、ドライフルーツにコーヒーまで入っている。つまり非常食も戦場のフルコースなのである。

「山形さん、これじゃ勝てないよな。我々はひもじい思いをして戦っているのに、敵さんは戦場のフルコースだもんな」

「ああ、本当にそうですね」

確かに、ハワイの捕虜生活の食事と、日本軍の食事の差は大きかった。

菅原は、食事を比べてみた。

ハワイでは、豆の煮たもの、シチュー、料理に添えられた大さじ2杯分の米、肉はボイルした厚さ3センチくらいのものが2片、マッチ箱サイズのチーズ、牛乳、オレンジジュース、そして最後はアイスクリーム。捕虜の食事が、この豪華さ。

一方、振り返って茨城・百里原の時は、麦飯、魚の干物、たくあんの切れ端、豚のミンチの入った味噌汁。10代後半の育ち盛りなのにこの食事でしかない。訓練につぐ訓練で身体を酷使するから腹が減る。何か食べたいと思っても、百里原では酒保《しゅほ》、今でいう売店に行くことを禁止されていた。

これが九州の大村航空隊での訓練時は、さらにお粗末で、魚の切れ端があればまだ良い方となる。つまり人間が生命を維持していく最低限の食事でしかなかった。だから菅原の知る限り、入隊して身長が伸びた人はいなかった。大村では酒保に行くことは禁止されていなかったから、菅原は、ときどき酒保に行きソーセージの缶詰を現金で買って食べていた。

倉庫に入った二人は作業を開始した。一緒に倉庫に入った山形は軍人ではなく、飛行場建設に従事していた軍属であった。今日の仕事は、仕事といってもたいした作業ではなく、2時間もすれば片づく。

「よし、早いとこ片付けて、少し食べようではないか」

こういうことになると、意見はすぐまとまる。作業を終えたふたりは、山積みのビールの一番上に上がり、真中の箱をずらして穴を掘った。その中に座れば、下からは見えないからだ。まわり中がビールだから無料飲み放題である。もちろん缶詰も、ドライフルーツも持ち込んでいるから、きれいなウェイトレスのいないビヤホールみたいなものである。

「さぁて」とばかり、2人は調子よく飲みまくった。

ゴクッ、ゴクッ、ゴクッ……。

「いやー、冷えていないのが玉に瑕《きず》だが、ただのビールは旨いなぁ！」

倉庫での作業が終わって、兵舎へ戻った。ふたりはビールを飲んでいるから、トイレに行きたい。が、その前に員数の確認が番兵によって行なわれる。

5人が縦1列にならぶ。75人いれば15列できることになる。それを番兵は「ファイブ、テン、フィフテーン……」、つまり、5、10、15……と読み上げて数をかぞえるのだが、途中で間違え、また最初から数え直す。どうも暗算に弱いらしい。アメリカは広大で、それゆえ学校へ行っていない子供もいて、数字が読めない人もいるからだ。

それを3回ぐらいやったとき、ビールをたらふく飲んでトイレに行きたくてしょうがない山形は、ついに頭に来たらしく、

「いいかげんにせい！ ちゃんとしっかりやれ」

と、啖呵を切ってしまった。これはさすがにまずかった。すかさず番兵が飛んできて、彼は連れて行かれた。トイレに行きたいのに、つれて行かれたのは収容所長のところだった。整列はすぐに解かれ、菅原はトイレをすませた。「やれやれ」とおもっていたら、ジープに乗せられた山形の姿が見えた。営倉《えいそう》という名の独房行きである。菅原は難を逃れた。

それから数ヵ月後のある日、今度は石油ストーブを磨けと指示された。

カレンダーは12月になっていた。「はいよ」と言って皆に通訳したのもの、手渡されたの

はスチールブラシだけ。ごしごしやるが、塗装がしっかりしているため、なかなかその塗装がはがれない。

「菅原さん、これじゃ落ちないよ」と捕虜仲間が言う。

そこで18歳くらいの黒人番兵に向かって「ナイフをくれ」と言った。この言い方がどうも悪かったらしい。おまけに偶然にも右手にブラシを持ち、番兵と真正面に向かい合う格好で口を開いたから、向こうが勘違いをした。喧嘩を売られたと思ったらしい。サッと銃口を突きつけて来た。が、菅原はやましいところがないから一歩もひるまない。「撃てるもんなら撃ってみろ！」とばかり、全く動じなかった。

菅原は「そんなつもりじゃないんだよ。ナイフでないと落ちないからナイフをくれと言ったんだよ」と説明しようとするが、相手は頭に血が昇っていて聞こうとしない。しかも黒人だから、怒って顔が真っ赤なのか、青ざめているのか、皆目分からない。

さてどうしよう、と思っていたら、運良く軍警察のMP（ミリタリーポリス）がジープに乗ってやってきた。「お前らなにしているんだ？」と声をかけてきた。菅原はジープに乗せられ所長のところへ連れていかれた。

「いま問題を起こした捕虜を連れて行くと連絡が来ていたが、何だ、お前だったのか」

所長と菅原は、以前からの知り合いであった。打ち合わせ通訳として、何回も作業のことで話していたからである。

「菅原、英語が分からない捕虜が問題をおこしたのなら、事情がわからんでもないが、英語の分かるお前が問題を起こしたんじゃ、庇《かば》おうにも庇えないじゃないか。これは営倉行きだよ」

　菅原は、事情は説明したが、まあ、いいやと思った。

　ところが、幸か不幸か正規の営倉は満員だった。そこでオアフ島の真ん中にあるイタリア兵の捕虜収容所の営倉に連れて行かれた。ここは、有刺鉄線で囲まれたイタリア人捕虜収容所の中にある独房である。

　営倉に入れられた者は、パンのみの粗食である。水は水道の水があるからそれを飲む。

〈まあ、ひもじい想いをするがしょうがない〉とあきらめていた。

　ところが、食文化にかけては進んでいるイタリア、そこの基地だから旨いものは沢山ある。スパゲッティや、コーヒーなど、皆が入れ替わり立ち代わり、毎食差し入れしてくれる。

「これはいい」と鼻歌まじりでいたら、ある日招待状がきた。

「貴殿の勇敢さに敬意を表し、明日のクリスマスイブ・パーティーに招待する」

〈おお、そうか。別に忙しいわけでもなし、断る理由もない。手土産はないが、そりゃ、行かにゃ悪い〉、とばかりに当日出かけた。

　イタリア兵の収容所の中に独房があり、その通路となったところの有刺鉄線は、ペンチで切られていた。イタリア兵がちゃんと切っておいてくれたのである。

　菅原は、イタリア人は食べることと、女を口説くために生まれてきたようなものだと聞いていたが、まさにそのとおりと思った。

彼らは、ちゃっかりどこかから豊富な食材を手に入れ、トマトのソース煮込みや、魚介類のリゾット、ケーキ、ワインなど、多彩にそろえ、何重奏ものコーラスで歓待してくれた。

菅原はイタリア兵のリーダー的な男に向かって訊いた。

「ひとつ聞きたいのだが、なぜ私を招待してくれたのですか?」

「ユーは普通の日本人とは違う。ユーはゼロファイターであり、かつ勇敢だ。普通日本人は、集団になると勇ましいが、個人になると180度かわり、意思をもたない。そして、すぐ権力になびく。軍人のときは100%日本国の権力者になびき、捕虜になったら、そのときの権力者アメリカになびく。だが、ユーはそうではない。銃口を向けられても微動だにしなかった。その勇敢さがいいからだよ」

〈なるほど、そうか〉

菅原はそう思って、気分よくワイングラスを空けた。独房にいれられて、パーティに誘われ、おいしいワインにイタリア料理。これは悪くない。世の中に、そんな捕虜もめずらしい。

営倉に帰ったのは夜明け前であった。

営倉には16日間いれられた。そこから出された時はすでに1946年、昭和21年の1月になっていた。

営倉からスコフィールド収容所に戻った菅原は、また作業にかりだされる。もちろん通訳もさせられる。

ある日、馬に食べさせる燕麦《えんばく》の保管倉庫の作業に行かされた。その倉庫の先にバナナの木があり、バナナがたわわに実っている。

菅原は〈よし、あれを盗んで食べてやろう〉と思いたった。火の見櫓《やぐら》のような見張り台から、監視員が見ているから、その目を盗むようにしていく。そして、バナナの木を2本倒した。風もないのに、急にその2本の木だけがゆれて倒れる。監視員は、「何かおかしい」と思ってやって来た。

そのころには、菅原は小脇にバナナの房を一杯抱え、もう仲間のところに戻っていた。そしてすぐに燕麦の袋に入れて埋めた。しばらくして監視の男が来た。そして英語が話せるただひとりの男、菅原に訊いた。

「いま、あそこにあるバナナの木が倒れた。2本だけ倒れるとはおかしい。君たちは何か知らないか？」

「さぁ～、どうでしょうね。皆に訊いてみます」と、返事しながら仲間の方に振り返り、言った。

「みんな、何か知っているか？」

皆が首を横に振る。

「みんな、何も知らないと言っています」

「う～ん、？…？…？……」

それで、監視の男は帰っていった。

埋めたバナナは数日後、再びそこの作業にきたとき、掘り出し、皆で食べた。ちょうど食べごろだった。萱原たちに付き添っている黒人の番兵にも「ユーもバナナ食べないか」と出したら、喜んで食べた。戦争が終わっているから、もうそんなにピリピリした雰囲気はなかった。

さらにある日、今度はパイナップルを取りに行った。そこは金網があったが、木登りの上手い萱原にとって、そんなものはたいしたことではない。

パイナップル泥棒は1個につき罰金10ドル。それは知っていたが、萱原はひょいとよじ登り、金網をのり越えジャンプして飛び降りた。が、着地したところに溝が掘ってあった。アメリカの金網は、よくそのようになっているのだが、このときは草で覆われていて分からなかった。着地の時に捻挫したが、構わずパイナップルを5個抱え、再び金網を越え、帰還。今回も成功した。

長い間にはいろんなことがある。独房に入れられた金ブラシの出来事のようなことは、行き違いから、時々ある。そのたびに矢面に立つのは萱原だ。

萱原はひとつの経験則を学んでいた。それは銃口を向けられても、絶対逃げてはいけないということだった。だから彼は、銃口を向けられても絶対にひるまなかった。平然としていた。

そんなトラブルがあると、所長の所へ行かされる。所長は、営倉に入れられた時の所長から、代わっていた。新たな所長は中尉だった。その所長は一応こちらの言い分も聞く。そのときに、営倉に送られるか否かの境目がある。それは言い訳が立つか否かであり、〝私は悪くないと〟言い張ることだった。

所長が納得すれば営倉には送られない。客観的であろうが、主観的であろうが、要は相手が「君のいうことはもっともだ」と納得すればよい。そのポイントを菅原はつかんでいた。だから、その後1回も営倉に送られることはなかった。

菅原は経験から、その技術を知らず知らずのうちに身につけていた。

いずれにしても菅原の名は知られ、菅原が作業トラックから降りると、いつの間にか、

「ナンバーワン・トラブルメーカーが来た」

と呼ばれるようになっていた。

こうして月日が流れた。が、さしもの菅原も、単調で監視された生活には飽きてくる。このスコフィールドの捕虜収容所に、長い滑走路を持つホイラー飛行場があった。そこにはアメリカ陸軍のP－47サンダーボルトや、P－51マスタングなどの戦闘機が数百機、ずらりと並んでいた。

菅原はふと思った。

〈そうだ、あのP－51マスタングに飛び乗って、大空を思いっきり飛び回ってやろう！〉

そんな衝動に駆られた。

アメリカ陸軍の飛行機は、戦闘機はPの文字を頭につけ、爆撃機はBの文字をつけていた。戦闘機はP－47サンダーボルト、P－51マスタングなど、爆撃機はB－17、B－24、空の要塞B－29などである。

海軍の戦闘機はF4F、F6FのようにFの文字を頭につけていた。海兵隊はF4Uコルセアなどを使っていた。第2次世界大戦中は、日本軍にも、米軍にも空軍はなかった。

P－47サンダーボルトは、アメリカ陸軍機の中では最大の生産機数を誇る機だ。P－51マスタングは、第2次世界大戦中に登場した全世界の戦闘機の中で最も優秀と評価された戦闘機で、航続距離もゼロ戦を上回る3600キロを誇り、日本本土を空襲したB－29を護衛した機だった。

〈あれに飛び乗って、大空飛べばどんなに気持ちがいいだろう！〉

そんなことをしたらどうなるかを考える気持ちはなくなっていた。

だが菅原は、あとのことより、パイロットとして冷静に考えてみて、それは無理だということが理解できた。戦闘機には通常キーはついていないが、監視の目を盗んで走っていって乗り込んでも、どのようにしてエンジンをかけていいのかわからないからだ。

車ならどのメーカーの車も、だいたい同じような方法でエンジンが掛かるが、飛行機はその機種ごとで変わる。例えばゼロ戦は地上員が手動でエナーシャという慣性起動装置を回し、エナーシャの回転が上がってきたところでパイロットがスイッチを入れスロットルを少し開け、そして地上員が始動させる。日本陸軍の飛行機はトラックの荷台にスターターを積んで、プロペラと連結させ、そして始動させる。そのように機体ごとに違うことを思い出したからだ。

〈エンジンが掛からずもたもたしていたら、取り押さえられてしまう〉

結局、菅原は思いとどまった。

1946年の春から何回かに分けられ、日本への送還がはじまった。菅原は結局、1946年、昭和21年11月、ハワイを出航する日本の輸送船に乗せられ復員することになった。2年4ヵ月いたハワイともお別れである。

船に乗り組むとき、菅原は周りを見回した。捕虜を恥ずかしいと思う日本人は、皆うつむいて歩いている。菅原は捕虜にはなったが、何ひとつ後ろめたいことも、やましいこともしていないという意識があるから、堂々と胸をはり、上を向いて歩いて船に乗った。上を向いているのは菅原ひとりだった。

洋上のデッキで大海原を眺めながら、菅原は未来に向かって想いを馳せた。そして日本の歴史的考察をしてみた。

〈日本は大和朝廷以来、国民を働かせ、年貢として搾取し、朝廷がいい想いをするようにしてきた。〝国民は富〟と言えば聞こえは良いが、実態は支配する側に都合のいい、労働力としてしか見ていなかった。農民は農奴だった。国民のためになどという発想は、そこにはない。そして天孫降臨《てんそんこうりん》などと言って、日本は神の子孫が天から降りて来た国、だから神の国だといって国民を洗脳してきた。天皇族と農民は異民族という考えだ。

天皇を現人神《あらひとがみ》と呼び、天皇は絶対、天皇のため、その天皇の支配するお国のために命を捧げるのは尊いことだと洗脳しつづけてきた。洗脳は支配する側にはとても都合がよい手法だ。実態は、支配する側を〝お上〟と考えさせ、下々のものは絶対服従させてきただけではないか。

今回の戦争の特攻だって、ほとんどは支配する側の士官はせず、支配された下士官だったのもその現われのひとつだろう。

源平藤橘《げんぺいとうきつ》を名族四姓と称し、これを尊い姓として支配する側におき、その他を百姓《ひやくせい》とひとまとめにして支配される側におき、農業をやらせて、搾取した。これが後に百姓《ひやくしよう》と呼び方が変化したが、百姓という言葉が存在すること自体、その歴史を証明している。

だから、日本人は〝お上〟という考えをし、時の権力者にすぐなびく。

しかし、自分はそうでない。南方で前線に出ていたときも、家族や地域のため戦おうとは思ったが、天皇のためとは思わなかった。誰も口には出して言わないが、多くの仲間もそう思っていた。とにかくこれで天皇教から解放され、洗脳から脱することができた〉

菅原はこれから始まる第二の人生は、〝おまけ〟の人生だと思った。ならば、自由に生きよう、自分を信じて生きようと決意した。そしてふたつのことを胸に刻んだ。

〈私は絶対に権力になびかない。自分の信念に基づいて生きる〉

〈日本の空は、今は連合軍の総司令部ＧＨＱによって、航空が禁止されている。しかし、それは長くは続かないだろう。必ず再開される。しかもそれは、軍事航空ではなく、民間航空だ。これからは航空の時代だ。日本のこれからの発展は航空にかかってくるだろう。そのとき私は必ずもう一度パイロットになって大空を飛ぼう〉

菅原を乗せた船は一路、西へ針路をとって日本に向かった。

第5章　空への恋慕

〝パイロットへの道〟模索

神奈川県の浦賀から汽車に乗って、故郷の三笠駅についたのは、奇しくも太平洋戦争開戦と同じ月日の12月8日であった。

〈家族は、俺が死んだと思っているだろう。ひとつおどかしてやれ〉

「ただいま、靖弘の幽霊ですよ〜〜」

「おお、靖弘か。元気だったか」と、父はひとつも驚かない。

「あれ？　何で驚かないの？」

「お前の生きていることは知っていた。でも仏壇の前にお前の白木の箱がある。開けてみたら」と言う。空けてみると空の箱には、紙が1枚入っていただけだった。

紙にはこう書かれていた。

「故・海軍飛行兵曹長　菅原靖弘の霊」――本当は上等飛行兵曹なのだが、戦死扱いなので1階級昇進して書いてあった。

日本軍は、菅原がアメリカの捕虜になったことを、アメリカからの短波放送で知っていた。だから、給料は支払われていた。しかし終戦と同時に、軍が解体したものだから、混乱のなかでなにがどうなったのかは分からないが、戦死したことになった。それで北海道庁から戦死通知が届いたのである。

父はその戦死通知よりも前に、ある1通の葉書を受け取っていた。

〝貴殿の息子、菅原靖弘さんは元気で生きていますよ。今ハワイの捕虜収容所にいますが、近いうちに日本に帰って来ます〟

ハワイから一足先に日本に帰った捕虜のひとりが、知らせてくれていたのである。

「靖弘、そんなわけでお前が生きていることは分かっていた。でもどうしても、取りに来てくれというから、札幌までその白木の箱を取りに行ってきたのだよ。そしたら今度は地元の役場が、葬式を挙げるというので、さすがにそれは断ったがね」

「なるほど。そういうことだったのか」

「靖弘、ところでお前が捕虜になっている間も給料は毎月50円が郵便局に振り込まれていて、全部貯金してある。ワシの貯金と合わせて、農地を買い足さないか」

そう提案してきた。

菅原は長崎の大村航空隊のとき、毎月の本俸50円は北海道の自宅に郵便局経由で送金できるように手続きをして、手当の航空加俸45円は手元におき、小遣いにしていた。それだけあれば十分であった。

航空手当ては30円で、さらに戦闘機乗りは５０００メートル以上の高高度に上がるので、高高度手当てが支給され、合計の航空加俸は45円となった。５０００メートル以上の高度になると空気が薄くなり、何の予兆もなく突然意識がなくなる。だからそれ以上の高度になると酸素マスクをつける。高高度手当てはその危険手当だった。

父は靖弘と畑仕事をしたいから、農地買い足しの提案をしてきたのだ。靖弘はパイロットになりたいから土地の購入にはあまり関心がなかった。しかし、父が喜ぶならそれもいいだろう、と同意した。結局、10町歩、３万坪を購入した。これで合計17町歩、５万１０００坪の土地となった。

「靖弘、これからどうする？　東京や空襲でやられた都市では食糧難らしいが、家には畑があるから、その点は大丈夫だ。でもそれだけという訳にもいくまい。兄の勤めている炭鉱会社に行かないか。正社員ではないが、現場採用の鉱員としてだ」

「そんな働き口があるなら、そうするよ」

神童と呼ばれた長兄は、札幌から地元に帰り、炭鉱会社に勤め、いまでは幌内鉱の炭鉱組合の書記長となっていた。

靖弘は再びパイロットになりたいが、いま復員したばかりなのに、父にそんなことは言えない。それに日本では航空は禁止されていたから、すぐにといっても無理なのである。菅原は、炭鉱の採用試験を受けた。

北海道炭砿汽船株式会社・幌内砿会計課。それが菅原の職場となった。会社名に汽船と名は付くものの、会社は汽船を持っていなかった。軍に徴用されてしまったのだろう。日本には石油がない時代だから石炭は増産につぐ増産で、職場には活気がみなぎっていた。菅原は、冬は雪の中を1時間かけて歩いて通勤した。

最初、5回やれば出た答えが5回とも違うソロバンの腕も、2ヵ月後には合うようになっていた。一生懸命やれば仕事というものは面白くなる。仕事とはそういうものだ。そして1年後には給料支払い係り25人の総括責任者になっていた。

就職して1年余り経った1948年、昭和23年のある日、菅原は上京してみようと思った。東京に行っていい就職口があればそこで就職してもいいと考えたからだ。

当てはあった。ハワイで捕虜になっていた20歳くらい年上の近藤正春が東京にいた。彼は、東京高等工業学校（現：東京工大）を出ていたが、工業系にはめずらしく英語ができた。英語が好きで独学したと菅原は聞いていた。それでハワイの捕虜当時、菅原と同じくドクセンの手伝いをしていた親しい仲だった。その彼を訪ねれば、何かいい就職口を紹介してもらえるのではないかと思ったからだ。

当時東京に住むには、もともと東京の人以外は〝引き上げ証明書〟が必要だった。菅原はそれをもっていたから、望めば可能だった。が、問題は東京までの鉄道の切符を手に入れることだった。しかし幸いに弟が国鉄に勤めていたから、何とか手に入った。

東京の中野にある近藤宅を尋ねたら、奥さんしかいなかった。

「菅原さん、よくきてくださいました。主人から、あなたのことは聞いていました。しかし……」といって、目にうっすら涙を浮かべて話を続けた。

「主人は、昨年ひとりで谷川岳にでかけ、雪のクレパスに落ちて亡くなったのです」

「えっ！」菅原はしばらく、後の言葉がでてこなかった。クレパスとは残雪の深い割れ目のことだ。

「菅原さん、それと主人がハワイであなたと一緒になって手伝っていたドクター・セインも、丹毒に感染して亡くなられました。主人はドクター・セインと手紙をやり取りしていましたから、それを家族から知らされたそうです」

〈なぜだ、なぜなんだ。あんないい人間が、なぜそんなに早く死ぬんだ！〉

ドクセンは命の恩人だった。いつも笑顔をたたえ、指示はハッキリ出し、人生哲学も語る立派な医師だった。菅原はしばし呆然とした。そして世の無常を感じた。

菅原の頭の一部には、〈ドクセンに誘われた農場でのフライトの仕事ができればいいな〉との思いはあったが、それは戦後すぐのことゆえ、無理に近かった。確かに渡航は不可能ではなかった。しかしそれは2世とか、特別の人に限られているのが現状だった。まだ復員して間もなくで、目先のことを考えるのが精一杯というのが現実だった。

とにかく、これで就職口を紹介してもらうことも、ドクセンの仕事の話も、無理となった。北海道へ戻ってしばらくしてから、もうひとついい案が浮かんできた。捕虜時代に何かと世話になって気の合うオーテス・ケーリー中尉は、戦後GHQで働いていた。オーテス・ケーリーはその後アメリカへ戻り、中途だった勉強をつづけ、カルフォルニア大学を卒業した。そして今、京都の同志社大学でアメリカ史の教鞭をとっている。

「そうだ、彼に頼んでみよう」

当時はパンナムというアメリカの航空会社が日本に入っていた。そこの日本サイドの仕事でもないかと思った菅原は、彼に電話した。

「オーテス、私は航空に関係した仕事をしたい。あなたのコネでどこかないだろうか」

そう依頼したが、結果は無理だった。まだ時期が早すぎた。

とにかくもう少し時期を待とう、そう思いなおして、いまの炭鉱の仕事に集中することにした。

それから数年後のある日、菅原は思った。

〈いま石炭は好景気で増産、増産の勢いだ。だがそれは石油が不足しているからだ。石油が輸入できるようになれば、炭鉱は斜陽産業になり落日の一途をたどるだろう。石炭を使っているのは、汽車、火力発電、学校のストーブ、北海道の家庭のストーブくらいのものだ。工業関係も脱石炭に動いている。石炭を液化して使うことも言われているが、技術的に難しくかつコストが高い。それは実用化しても主たる燃料にはならないだろう。

飛行機は石炭では飛ばない。自動車も石炭では走らない。船も石炭では走らない。燃料効率からみても石油は石炭に比べて遥かに良い。エネルギーは石炭から石油へ移行するだろう。世の中は常に変化している。いつパイロットに戻れるかわからないが、それまでの繋ぎにしても斜陽産業ではダメだ〉

菅原は戦時中、飛行機でいろいろな方面へ行ったから、世界の趨勢を知っていた。それで石油の重要性は良くわかっていた。

〈これからは石油の時代だ〉

菅原は時代の変化を読んだ。それは当たった。21世紀にはいって炭鉱は全部閉山となった。そうなる50年近くも前に、将来のエネルギー事情を見通す菅原のこの予見力は、世界経済の動向を俯瞰図的に見ることが出来たからだろう。

退職の日、職場の同僚は見送ってくれたが、菅原が辞めて喜ぶ集団もいた。

「おい、菅原は炭鉱を辞めるってさ。よかったな」

そう言って正社員たちは祝杯をあげた。菅原は、権力に媚びず正論なら誰に対してでも、言いにくいことでも平気で言ったから、異端者として煙たがられていたからだ。

菅原は役場の採用試験を受けた。暦は１９５１年、昭和26年3月になっていた。三笠町役場庶務課、町議会書記が今度の仕事である。

役場に入って3年が過ぎた。ある日、北風という北海道にふさわしい名前の議員が、菅原に相談ごとに来た。

「菅原君。官費視察で今年の秋、どこかへ視察に行くんだが、君はいろんなところへ行っていると聞いている。どこがいいだろうか」

視察とは名ばかりで、議員官費視察はその名目の個人旅行のようなものだ。出張復命書なんてないのだから、一括して費用を貰い、領収書は必要ない制度だった。

「そうですね。いっそ九州はどうですか。暖かいし、北海道とは趣が異なるからいいんじゃないですか」

人は旅に非日常性を求める。寒いところの人は暖かいところへ、雪のない地域の人は雪を見たさに雪国へという具合である。

「いや、ワシも一遍は暖かい九州へ行ってみたいと思っていたんだよ。じゃがね、何しろ北海道から出たことがないので、君も一緒にいってくれんか。あっ、なになに、君の費用も出るから、その点は心配ないよ」

菅原と北風議員の2人が三笠の駅を出たのは、1954年、昭和29年の春4月下旬だった。三笠町にはまだ霙《みぞれ》が降る日もあったが、九州の長崎県佐世保は新緑が鮮やかで、初夏を思わせる太陽がまぶしかった。

佐世保から長崎に向かう途中に、菅原が以前に戦闘機訓練を受けた大村市があった。汽車で大村を通ったとき、ふとある人を思いだした。山川の彼女、澤井たか子である。

〈澤井たか子の家は、大村にあんな大きな別荘を持っているくらいだから、名家のはずだ。長崎で大きな回船問屋の娘と言っていたからすぐわかるだろう〉

長崎駅に着いてすぐ、電話帳をめくった。番号はすぐわかった。

「はい、もしもし、澤井でございます」、お手伝いさんが出た。

「澤井たか子さんはいらっしゃいますでしょうか。私は、大村の海軍航空隊時代にお会いした菅原というものです」

しばらくして、本人が出た。

「あらっ、菅原さんじゃないの。どうしていたの。久しぶりね。えっ、いま長崎にいるの？じゃ、ぜひ家へいらっしゃいよ」

菅原は北風議員に、先に宿に行ってゆっくりしていて欲しいと伝え、彼女の家に向かった。

彼女の家は、街を見下ろす長崎の高台にあり、誰に聞いてもすぐわかった。大きな家で瀟《しょう》洒《しゃ》なたたずまいである。

「菅原さん、ほんと久しぶり。私の家はＧＨＱに接収されていたのだけど、つい最近返されたの。それでまたここに住み始めたところなの。ところで、山川さんは生きているわよ」

「えっ、山川が生きているって。南洋のハルマヘラ島で会ったのが最後で、死んだとばかり思っていた」

菅原と山川が最後に会ったのは赤道直下のハルマヘラ島で、菅原の乗ったゼロ戦の翼の上に飛び乗ってきた彼に、サイダーを渡したときだった。そのとき彼はニューギニアから飛行機を取りにきていて、すぐにニューギニアに戻っていった。

「いいえ、元気で生きているわよ。南方から帰ったとき、私を訪ねて来てくれたの」

そう言って彼女は、山川の住所と連絡先を教えてくれた。彼女はまだ結婚していなかった。

〈これはどうも山川の片想いで終わったらしい。「愛に家の大きさは関係ない」と言っていたが、家の大きさ以前に、愛が生まれなかっただけじゃないか〉

宿に帰って早速、長距離電話を申し込んだ。

「やぁ、山川。お前生きていたか。ハルマヘラ島で俺のサイダーを持って行って以来だな。元気か」

「あぁ、元気でやっているよ。それにしても、よくここがわかったな」

「まあな。ところで山川、長崎の彼女はどうした」

菅原はわざと聞いた。

「いや～、それを言うてくれるな。今でも心が痛む」

菅原は内心、ふき出しそうになるのを堪えた。

「山川、実はな、俺は今長崎に来ていて、さっき彼女に会ってきたんだよ。君の連絡先は彼女から聞いたんだ」

「そうだったのか。彼女は元気だったか……。それはそうと、虎部隊の隊長だった指宿さんが、浜松の保安隊にいるぞ」

保安隊とは自衛隊の前身の名前だ。

「えっ、そうか。なつかしいな。連絡先は分かるか」

山川は保安隊の連絡先を教えてくれた。

〈静岡県の浜松と言えば、九州から北海道への帰路の途中だ。立ち寄ろう〉

そう思った菅原はすぐに浜松に電話をいれた。時刻はすでに夜の9時をまわっていた。翌朝、菅原は北風議員に提案した。

「北風さん、もう、予定の主なところは見ました。どうでしょう、ここで解散し、あと1〜2、お互いに好きなところを見て帰るということにしませんか。帰るだけだから、もう迷うこともないでしょう」

北風議員とは分かれ、菅原は一路浜松に向かった。

〈指宿隊長は元気だろうか〉

菅原は、戦地での指宿隊長の言葉を思い返した。

指宿隊長は、菅原が火だるまになって敵中着陸する2ヵ月半前、パラオの空戦で迎撃に上がったが、敵グラマンに低空でかぶられ、散々やられてしまった。

〝かぶられる〟というのは低空をいくゼロ戦に、上空から敵の編隊が〝傘をかぶせる〟ようにして、下のゼロ戦がどこへ逃げようとも、その鼻面を抑えるようにして攻撃してくることだった。

基地に戻った隊長を迎えた菅原に、「君たちが行っても全滅だよ」と、当時の敵の、チームワークで襲い掛かってくる強大な戦力を伝えてくれたのが、印象に強く残っていた。

指宿隊長は士官、菅原は下士官だった。当時、士官と下士官の間にはハッキリと線が引かれ、個人的に下士官が士官に話せるものではなかった。それだけに、その言葉は印象的だった。

菅原は保安隊を訪ねた。

「おぉ、菅原。元気か。よく来た」

「隊長。お久しぶりです」

この時、予科練甲飛8期の同期生で生き残ったのは122名であると知らされた。生き残ったのは4人に1人であった。しかも戦闘機乗りに戦死者が多かった。爆撃機などは1機に数人搭乗するから、1機助かると生存者も多いからだ。

「菅原、どうだ、久しぶりに飛ばないか」

「えぇ、もし可能なら、ぜひお願いします」

菅原を連れて保安隊航空学校の本部の建物に入ると、指宿隊長は言った。

「校長、この男を乗せたいと思うんだが」

「それは、本部の許可をもらったかね。まだなら、申請して……」

指宿隊長は、菅原をうながして外へ出た。

「そんな面倒なこと、言っていられるか。空に上がれば、すべてワシの責任や。行こ、行こ」

格納庫からＬ－５というアメリカ製の飛行機を出し、大空へ舞い上がった。菅原にとっては実に10年ぶりのフライトであった。

上空に上がったら指宿隊長が言った。

「菅原、君が操縦しろ」

この機は前後にパイロットが乗れるタンディム型で、操縦桿はそれぞれについており、連動しているのである。菅原は操縦桿を握った。

なつかしい操縦桿の感覚、再び三次元の大空を舞う喜び、力強いエンジンの音、高度３０００メートルで見る蒼い空と白い雲。完全に地上とは別世界だ。翼の傷が治って再び飛びだした鳥のような気分だ。急角度旋回、Ｓ字飛行、飛ぶほどに感覚がよみがえる。

〈うれしい、空ってこんないいものだったんだ。自由に羽ばたけるとは、なんとすばらしいことだろう〉

そう思っている菅原に、後席から指宿隊長が声をかけてきた。

「どうだ菅原、感覚はもどったか」

「いや、そうは急にもどりませんよ」

「何を言っとるか。貴様ほどの腕を持った奴なら、操縦桿を持ったとたん、サッと感覚がよみがえらにゃいかん」

ふたりを乗せた飛行機は、空で鷹が歓びの舞をしているかのように自由に飛び回った。

地上に降りた菅原は、指宿隊長に丁重に礼を言った。

「隊長、本当にありがとうございました。これで私は北海道に帰ります」

「おい、ちょっと待て。お前はこれからどうする？」

「どうするって言われても……」

「お前や俺のような腕を持つ者は、国宝級もんだぞ。絶対戻って来い！」

〈隊長は国宝級かもしれんが、自分はお粗末な国宝だなぁ〉

菅原は内心そう思った。


菅原は、久しぶりの飛行の興奮覚めやらぬ状態で、東京行きの汽車に乗った。

〈やっぱり俺は、自由に大空を飛びまわりたい〉

菅原は、具体的にパイロットになる道を模索し始めた。

国宝級の腕の評価で自衛隊へ

1951年、昭和26年に、GHQは内国航空に限り、飛行禁止令を解除した。そして航空法など、航空に関する法律はアメリカの法律をコピーし準用した。

菅原に、いくらゼロ戦を自由に操る国宝級の腕があっても、軍隊だったから免許はない。新たな法律のもとで、民間航空の免許を新規に取得しなければならない。

飛行感覚を呼び戻すための飛行、試験に受かるための勉強などで、新たに取ろうとしても月給数千円の時代に、60万円から１００万円かかる計算となる。しかも、当時そんなことを訓練して取らせるコースはない。だから、日本航空はアメリカ人パイロットで運航を始めた。

　民間の定期便の免許を取るのは、天体観測やナビゲーション、航空法などの試験の難関、そして費用面、それらを考えると大変なことである。

〈するとこれは、指宿隊長の言うとおり、一旦保安隊に入り、実力を磨き、知識を得、時期を見て民間に移るのが現実的で、賢明ではないか〉、そう考え始めた。

　菅原は、手紙を書いた。〝入隊希望。願書送付願いたし〟。

受験し、2週間、3週間と合格通知を待ちつづけた。が、音沙汰がない。〈あれ、どうしたのだろうな?〉不思議に思って家のものに聞いてみた。

「なんか、俺宛に手紙がこなかったかい?」

　誰もが知らないと言う。

　それからさらに数日たったある日、父が寂しそうな声で言い出した。

「靖弘、実は合格の通知が届いていたのだが、ワシは行って欲しくないので隠していた。しかし、お前はやはりパイロットになりたい一念のようだから、仕方がない。この手紙わたすよ」

「貴殿はめでたく合格されました。航空自衛隊第五期幹部学生として、山口県防府《ほうふ》に１９５5年、昭和30年、2月20日までに入隊下さい」

この時には、保安隊は自衛隊と名前が変わっていた。

「えっ、もうあと5日しかない！」

菅原は、大急ぎで荷物をまとめ出発の準備をした。

役場に行ってその旨を伝えたら、庶務課長が明るい声で言った。

「菅原君が辞めてくれるのなら、局長が喜んで、祝杯を上げるだろうな」

厄介払いが出来て嬉しいと思う気持ちが、声に表われている。

隣で聞いていた女子事務員が言った。

「課長、祝杯を真っ先に上げるのは、局長よりもあんたの方でしょう！」

そのころ菅原には、結婚するならこの人と決めていた人がいた。郵便局に勤めている谷地幸子という女性である。

だが、菅原は結婚すると自由に動けなくなると思って、今まで結婚しなかった。パイロットになるために、この先どんな経済的困難や、試練がまちうけているかわからない。結婚は手枷足枷になると思っていたからだ。

だが先の見通しが立った今、菅原は心を幸子に打ち明けた。

「航空自衛隊に行って少し落ち着いたら、結婚しよう。迎えにくるから」

「うん。待ってる」

幸子はただそれだけ言って、嬉しそうにうなずいた。

2月17日、三笠の駅から、後ろ髪を引かれる想いで出立した。母は数年前に亡くなっていた。駅まで送りに来てくれた父の顔を見るのがつらかった。大雪のため、汽車は札幌付近で立ち往生した。まるで父が、〝行かないでくれ〟と言っているかのようであった。

入隊期限の前日、防府に到着した。

入隊式の直後に、講堂に全員集合の合図が掛かった。新入隊員は、全員がかなりの航空経歴と軍歴の持ち主で、試験の難関を突破してきた60名だ。

何だろう？　と思っていると、教官が紙を配りだした。

「今から英会話の試験を行なう。設問は私が英語で口頭で問う。君たちはその答えを、英語で書くように。くれぐれも注意して欲しいのは、私の言ったこと書くのではなく、質問の答えを書くように。では始める」

口頭試問の記述に続いて、英語のペーパーテストも行なわれた。

４日後、菅原を含めた４人に、英語教育隊から呼び出しが掛かった。「何だろう？」と思っていたら、同僚のひとりが言った。

「菅原君、君はこの間の英語の試験、よく出来ただろう！」

「いやぁ、まぁ、ある程度は分かったが、その先は想像力をフルに働かせて適当に書いただけだよ」

「英語の成績が良いものは、たしか英語の教官を任命されると聞いたぞ」

「えっ、そりゃえらいこっちゃ。俺は飛行機に乗るのに来たのであって、英語を教えるためにきたのではないぞ」

そう思ったからとにかく、英語教育隊の隊長の部屋へ行った。隊長は川野辺という日系2世で、紳士的な人であった。

「君たち4人は、英語の成績は優秀である。そこで、君たちに英語の教官をやってもらいたい。これはすでに、『英語の成績の良いもの4名を、英語の教官にしても良い』と、航空幕僚からの許可ももらってあることだ」

菅原は、60人中3番目の成績であった。ここに集められたのは上位4人であった。菅原は、英語の教官なんかやらされたらたまらないと思うから、あせった。

「教育隊長、ちょっと待ってください。私は飛行機に乗るために来たのであって、英語の教官をやるために来たではありません。ぜひ、その英語教官の名簿から外してください。それに私の英語は、人に教えるようなものではありませんから」

菅原が言い終わると同時に、4番目の成績だった男も口を開いた。

「私も、全く同じです。ぜひ名簿から外してください。お願いします」

「ふーむ。まぁ、そういうことなら、その旨を東京六本木の航空幕僚に申請してみましょう。しかし、その結果、どうしてもやってくださいということになったら、そのときは引き受けてください。お願いしますよ」

〈まぁ、そこまで言われれば仕方がない。あまり柄ではないが、そのときは引き受けざるをえないだろう〉

結果がきた。川野辺隊長から〝免除〟の言葉が告げられた。

〈ふぅ、やれやれ助かった〉

それから約2週間、航空用語を中心とした英語教育が朝から晩まで続いた。菅原を含め、英語の成績のよいものは、すぐに浜松航空隊に移動し、訓練に入るようにと指示をもらった。

菅原は中学で英語が得意だったこと、そして捕虜時代の英語通訳でそれなりに実力はあったからよかったが、かわいそうなのは高等小学校出の人だった。高等小学校では、英語教育

自衛隊時代。飛行中のＴ－6。松島にて

はなかった。だからその人たちは、一から始めることになる。

〈残った連中は火をふく思いだろうなぁー〉

そんな気持ちを胸に浜松に向かった。

浜松ではT－34型のメンターで訓練が開始された。メンターはアメリカ製の単発、低翼単葉の300馬力の近代的練習機である。11年ぶりの飛行にわくわくする。

指宿隊長が〝国宝級〟と褒め称えたのは、もちろん嘘ではなかった。

身体に技術を覚えこませるのは相当な時間がかかり、大変な努力を要する。だが、身体が一旦覚えたものは、いくつもの神経細胞が繋がった状態で覚えている。しかし使わないとサビる。能力低下だ。そして再び一連の動作の何かを身体がしようとすると、連鎖的に刺激が伝わり、サビが取れ活性化してくる。すると感覚がどんどんよみがえるのである。

菅原は3ヵ月間のトレーニングで、独自の飛行感覚を取り戻した。

その後、宮城県松島の松島航空基地で6ヵ月間にわたる〝テキサン〟と呼ばれるT－6機での訓練にはいった。この飛行機はメンターと同じアメリカ製だが、メンターとは対照的に古典的な飛行機である。

600馬力と馬力はメンターより大きいが、アメリカ陸軍が太平洋戦争の前から練習機として使っていたもので、尾輪式である。ゼロ戦は宙返りするたびに高度を増すくらい性能が

自衛隊教官時代。前列右端が菅原靖弘

良かったが、このテキサンは宙返りするのがやっとで、操縦の難しい飛行機である。

そんなことはお構い無しに、アメリカ人教官のリチャードソンが指示を出した。

「菅原、今日は霧の中、視界ゼロメートルでの離陸訓練を行なう」

航空自衛隊の訓練が、アメリカ人に委嘱されていたのである。そしてこの11年の間に訓練内容も進歩していた。

「地上は視界ゼロでも、上空は晴れている。敵に攻められたとき、地上が霧で前が見えないから離陸できないと言っていては自衛ができない。そのための訓練だ」

もっともな話である。操縦席を暗室のように黒い幌で覆い、ダイレクトジャイロというコンパスを頼りに、飛び上がる。菅原はあらゆる訓練をこなし、アメリカ人教官をうならせた。そして引き続き2ヵ月間、教官になるトレーニングを受けた。

「菅原、ユーに教えるものはもう何も無い」

菅原は、指導教官になった。1956年、昭和31年2月のことだった。階級は軍隊時代の中尉に相当する2尉となった。

そしてこのとき菅原は、リチャードソンからひとつの有益な言葉をもらった。

「訓練生にパイロットの適性があるかないか、それを1週間くらいの間に見抜きなさい。ダメなら1～2週間で首を切りなさい。そうしないと本人が不幸になる。事故を起こしたり、パイロットになっても使い物にならなかったりして、途中で首を切られる。それなら、早く『あなたには残念だが適性がない。他の道を見つけた方が良い』と言ってあげた方が本人のためになる。その適性をすばやく見抜けるのが、よい教官です」

菅原はこの考えを自分のものとして受け入れた。

つまり、パイロットは打てば響くような人間でないと、向かないのである。適性がない人を、いくら訓練しても上達はしない。もし適性のない人間を訓練したら、教える方も、教わる方も、お金を負担する方も、すべてが無駄になる。だから、菅原は教官になってから、適性のない訓練生は早い段階で切っていった。

菅原は、日本初のジェット機T－33の教官としてのトレーニングも受けることになった。

T－33というのは、正式名称をロッキードT－33A型練習機といい、米軍初のジェット戦闘機P－80をタンデム2人乗りの練習機に改造したものである。

菅原はT－33を離陸させた。高度4万フィート、約1万2000メートル。速度400ノット、時速約740キロ。プロペラ機よりもちろん速いし、高空を飛ぶ。ジャンボジェット機は地上約1万メートルを飛ぶが、T－33練習機はそれよりもさらに2000メートル高空を飛ぶ。

〈ジェット機っていうのは、癖が無くて実に扱い易い。プロペラ機に比べれば、鼻歌もんじゃないか〉

確かにそうだ。プロペラ機のようにエンジンを回そうとする捩《ねじ》れトルクが発生しないから、くせが無い。しかもパワーもあるし、スピードもでる。そしてジェット燃料は低質灯油だから、燃料代も10分の1と経済的。いいことずくめだ。が、思わぬ障害が立ちふさがった。

自衛隊時代。ジェット機での教官としての訓練飛行

　地上に降りた菅原は、疲れた顔をしていた。同僚が声をかけてきた。

「あれ、菅原さん、

どうしたの？　まるでボクシングで7ラウンドくらい戦ったような疲れた顔みたいだよ」

上空1万2000メートルは空気が薄い。しかもそのジェット機は与圧装置がないから、酸素マスクをあてて飛ぶのである。菅原は、上空で酸素噴出量を最大の方にセットしていたが、それでも何か息苦しく感じていた。

「そうか。私もちょっと疲れる感じがするんだよ」

翌日、自衛隊専属の病院へいって、耳鼻科のドクターに診察を仰いだ。

「先生、上空で酸素供給を最大にしても、なんか息苦しいんですよ。蓄膿症でもあるんですかね」

「どれどれ。いやー全然そんなことないですよ。大丈夫ですよ」

「レントゲンで見なくとも分かるんですか？」

「レントゲンを撮るほどのこともないでしょう。ご心配なく」

菅原は、病院を出た。

〝医者選びも寿命の内〟と言うが、彼にとって、まさしく〝医者選びは運命の分かれ道〟となった。蓄膿症があったのである。

手術をすれば治るものを、医者の誤診ためにそのままとなった。当然上空へ行くたびに疲れる。菅原は、自分の体調を考え、ジェットでの訓練を当分見合わせて欲しいと申し出た。もし、そのままジェットで訓練を続けていれば、そのまま自衛隊に居続けたかもしれない。

しかし彼は思った。

〈腕よりもペーパーテストのみでの昇進。なんだここも制服を着たサラリーマンじゃないか。やっぱり俺は民間航空に行く。民間は実力の世界だ！〉

だが当時、日本の空はまだ日本航空、全日空の前身である日ペリ、極東航空などが運航している程度で、パイロットの需要はそうなかった。

〈まぁ、そう遠からずその日は来るだろう〉そう信じた。

そう思っていた菅原に転任命令がでた。松島から、北海道の千歳へ飛行機を1機もって行き、レスキューの任務に当たれとのことだった。千歳と郷里の三笠は汽車で3時間くらいのところである。菅原は千歳に転任した時、幸子と結婚した。料理の上手な幸子は、結構おいしいものを作ってくれる。〈これなら、もっと早く結婚すればよかったかな〉と思った。

その後、静岡県の静浜、そして栃木県の宇都宮と転任し、教官として操縦の指導に明け暮れた。

静浜では、飛行隊長から特別な依頼をされた。

「菅原君、君はね、人の言えないことでも、平気で言えるタイプだから、パイロット食の係りをやってくれないか。文句があったらいつでも言ってもらいたいのだ。君なら言えるだろう」

〈なるほど。飛行隊長はそういうふうに俺を見ていたか。それは、当たっている〉

が、静浜でのパイロット食は良かったから、別に何も申し出ることはなかった。

静浜から宇都宮に移ったら、再びパイロット食のお目付け役を仰せつかった。朝食と夕食は自費で食べるが、昼食はパイロット食といって、航空隊の予算で提供される。ところが、これがお粗末でまずいときた。教官として、訓練生の健康管理に責任がある。パイロット食の予算も知っていた菅原は、なんでこんなにお粗末なのか疑問に思っていた。

ある時、会計課から、〝パイロット食の説明をするから、暇のある教官は集まってくれ〟との案内があった。

〈よしよし、行こうか！〉と立ち上がり、教官連中を見渡すがだれも行こうとする者がいない。しょうがないから暇そうな若手に声をかけ、3人で説明の部屋に出向いた。

会計隊の炊事責任者空曹が説明を始めた。

「昨日のパイロット食は、ご飯が10円、味噌汁が7円、たくあんが5円、スープが18円、ほうれん草のお浸しが10円、鰺《あじ》の干物が20円、合計70円です」

「ちょっと待て。おかしいじゃないか。まぁ飯の値段は分かるとして、鰺の干物1匹、町で何ぼすると思っているんだ。10円もしない。乾いたようなたくあんの切れっぱしが2つに、透き通ったようなコンソメスープ。こんなもんで70円になるわけがないじゃないか。だいたいここのパイロット食は極めて悪いぞ」

「毎日同じ予算というわけではありません。ですから、あるときは悪い日もあります。ですが、その予算を別の日に回しますから、良い日もあるはずです」

「バカ言うな。俺が来てからいい日なんて1度もないぞ！　静浜から比べて、ここの食事はものすごく落ちる！　これはおかしいんじゃないか。なんかやられているんではないか」

「いえ、そんなことはありません」担当の空曹は下向き加減に答えた。

そのやり取りをしている時に、ちょうど今井会計隊長が航空幕僚の監部をお客として案内していた。会計隊長はあわててお客を部屋から連れ出した。

菅原は続けた。

「おかしいじゃないか！　こんなお粗末な飯で、こんな予算が掛かる訳がないじゃないか」

そこへ、今井会計隊長が一人で戻ってきて言った。

「いま、うちの隊員をえらく可愛がって頂いたようですね。では、私から説明します。実はあなた方の食事に、予算全額を使っておりません。ごらんのように航空幕僚監部から、当操縦学校へ頻繁にお客として見にきます。その人に食事を提供し接待しなくてはなりません。そうすることで、我々の要求することをなるべく通してもらおうとしているのです。それで、パイロット食の予算をそちらに使わせていただいております。了解して下さい」

〈ものは言い様とはいうが、〝使わせていただいております〟とは恐れいった！〉

「ワシはそんなの了解できません。そんなのダメですよ。そんな接待に使って我々の食事を減らすなんていうのは、パイロット食の予算の目的から逸脱している。違反じゃないですか。ワシは認められない」

菅原は、ガンとして妥協しなかった。

押し問答が続き、結局その日は物別れに終わった。口を開いたのは菅原ひとりだった。

数日後再び、会計隊から飛行隊に申し入れがあった。〃やはり、パイロット食についてパイロットの皆さんの了解を得たい。ついては飛行隊長以下、教育司令の教官は全員きていただきたい〃というものだ。会計隊は隊長以下、担当者も全員雁首を並べている。部屋に入ったとたん、菅原は歓迎されていないのが空気でわかった。

説明は先日の繰り返しであった。

「そんなの、認められませんよ！　ダメです」文句を言うのは菅原唯ひとり。菅原は、だれか意見を言うのかと思っていたが、飛行隊長や上司は見事なくらい一言も発しなかった。

〈なんだ、彼らの根性はこんなものなのか。保身だけとは情けない〉

菅原は、ひるまず続けた。

「これがおかしいことぐらい、会計隊長あなただってわかるでしょう」

数日後、食事は改善された。

数ヵ月後、今井会計隊長が転勤することになった。全員で門まで整列しての、総員見送りである。会計隊長はゆっくり歩き、軽く会釈をしながら門へ向かって歩いたが、菅原の前まで来たらピタリと足を止めた。

「いやー、あなたにはいろいろお世話になりました」

会計隊長はサッと手を出し、握手を求めた。菅原はその握手に両の手で応えた。会計隊長の握手もいつしか両手となっていた。その手には親近感がこもっていた。隊長が握手したのは、菅原ただひとりとだけだった。

秘策〝嫌われ作戦〟

菅原は、官僚然としている自衛隊に見切りをつけていた。民間に出たいが、相当なお金をかけて育成した教官を、自衛隊が簡単に手放す訳がない。おまけに操縦と英語にかけてはピカイチとの評判をとれば、なおさらである。

ちょうどその頃、民間航空も航空会社としての態を成し、日本人の優秀なパイロットを欲し始めた時期だった。

菅原はある作戦に出た。菅原は訓練学生に対し、決して乱暴な口はきかなかった。命令調で押さえつける言い方もしなかった。だから訓練生に、慕われていた。そこで、菅原はあらかじめ訓練学生に伏線を張った。

お昼のパイロット食をパクつきながら、

「明日から、ちょっと口調を変える時もあるが、驚かんでくれよ。君から仲間の訓練生にも、ちょっとその旨を伝えておいてほしい」

翌朝、編隊飛行の1番機の教官を務める立場の菅原は言った。

「訓練生全員に告ぐ。今日は上空でちょっと激しい運動をするから、しっかりついて来い！」

菅原の機を先頭に、逆V字型の編隊を組んだ3機は、高度3000メートルに上がった。各機とも操縦前席に訓練生、後席に教官が乗っている。前後の席にはそれぞれ操縦桿があり連動している。だから、教官が訓練生では無理と判断すると、教官がいつでも操縦を代わってすることができるようになっている。

菅原は左右の旋回から、徐々に激しい運動にはいった。後続の機はやっとの思いでついてくる。菅原はニヤッと笑って、

「そら、もっとしっかりついて来い。そんなことでどうするか！」

と、各機に無線で檄《げき》を飛ばした。空に上がればこっちのもの、相手は菅原の作戦に知らず知らずはまり込んでいた。

後続の機は、徐々に菅原の機についていけなくなると、自然と後席の教官が操縦する。自分の教えた訓練生が下手だと、教え方が悪いんじゃないかと評判が下がるからだ。そして実際に教官が操縦していた。そこが菅原のねらい目だった。無線は地上の基地にもすべて流れている。菅原はそれも計算に入れていた。

「もっとしっかりついてこい！　そんなフラフラ飛んでいるようじゃ話にならんぞ！」

後続機の教官は、菅原よりも階級が上だ。陸軍士官学校第57期、58期生は終戦直前に卒業した連中だ。飛行時間も100時間余りしかない。それでも一応飛行経験有りとなり、航空自衛隊に入ってきた。そして士官学校卒だからというだけで、上官になっているのである。

腕と能力でなったのではない。学歴とペーパーテストの成績だけでなったのである。そんな教官の実力は、まだまだ未熟であることを萱原が一番良く知っていた。だからわざと仕掛けたのである。

　地上に降りたら、後続機の訓練生が話しかけてきた。

「萱原教官、さっきは私が操縦していたのではありません。後席の教官が操縦桿を握っていたのです」

「そりゃ、そうだろう。そんなこと分かっているよ」

「えっ、そうなんですか。萱原教官も人が悪いなぁ〜」

「明日もやるぞ。しっかりついて来い」

　パイロット食の件は、正義のためにやった。それだけでも隊内に萱原の名前は知れ渡っている。それに今回のようなことが何回か加わったから、萱原の名を知らないものはいないくらいになった。階級の上の人間からはますます嫌われるようになった。それが彼のねらい目でもあった。

　ある日、飛行隊長から呼ばれた。

「今度、民間からの要請により、自衛隊からパイロットを数名出す。割愛パイロット第1号として、他の教官連中も真っ先に君を推薦している。私からも推薦するから、どうかね」

〈やったぞ!〉と、菅原は内心思った。

「そうですか。ずっとここにいて指導に当たりたかったのですが、皆が推薦までするのなら、仕方がない。私が自衛隊を辞めて、行きましょう」

「そうか! 行ってくれるか!」

隊長の声も急に1オクターブ上がった。

「で、なんという航空会社ですか?」

「全日空だ」

〝嫌われ作戦〟は成功した。

1960年、昭和35年4月になっていた。

ラジオからは、フランク永井の低い声と松尾和子の甘い声で〝東京ナイトクラブ〟が流れ、巷は60年安保闘争で騒然とし、テレビでは〝お笑い三人組〟が始まろうとしているときだった。

第6章　制服を着た自由人

自衛隊割愛パイロット第1号

菅原は、こうして自衛隊割愛パイロットの第1号となった。

そのとき、自衛隊からの割愛パイロットは3人いた。鮎川という男もそのうちのひとりだった。

全日空に入ってみると、副操縦士を含めてパイロットは１００名近くいた。副操縦士のことをコ・パイロット、略してコ・パイという。ほとんどがどこかの民間航空から這い上がってきた連中だ。

自衛隊の飛行免許は、隊内のみ有効で、民間に出れば一から取らなければならない。しかし、菅原の目的であった免許を取るための技倆アップと、最新技術の習得は十分達成されていた。今度は、民間航空免許のためのトレーニングだ。

まず取得しなくてはならない資格は、事業用操縦士技能証明証、航空級無線従事者免許証、そして航空身体検査証明書の3つである。

操縦技能に関するものは操縦士技能証明証とよばれ、大きく分けて自家用、事業用、上級事業用、定期運送用の4つある。

事業用、上級事業用は事業としての写真撮影とか不定期運送の飛行機を操縦するもので、定期運送用はいわゆる定期便を飛ばすためのものである。おまけに定期便のような飛行機は機種限定である。

ただしコ・パイロット（副操縦士）は、例えばYS－11のような旅客定期便でも、事業用にプラスして計器飛行証明と機種限定の資格があれば、定期運送用操縦士技能証明証がなくても務まる。

トレーニングに使う機は、イギリス製双発機のダブである。菅原が今まで飛ばしてきたのはジェット機も含めてすべて単発エンジン機であった。双発以上は多発と称するが、エンジンの数だけ、エンジン回転を上げたり下げたりするスロットルレバーや、ガソリンの混合比を調整するミックスチャーレバーがある。つまり複雑になるということだ。

双発機の場合、左右のエンジン回転を手動でピタリと合わせ、同調させる必要がある。同調させると、ウォーンときれいな音になる。それが同調しないと、ウォ～ン、ウォ～ンと強弱のついた不協和音となる。

おまけに右のエンジンを止めれば、エンジンは左だけになるから、機は右に旋回を始め機首が下がる。それを真っ直ぐ飛ばすためには、機首が下がらないように操縦桿をわずかに引き、機を少し左に傾け、尾翼の方向蛇を使って微妙に力のバランスを取らなくてはならない。つまり、単発機から双発機に乗ると、少し勝手が違い、慣れが必要なのである。

訓練は東京の羽田で開始された。そのときは大きな問題もなくいったが、つぎの訓練地、大阪が問題だった。飛行機は機械だから、慣れればいいのだが、問題はそこにいた訓練教員である。見るからに人相の悪い伊藤竹林教員が、日々嫌味を言いながら、菅原や鮎川の訓練に当たった。デリカシーに欠けるのである。

菅原は持ち前の技倆と空中感覚の良さで、すぐに多発機の操縦をものにしたが、同期の鮎川は少しもたついていた。菅原が地上にいた時に伊藤教員と鮎川が訓練飛行から降りてきた。デリカシーのない伊藤教員は鮎川に向かって言った。

「君は下手だな。空中における感覚が鈍いんじゃないか」

「なにしろ、今まで単発だったもので、ちょっととまどっています」

伊藤教員が余りにもクソミソに鮎川をけなすものだから、かわいそうに思った菅原は、横から助け舟を出した。

「いゃ〜伊藤さん、単発から双発に変われば、誰だってとまどいますよ」

「いや、鮎川は単発に乗っても、双発に乗っても、どれに乗っても下手だよ」

「まぁ、特別高度な技術を身に付けるのなら別ですが、一般的な飛行技術なら多少早いか遅いかの差だけでしょう」

「君は理屈が多いぞ。黙ってワシの言う通りやっていればいいのだ」

とばっちりが菅原の方にきた。

〈ふん、じゃ、あんたはそんなに上手いというのかい！　威張っているだけじゃないのかい〉

内心そう思ったが、ここは我慢の子を決め込んだ。その後も意地悪は相変わらず続く。子供の場合は取っ組み合いの喧嘩で終わるが、大人のイジメは始末がわるい。しかも伊藤はイジメを無常の喜びとしているような男だから困る。

それはそれとして、菅原は、目前に迫った、無線の航空級の試験をこなさなければならなかった。

航空級無線通信士の試験は、相当な英語力が要求される難関だ。海軍や陸軍上がりのパイロットは腕がよくても英語がおぼつかない。逆に頭がよく英語も分かる士官エリートコース出は、腕がおそまつ。そのような人は結局ライセンスがとれず、パイロットを断念した人が多かった。菅原は航空級の試験も、推理力をフルに発揮して解答した。

結果は〝合格〟。

〈おぉ、やったぞ！〉と喜んでいたら、お呼びがかかった。

明日から東京の羽田へ行って訓練を受けてくれとの指示だった。

〈そうか、ようやくこの嫌味な伊藤教員とも離れられるぞ〉

だが、それは甘かった。伊藤教員も羽田に行くのである。

東京へ帰ったら、乗員訓練課長から、「何でお前は大阪でトラブルを起こしたか」と、説教を食らった。

この訓練課長は菅原を、〝ちょっと煙たい奴〟と思っていたのである。菅原が全日空に入った直後、航空法などの講習はこの訓練課長が担当だった。訓練課長のパイロットとしての腕はまずまずだったが、講義の内容は通り一遍であった。

菅原が、いろいろ突っ込んだ質問をすると、訓練課長はほとんど答えられない。菅原は別に意地悪したわけではなかったが、それを良く思っていなかったらしい。

とにかく余りトラブルを起こさんでほしい、ということでその場は終わった。

羽田での訓練再開の初日、フライトは午前9時40分からの予定である。菅原は20分早めに機のところへ行った。だが、待てど暮らせど伊藤教員はこない。時刻は9時50分になった。

菅原は整備員に言った。

「しょうがない。時間ばかり過ぎて行くから、とにかく機体を出してくれ」

「そんなことをすると、怒られるんじゃないですか」

「そんなことあるわけがない。すぐ飛び立てるように準備するのだから」

菅原は格納庫の前で、飛行前の機体点検であるプレ・フライト・チェックを行ない、エンジンを始動していつでも飛べる状態にして待った。

予定より30分遅れの10時10分に、ようやく伊藤教員がきた。来たとたんに伊藤は怒り出した。

「何でエンジンを回すか」

「いや、私は時間になっても伊藤さんが来られないので、こうして準備してお待ちしていたんです」

「とんでもないことだ。なんでそんな勝手なことをするか!」

伊藤は、頭から湯気をあげ、たこ入道にように真っ赤になって怒っている。伊藤は菅原の言うことを、全く聞こうとはしない。

伊藤は、プレ・フライト・チェックから菅原をいじめてやろうと思っていたのに、肩すかしを食わされた格好になったものだから、よけいに面白くなかった。

ついに菅原は、我慢の限界に来た。

〈こんな教員のところで、やっていられるか! 止めた!〉

菅原は踵を返し、事務所へ戻った。しばらくして訓練課長が来た。

「なんで、君はそうトラブルを起こすか。命《めい》あるまで、飛行停止だ」

「あぁ、いいですよ」

昼食から帰った菅原に、事務の女の子が言った。

「菅原さん、副社長が、明日本社まで来て欲しいとのことです」

奴隷契約をした覚えなし

菅原は、東京都内にある全日空本社の副社長室のドアをノックした。

〝コン、コン〟

「入りたまえ」

菅原は、革張りソファーに深々と腰掛けた。

「副社長、用事とは何でしょうか？」

「君はどうしてそんなトラブルを起こしたか！」

〈なんだ、航空級の合格祝いに、記念品でもくれるのかと思ったら、全然ちがったか〉

一方的に副社長は怒る。怒り続けること5分。菅原は黙って聞いていたが、おもむろにタイミングをみて口を開いた。

「あなた、なんですか。私は何も悪いことをした覚えはない。あなたに叱られるようなことをした覚えもない。だいたいあの教員の態度はなんですか。あれは人間の扱いではない。奴隷の扱いだ。私はこの会社と雇用契約はしたが、奴隷契約をした覚えはない。どうですか副社長！」

「……まいった！」といって、副社長は頭を抱えてしまった。

「まいっただけでは分かりません」菅原はさらに反撃にでた。

「……何も言うことはありません」

〈統制のとれた組織の連携プレーによって業務をこなすことと、権力によって下を押さえつけることとは違う。日本も民主化の時代になったとはいえ、まだまだその本当の意味が分かっていないなぁ。ここにいてもしょうがない〉

「そうですか。こういう会社は私の方から辞めます。おさらばです」

菅原は辞表を出し、7月に全日空を去った。在籍したのは4ヵ月だけだった。妻の幸子は何も言わなかった。


全日空を辞める時、別に次に当てがあったわけではない。全日空在職中にとった免許は、航空級無線通信士だけである。飛行時間は自分に帰する実績だから、全日空時代に飛んだフライトタイムは実績として有効である。そして菅原は、事業用操縦士免許の学科試験に合格していた。だから今度はその実地試験を受けなくてはならない。

全日空を辞めた以上、すべて自分で飛行機を用意し、航空局に申請して受験しなくてはならない。菅原は飛行機を持っているわけではないし、まともにやれば多額の費用がかかる。試験を受ける機体に慣れておく必要もある。そこで一計を案じた。コネをフルに使おうという作戦である。

飛行機は羽田時代にコネを作っておいた新聞社の機を借りることにした。これは上手くいった。次に経験豊富なパイロットに指導を仰ぐ必要がある。菅原は、伊藤忠航空輸送にいてフェリーパイロットをしている清水千波《しみずせんば》という人物に電話をした。フェリーパイロットとは、自ら飛行機を操縦し、各地へ飛行機を運ぶ人のことをいう。その範囲は国内、海外と広範囲に及ぶ。清水はその先駆けで、全日空の前身、日ペリにいた人であった。だからちょっとコネがあったのである。

羽田に現われた清水と菅原は、新聞社の飛行機で上空にあがった。

「菅原君、君はもう実技試験を受けても大丈夫だよ」

清水の最初のひと言はこれであった。気を良くした菅原は、すぐに申請をし、実技試験を受けた。もちろん飛行機は新聞社からの借り物である。

結果は〝合格〟。

掛かった費用はしめて2万円。サラリーマンの月収が約2万円の時代であった。結構安く上がった。

〈よし、これでようやく民間のパイロットの第一歩を踏み出せるぞ。コネは使うためにある！　努力はしてみるものだ！〉などと思っていたら、今度は〝果報は寝て待て〟を地で行くような電話がはいった。伊藤忠航空輸送の運航部長の山地道雄からである。山地は予科練甲飛の1期先輩で、もと東亜航空東京支店長をしていた人物だ。

「やぁ、菅原君。合格おめでとう。よかったな。ところでこれからどうする？　実は東亜航空がパイロットを欲しがっている。勤務地は広島だ。どうだ、やってみないか」

「えぇ、やらせていただきます」

それは全日空を辞めて3ヵ月後の1960年、昭和35年10月だった。

東亜航空はJASの略称でしられる日本エアシステムの前身である。東亜の本社は広島にあった。（JASは、その後日本航空に吸収合併された）

菅原は家というものに執着はない。彼は、家は衣服と同じで自分の仕事をするために必要な道具の延長と考えている。だから、必要に応じ転居するのに何のためらいもない。

広島に移った菅原は、早速セスナ等の飛行機で航空写真撮影や、宣伝飛行などで飛び始めた。しばらくして鹿児島に行ってくれとの命《めい》をうけ、すぐに鹿児島に転居した。これは菅原にとって大きなプラスなのである。東亜の本社は広島にあるものの、主な旅客輸送は鹿児島をベースにしていたからだ。

鹿児島に移った菅原は、事業用多発免許を取得し、次に計器飛行証明の学科を受験した。会社から5人受験した。菅原と、Xと、Y、そして海上自衛隊、略して海自から来た2人である。このXとYの2人は幹部自衛官上がりだったから、優秀なパイロットとみなされていた。

だがこの試験はそう簡単なものではない。試験は宮崎の航空大学校の一室で行なわれた。そのときの席がなぜか、菅原の真後ろにX、右後ろにYが座る格好となった。

「はい、では始めてください」

試験官の声とともに、菅原はわき目も振らずどんどん書き進めた。ほとんどが記述式である。しかも、航法というナビゲーションは計算問題が入ってくる。

ひと通り書き終え、もう1回見直そうとしたとき、後ろからXが鉛筆で菅原のわき腹を軽く突っついてきた。答えを教えろというのである。菅原は両手に解答用紙をもち、後ろから見やすいようにしてやった。

シンプルな答えはカンニングできる。だが、計算問題は答えだけではダメなのである。A地点からB地点へ飛ぶ時の前提を書き、その計算式を順を追って書き、そして答えを書かなくてはならない。すると、後ろの２人は自分の答案用紙を、後ろから菅原の脇に挟むようにして送ってきた。〝書いてくれ〟と言う無言の合図である。１回目は無視したが、２回、３回と執拗に答案用紙でわき腹を突っついてくる。

〈しょうがないなぁ〉

そう思いながら、彼らの答案用紙を見た菅原はビックリした。

〈えっ、何も書いてないではないか。これはたまらんぞ〉

そう思ったが、とにかく書き始めた。だが、同じ答えを書くと発覚するから、数字を微妙に変えなくてはならない。しかも筆跡も意図的に変える必要がある。それを２人分もやるとなると大変だ。

菅原は、計算の設定条件を変え、計算式や答えに末尾の数字が微妙に異なるようにして、試験必死で書いてやった。何の事は無い、自分の解答を見直す時間などまったくないまま、彼らが試験を終えた。そんなカンニングができたのは、航空大学の学生も一緒に受験していて、彼らがペチャクチャしゃべっても、試験官は知らん顔して椅子に座っていたからである。

結果は菅原、X、Yが合格し、エリートコースの道を歩んできた海上幕僚から来た2人は落ちた。

数日後、会社の廊下で専務にあった。

「いや〜、不思議だな？　菅原君、君が受かるのはわかるが、海上幕僚から来た2人が落ちて、あのXとYが受かるとはどうしても解せない。彼らは大して勉強をしていなかった。不思議だ。君はなにか知っているんじゃないかね」

「いいえ、何も知りません」

XとYは、〝ありがとう〟と言っただけだった。

菅原は、鹿児島をベースにダブやビーチクラフトH－18という飛行機のコ・パイロットとして、奄美諸島の種子島、屋久島、喜界島への飛行を繰り返した。

が、菅原にとっても会社にとっても、1番重要な免許は、〝定期運送用操縦士免許〟である。これがあれば不定期ではなく、定期便の事業を拡大できる。そのとき、会社にはその免許を持っているのはひとりしかいなかった。

菅原は仕事での飛行の合間に勉強し、定期運送用操縦士の学科試験を受けに東京に出た。ところが、この試験は弁護士になるための司法試験についで難しいと言われるだけあって、大変な難関である。合格率は3％くらいだ。医師の国家試験の合格率が70～80％だから、定期運送用操縦士の試験の難易度が想像できる。結局2回受験したが、2回とも不合格だった。

会社も菅原を始め、何人かにその免許をとらせたいのだが、日々の業務飛行もある。そうそう試験のために上京させてばかりいると、通常の業務飛行に支障がでる。そこで会社は航空局に、〝学科試験を鹿児島で実施してほしい。試験会場は当社の講堂を提供します〟と申請した。これが認められた。

菅原にとって3回目の受験である。いつまでもぼやぼやしていられない。彼は、全身全霊を傾けて勉強し、試験に臨んだ。

試験はナビゲーションの航法、航空法規、通信、気象などの科目である。特にナビゲーションには、星を見て自分の地球上における位置を出す天測航法、そして推測航法もある。これらを、4時間ぶっ通しでやる。問題数も多いからパッパッとやらないと間に合わない。

もちろん今回は人の面倒を見ている暇なんか全く無い。航空機用につくられた計算尺のようなものを、この世界ではコンピューターと呼ぶ。そのコンピューターを左手にもち、右手に鉛筆を持ってサッサッ、サッサッと書いていく。両手でコンピューターをもってやっていたのでは、間に合わない。だから、頭がよくてもじっくり考えて答えを出すような人は、パイロットに向かないのである。

おまけに自衛隊では、このナビゲーションの科目は無いに等しいから、自衛隊や、軍隊上がりの人でナビゲーションをしっかり勉強していた人はすくない。それらの人にとっては、なおさら大変な科目である。

まぁ、とにかく試験は終わった。九州全域から集まった受験生は、ほとんどが不合格であった。

菅原は3度目の正直で、今回は合格した。

学科が受かれば、今度は実地だ。会社としては1日も早く、免許を取らせたい。しかし1度にたくさんの人を出すわけにも行かないから、確実性の高い人間から実地訓練に出す。専務は言った。

「菅原君はまず受かるだろうから、君から行ってくれ」

ところが、会社には菅原より年上の天田という男がいた。天田は180センチと大柄のガッシリした体格の男で、パイロットとしての腕も良い。本人は東亜ができた時からの生え抜きだから、自分が社内では第一人者パイロットだと思っている。だから菅原に先を越されるのを快く思わない。天田は専務に進言し、「何も菅原だけが行くことはない。ワシと、菅原と、広瀬の3人していっしょに受けよう」ということになった。

3人は東京に出て、羽田での定期運送用操縦士の実地訓練を受けた。試験に使う飛行機はヘロン。学科試験は難しいが、腕に自身のある菅原にしてみれば〈空に上がれば、こっちのもの〉である。落ちる者がいる中で3人とも合格した。鹿児島の会社へ戻って専務に報告したら、飛び上がって喜んでくれた。

だが、定期便の機長になるには、それだけではなれない。社内の機長昇格審査があり、さらに鹿児島―種子島間の路線というように、飛ぶ路線ごとに、航空局のローカルチェックと路線チェックも受けなくてはならない。だから、定期運送用操縦士の免許があっても、全員が機長をやれるわけではなく、副操縦士のままの人もいるわけだ。

しばらくして、ようやく菅原の制服の袖に4本の金色の線が入った。紺の制服に4本線、それは機長のしるしである。副操縦士のコ・パイロット、略してコ・パイは3本線である。

菅原が副操縦士として飛んだのは約１２０時間であった。副操縦士としての飛行時間がこんなに少なくて、定期便の機長になった人はまずいない。そのコンテストがあれば多分〝日本一副操縦士フライトタイムが短くて機長になった男〟となるであろう。

１９６１年、昭和36年7月から、菅原は長年の夢であった民間航空の機長として、16人乗りデハビランド機を鹿児島空港から離陸させ、大空に飛び立った。

戦後再び自衛隊で飛び始めてから、6年半の月日が流れていた。

YS－11の量産型定期便、第1号機長

昭和30年代後半も押し迫った昭和39年秋に、菅原は会社からある命《めい》を受けた。

「菅原君、今度国産の旅客機YS－11をわが社に導入する。ついてはその機の免許を取ってもらいたい。名古屋に行って訓練を受けてくれないか」

「わかりました」、と口では平静を装って答えたが、内心は〈おっと合点承知之助〉であった。腕に自信のある飛行機乗りというのは、いろんな機種に乗ってみたいからだ。菅原は名古屋に飛んだ。

YS－11は戦後初の国産中型旅客機である。日本国政府の肝いりで開発計画が昭和31年に立案され、5年後に完成させ、海外にも売り込もうというものだ。

当時日本の空は海外メーカーの旅客機の独壇場となっていた。海外の各メーカーはこのYS－11の計画を聞きつけ、自社の機の売り込みに躍起となっていた。特にオランダのフォッカー社はフレンドシップF27のライセンス生産を日本側に持ちかけていた。

しかし日本側は「航空日本の夢よ、もう一度」と、日本製飛行機の製造に夢を託し、開発を進めてきた機である。

機体のコードネームYS－11は開発母体の「財団法人・輸送機設計研究協会」の〝輸送機〟の頭文字Yを取り、続く〝設計〟の頭文字からSを取った。数字の最初の1は、採用す

YS－11のコックピットにて

るイギリス製ロールスロイスエンジンから、次の1は翼の設計関係から引用した。開発の中心人物は、日本航空機界の大御所・木村秀政を始め、第二次世界大戦の日本軍の軍用機を作った各設計者であった。ゼロ戦の堀越二郎、隼の太田稔、紫電改の菊原静男、飛燕の土井武夫などである。そしてその後、開発のリーダーは三菱から出向した東條輝雄が引き継ぎ、ようやく完成したのである。

YS－11は64人乗り、イギリス・ロールスロイス製ターボプロップエンジンをつけたプロペラ機である。プロペラ機ではあるが、ターボプロップエンジンはジェット機のエンジンと同じ仕組みだから、燃料はガソリンではなく灯油である。ジェット燃料は灯油、軽揮発油、重揮発油の留分を規格に合わせて配合したもので、家庭で使う灯油とほとんど変わらない。灯油はガソリンよりも安いから、経済性をも持たせての登場となるのだが、予定は未定というとおり、この機は数年遅れて完成したのである。

実は、このYS－11は全日空が最初に導入する予定だった。だが、開発が遅れたことも影響して、全日空はYS－11の導入を見送りフレンドシップを導入していた。

その仮契約分を東亜に回してきたのか、押し付けてきたのかは定かではないが、とにかく東亜が導入することになった。

菅原は、試作機のYS－11で訓練を受け、1965年、昭和40年1月にこの機の操縦技能証明を取得した。機は量産しなくては採算が取れないから、YS－11は試作機の段階から、量産機製造の段階にはいった。菅原は量産型機を受け取り、名古屋から広島に向かった。そして、量産型機の定期便として初フライトの機長を努め、広島から大阪へ飛び立った。YS－11の機長の先駆けとなったのである。

車や飛行機に限らず、およそ機械というものは設計上問題がなくても、実際に動かすと予期せぬ不具合は必ずと言っていいほどある。それをメーカーは改良していく。

東亜航空がYSで定期運航を始めて数ヵ月たったある日、同機の開発リーダーであった東條輝雄が、現場のパイロットの意見を聞きたいということで東亜の会社にきた。東條は挨拶に立った。

「東亜航空さんには、YSをお使いいただいてもらいありがとうございます。ついては、実際にお使いになられている皆さんから、いろいろ意見をお聞かせいただきたいと思いやってきました。それでは、最初に機長の菅原さんから、お願いします」

学校の英語の授業以来、なぜか菅原が最初に指名される。使用者からの意見提言の第1号となった菅原は、立ち上がって答えた。

菅原は、YS−11の量産型機定期便初の機長として飛び始め、以後約30年にわたりYS−11を操縦して、国内はもとより、世界各地を飛びつづける。1994年2月　アフリカ・タンザニアのダルエスサラームにて

「YS－11は、運航してみて基本的欠陥はないと思います。まずまずの飛行機です」

ところまではよかったが、その後が東條にはきつい言葉となった。

「ですが、問題点は5つあります。まずエルロン効きが悪い。次に地上滑走のタクシングのとき、重心が後すぎる。夜間使うタクシング・ライトはまるで蛍のお尻の光のようで、もっと明るくする必要がある。これでは夜間の地上滑走タクシーしていく時、滑走路の端まで行くのに時間がかかってしょうがない。もっとサット動ける明るさにしなければだめです。そして操縦席の風防の形状が悪い。そしてギヤダウンスピードが遅い。この5点です」

エルロンというのは舵取り装置のひと

つで、主翼の後部にあり、機を左右に傾けて旋回させる装置である。タクシーあるいはタクシングとは、誘導路などで地上滑走することをいう。ギヤダウンというのは、着陸態勢に入ってから車輪を出すこと、つまり脚出しのことである。

菅原は続けて説明を加えた。

「特に雨の日に前が見づらいのと、機のスピードが遅くならないと車輪が出せない2点が大きな問題です。雨が激しくなると、川のなかでワイパーを動かしているようなもので、視界がとても悪い。これは風防の形状が立ち過ぎているからです。もっと傾斜をつけて斜めに寝かせるようにして、雨を後に流れ飛ばすようにしていただきたい。現在飛んでいる他の飛行機は、そのほとんどがもっと寝た角度であることを見ても、お分かりいただけると思います」

「風防の形状を今から変更すると、何十億のお金がかかる。それはできません」

と、東條は答えた。

「軍用輸送機なら、今日は雨だから明日飛ぼうでもいいかもしれません。ですが、民間の定期便はいかに欠航を少なくし、就航率を上げるかが求められます。民間機はお客をどんどん運んで収益を上げなくてはなりません。多少天気が悪いから欠航では、お客さんにも迷惑ですし、会社の信用度も下がり、収益も下がります。ですから、何らかの対応が絶対必要です」

「検討させていただきます」

「是非お願いしたい。それと、ギヤダウンスピードの件ですが、現状では164ノット、つまり時速304キロ以下でないと、脚出しができません。これでは山が多い日本の地形では、高い高度から、そのまま滑走路に向かって入ってきてもスピードを殺しきれず、大きく迂回してスピードを殺し、それから出すしかありません。それは、定期便を運航するものには大きなマイナスです。着陸までに時間がかかり、その分燃料もよけいに食います。先ほど申し上げたように、定期便は目的地に入ったらパッと降りて、すぐに次の客を乗せ、どんどん短時間で客を運ぶのが、生命線です。そうしないと収益性が上がらないのです。ゆえに脚出しスピードを、現在の164ノット以下ではなく、巡航スピードに近い230ノット、つまり時速430キロでも出せるようにしていただきたい」

この問題は、その時は意見を聞くだけで終わったが、後日、名古屋で再び発言する機会があったから、菅原は同じ内容を述べた。皆難しそうな顔をするなかで、YSプロジェクトに後から加わった技師長の島秀雄は答えた。

「ええ、それは可能でしょう。高いスピードで脚出ししても、車輪の強度はある。ただ車輪カバーが、そのスピードの風圧に耐えられるように改良することは必要ですが」

菅原が話し終わると、会場にいた他の会社のパイロットがそれを否定した。

「島さん、今の意見ですが、それほどでもないですよ。今のままで、そう問題もないですよ」

明らかに先方のご機嫌取りである。もしそうでなければ、よほど実態を把握していないパイロットであろう。

製造した人間にとって、製品の欠陥を指摘されるのは、耳の痛いことであろう。しかし、それを聞かなくては、改良は生まれない。もちろん菅原の意見が本音の意見で、後から言ったのはゴマすりであることくらい、聞き手は心得ていた。

だが、その先がある。聞くことと、実際に改良に着手することとは別なのである。

結局、菅原の提言は無視されたものの、脚出しスピードを上げる件も、タクシーライトを明るくする件も、あることから一発で解決した。

アメリカのテキサスにあるピードモント航空が21機購入することになり、早い段階で、菅原と同じ要求を出してきた。これにより脚出しスピードも、209ノット、つまり時速約387キロでも出せるように改良された。

〈なんだ、人がせっかく言っているのに。結局、アメリカの意見なら真剣に聞くのか！〉

菅原はそう思った。

風防、つまり操縦席前の窓形状は結局変わらず、レインリペイントというガラス撥水液を吹き付ける装置がついたにとどまった。またワイパーの拭く範囲を少なくして、その分ワイパーの速度を上げて対応したのだったが、根本的解決にはならなかった。

菅原は思った。

〈風防の問題や、脚出しスピードの問題は、本来は設計段階で織り込むべきことだ。設計者がそれをあまり考えていないということは、民間の定期便の使命をわかっていないんじゃないか。まだ軍用機の発想から抜けだしていないんじゃないか〉

風防の問題は、雨の日に大変に支障をきたす。菅原はそれを切実に感じていたから、その改善を強く要望したのだった。

菅原が南西諸島の宮古島に向かった時だった。そのときは大雨が叩きつけるように降り、ワイパーをいくら回しても、前が見えない。それはまるで川の水の中を進んでいるようなものだった。着陸態勢にはいり、滑走路を横方向に見るときは、かろうじて滑走路が見えるものの、最終着陸になり滑走路を真正面に見る格好で進入すると、前が全く見えない。

そこで菅原は、操縦席の横にあるダイレクト・ビジュアル・ウインドウ（DVウインドウ）という小さな窓を開けて、顔を半分出した。目に大粒の雨が容赦なく入ってくる。痛いが、目をつぶると前が見えなくなるから、必死で目を開ける。

本当は、片目で前方の滑走路を、残りの片目で計器を見たいのだが、人間の目は残念ながら別々には動かない。目の玉は左右連動して動く。だから、しかたなく両方を交互に見る。

旅客機のパイロットが、窓から顔を出し、前を見て飛んでいる姿を想像しただけで滑稽だが、本当なのである。菅原が指摘したとおり、そのくらいYS－11は雨の日は前方視界が悪かった。

このときは結局、ゴーアラウンドと呼ばれる着陸復行を2回して、3回目にようやく着陸した。

YS－11は、技術的には成功したかもしれないが、商業的には失敗であった。何しろ売れば売るほど赤字がでるのである。

当初の予定価格は1機5億6000万円。これは当時の同クラス飛行機と比べて、2〜3割高いのである。それでは売れないから赤字覚悟でのダンピング価格は4億5000万円。その損失は1機売るごとに1億1000万円。それに加えて発展途上国にはお金を貸し、そのお金でYS－11を買ってもらうとかして、ようやく売りこんだのである。

菅原は名古屋でYS－11のテストパイロットをしていた長谷川の言葉を思い出した。

〝民間の飛行機というものは引き算で造らなくてはならない。それをYS－11は足し算で造った。引き算方式とは、まず市場をみて設定価格を決め、それからいろんな部品経費を引き算式して、さらに適正な利潤が出るようにするやり方だ。

ところがYS－11は、出来てきた部品はいくらでしたよと言われると、それを全部足し算して、これだけかかったのだから、定価はいくらにしようという足し算方式でやってしまった。そこに問題がある〟

鋭い指摘であり、これには菅原も同感であった。

菅原は金銭感覚があるほうだから、あるとき会社の経営について、大和銀行から来ている副社長に提言した。

当時の東亜航空は富士サッシがオーナーで、経営は毎年赤字であった。

「私のボーナスは、今の3倍もらっても良いくらいですよ。私はサッと飛び立ち、目的地に着いたらサッと降りて、すぐに次の客を乗せて帰ってくる。同じ1往復のフライトでも、他のパイロットより飛行時間が往復で10分は短いですよ。それは飛行記録を見ればすぐわかる。仮に1時間の飛行費用が20万円として、10分短くなれば、約3万円の節約になる。ひと月に50フライトとして、半年間で300フライト。そうすると900万円の節約になる。その節約分を全部貰うことは出来ないから、その3分の2は会社の方の利益に入れるにしても、残りの3分の1、つまり半年間に300フライトしていれば、300万円は私がもらってもいいでしょう。それだけ会社の運航費用がやすくなるのですから」

「なるほど、そのとおりですね」

副社長はそう答えてくれたが、結果は別で、そうはならなかった。

菅原は、日本の会社のやり方を知っているから、そうなる可能性は低いと分かっていた。ただ、これからはそういう感覚を持って経営していかなければならないと、警鐘をならしたのである。

菅原は、天気の良い日はなるべく直線距離を飛んで、飛行時間を短縮した。通常旅客機はエンルートと呼ばれる航路に乗って飛ぶ。これはIFR（Instrument Flight Rules）といって計器による飛行方式なのだが、これを上空へいってキャンセルし、有視界飛行で飛ぶV

FR（Visual Flight Rules）に切り替える。つまり自分の目で見て飛ぶ方式だ。

米子から大阪へ飛ぶとき、IFRで飛ぶなら鳥取の上空を飛び、それから北の方角から大阪へアプローチする航路だから三角形の2辺を通る形となる。これだと時間がかかる。それで菅原はIFRをキャンセルし、VFRという有視界飛行に切り替え、直線で飛ぶ。それは三角形の1辺を飛ぶことになるから、当然飛行時間が短くて済む。そのようにして飛行時間の短縮をはかった。とにかくパイロットの数は限られているし、お客はどんどん運ばなくてはならない。だから直線で飛べる天候の時に、何も遠回りして長く飛ぶことはないという菅原の合理的な考えからだった。

あるとき米子から大阪に定刻より早く到着した。するとある出迎えのひとりが菅原に訊いて来た。

「米子からの便は、いつ着きますでしょうかね」

「いや、その便ならとっくに着いてしまっていますよ。私が飛ばしてきたのだから」

「えっ、それは大変だ。定刻より早く着かれると困る。私の出迎えの客がどこに行ったか見当たらない。どうしよう？」

飛行機が早く着いて文句を言われたのは、このときが初めてであった。地上にいる人はどうしても鉄道を基準にものを考えるからだろう、菅原はそう思った。

東亜に入って8年。同じ路線を行ったり来たりの飛行に、菅原は少し飽きてきていた。

そんな気持ちを見透かしたように、タイミングよく伊藤忠航空の山地道雄から電話が入った。

「よぉ、菅原。元気か。どうしている？　そろそろ飽きてきた頃じゃないか？　どうだ、うちの会社へ来ないか。うちの会社へ来て飛行機をフェリーしないか。世界中へフライトさせてやるよ」

〝世界中へフライトできる！〟なんという魅力的な言葉だ。ＹＳ－11を始め、いろいろな機体を世界各国へ運ぶフェリーパイロットの仕事だ。これは冒険の旅に出るようなものだから、パイロットであれば誰でも良いというわけにはいかない。日本には５人位しかそれをやれる人はいない。

だから菅原のような腕がよく、度胸のある人物が必要とされた。山地はフェリーする仕事が増えて、人手が欲しかったのである。そして菅原のパイロットとしての腕と、語学力を高くかっていてくれていたのである。

そして菅原自身も、フェリーパイロットとして飛ぶのが性に合うと自覚していた。菅原は、伊藤忠航空へ行ってフェリーの仕事につくことに意思を固めた。

が、会社はなかなか辞めさせてくれない。副社長がか細い声で言う。

「菅原君、辞めないでくれ。辞めないでくれ。君が教育した多くのパイロットが君を慕っている。なんか不満でもあるなら言ってくれ」

「いやぁ、私は不満はその都度言ってきているから、特にないですよ。でも私は世界を飛びたいのですよ」

「そうかぁ、わが社では海外に路線を持つ予定は、今のところまずないからなぁー」

ようやく副社長も諦め、菅原を送り出してくれた。

時は、1968年、昭和43年10月、菅原が44歳のときだった。

第7章 飛行機冒険野郎 フェリーで世界へ

身につけた特殊な飛行技術

フェリーパイロットは相当な技倆、経験、語学力、交渉力、判断力を必要とする。そして度胸も必要だ。なにしろ1回も行ったことのないところへ、航空地図を頼りに世界のどこへでも飛んでいくのである。

そこでどんなことがあるか分からない。着陸拒否や、燃料給油のトラブル、国の上空通過の不許可、天候の変化、まともな航法機材がなくても洋上を何時間も飛ぶナビゲーション能力、ザッと考えてもこのくらいある。

それらを叡智と経験、そして技倆で乗り越えていかなくてはならない。まして大型ジェット機と違って、一気に目的地に飛ぶだけの航続距離がないから、各地、各国を経由して行かなければならない。

ところが、実はこれが一番面白いのである。冒険が人の心を捉えて離さないのと同じで、好きな人にとっては、〝猫に鰹節〟で、たまらない魅力である。飛行機による、世界冒険旅行をやれるのである。

客は乗っていないし、自分の判断でどこへでもいける。おまけにアメリカやアフリカに1機運べば、機長で飛んで100万円、コ・パイで飛んで50万円が相場だ。ホテルや食事の実費は会社持ち。飛行機のフェリーパイロットは、お金をもらって冒険旅行をしているようなものだ。

菅原は飛行技術については自信があった。

たとえば、雲中に入るとどちらが地表で、どちらが上かわからなくなるバーティゴという現象がある。日本語でいう空間識失調だ。飛行機が傾いていても自分の機は水平だと思ってしまう現象だ。これは人間誰でもそうなる。

さてこうなると頼れるのは計器だけだ。このとき一番頼りにする計器は〝人工水平儀〟である。この計器は自分の機が地平線／水平線に対して、自分の機がどういう姿勢になっているのか、傾きと上昇下降の全てを総合的に見せてくれる。

だから、雲とか霧の中に入ったら、この計器を頼りに飛ぶ。しかしこの人工水平儀が壊れたらどうするのか。多くのパイロットはキリモミ状態に入り事故になるだろうが、そんな状態になっても菅原は、〝針・玉・機速〟で飛ぶ自信があった。

旋回計という計器には、飛行機がどちらに傾いているかを示す針と、機体が横滑りしているかどうかがわかる玉がついている。そして機速を知るスピード計の3つを見て飛べば、人工水平儀がなくても、バーティゴに陥らずに飛べる。それをもって〝針・玉・機速で飛ぶ〟と言う。

これは相当訓練を受けたパイロットでないとできない。菅原は戦時中や自衛隊でその訓練を受けて身につけていた。

フェリーの場合、気象も大きく影響する。その対応術も心得ていなくてはならなかった。日本からアメリカ向かうと大抵何本かの温暖前線とか寒冷前線を突っ切らなくてはならない。そのとき前線は地球の縦方向、つまり南北に横たわるようにあり、西から東に動いている。前線は本当は避けたいのだが、避けきれない。高度が3万フィート、1万メートルまで上がれる大型旅客機なら、前線の上を飛び越していける。だが、YS－11は2万フィートが上昇限度だから、前線を飛び越すことができない。前線の左右の端から反対側へ抜ければよいと思っても、前線は長いからそうはできない。すると前線の1番弱そうなところを狙って突っ込み、突破するしかない。

そんな時菅原は、過去の経験から菅原流の前線通過術を編み出していた。

まずスピードを150ノット、約280キロに落とす。そしてギヤダウン、つまり脚出しをする。そしてエンジンの出力を多少上げる。脚出しをしないで、スピードを下げると、エンジン出力を絞ることになり、推進力が弱くなる。それではコントロールがしにくくなるからだ。

エンジンパワーをある程度出し、脚出しによる抵抗を利用してスピードを低く維持する。その状態で前線に突っ込む。すると当然乱気流があるから、機は上下に激しく乱高下するが、それでもジッと我慢の子で、その乱高下に逆らわず成り行きに機を任せる。

機の姿勢がどんなに乱れても、決して慌てず、ゆっくりと操作して水平飛行に戻す。このとき急激な操作をすると、機を左右に旋回させるエルロンに荷重がかかり過ぎて、エルロンが壊れるからだ。待つこと10分。大抵はそのくらいで通過できた。

菅原は飛行にあたり、ひとつの飛行信条を持っていた。

それは〝地球に激突しないこと〟であった。

「飛行機ほど安全なものはない。進路がずれれば直せばよいし、空中で飛行機がひっくり返れば、地球へ激突する前に元へ戻せばよい。とにかく地球に激突さえしなければいいのだから」

戦闘機での背面飛行や、アクロバット飛行をさんざんやってきた菅原には、その自信はあった。だからこそフェリーフライトをやろうと思ったのである。

フェリー開始　サンフランシスコへ

菅原は伊藤忠航空に入ってすぐにYS－11をサンフランシスコにフェリーすることになった。1回目だけは、山地も一緒に付いて行くと言う。実はこれには訳があって、山地は急ぎたかった。

季節は秋の11月。早速準備にかかった。

YS－11は巡航速度２４０ノット、時速約４５０キロ。航続距離は約２０００キロ、飛行時間にして4時間30分。だからそのままでは太平洋の横断はできない。

それで太平洋を飛ぶときは、機内の客席を取り外し、ゴムで作った専用の６００ガロン（1ガロンは約3・8リットル）のフェリータンクを3つ積む。合計６８００リットルの燃料をスペアとして積むのである。そうすると最大13時間半飛べる。ところが６８００リットルも積むと、この機に60人が満席で乗り、客の荷物を全部積んだより最大全備重量が20％ほど重くなる。

そこで、タイヤの空気圧を前輪、主輪ともに3割アップし、タイヤをパンパンにする。そうして燃料を満タンに積むのである。だから、離陸に通常よりも滑走距離が長く必要となる。しかし、飛び上がってしまえばこっちのものだ。燃料はだんだん減って機は軽くなるからだ。

太平洋横断のこの準備に約3日かかる。そしてこの装備をまた3日かけて、サンフランシスコで外そうというわけだ。そこからさらに、中米、南米へと飛行機をフェリーするときは、途中経由地で給油ができるからその装備がなくても問題はない。いや、むしろその装備を持って南米へいくと、いつ返却されてくるかわからないから困るのである。

今回はとにかくサンフランシスコまでである。

ようやく準備を終え、菅原は左側の機長席に座り、羽田から飛び立った。乗組員は機長の菅原と、今回副操縦士をつとめる山地、そして整備員の3名である。

ルートは、羽田→ウェーキ島→ハワイ→サンフランシスコである。いかにフェリータンクを積んでも、YS‐11は一気にハワイまでは飛べない。おまけにYSは長距離用に造ってないから、ナビゲーションの機材は貧弱だ。国際線ジェット機のようなナビゲーションシステムは搭載されていない。

だから、問題はナビゲーションである。日本とハワイの中間地点より少し南にあるウェーキ島は芥子粒《けしつぶ》のような小さな島だ。ハワイだって太平洋の点でしかない。

ハワイからアメリカ本土へ向かうのなら、多少方角を間違えても大陸の西海岸のどこかに着く。だが、日本からウェーキ島、ウェーキ島からハワイのオアフ島行きは、太平洋上の小さなその島に正確にたどり着かなくてはならない。一歩間違えると、太平洋のどこかで燃料切れで、おじゃんとなってしまう。

地球上のどの位置に自分がいるかを割り出すには、星を見て算出する天測航法がある。それにはセクスタント（六分儀）という道具を使うのだが、天井に窓がついていないと使えない。YS‐11にそれ用の窓はないから、天測はできない。海上用のロランCの電波は日本本土から400キロも離れると、ほとんど使い物にならない。

航空機用のＶＯＲという電波も、発信基地からせいぜい３７０キロ圏内しか使えない。例えばハワイに入るとき、それをたよりにするときはハワイの基地の半径３７０キロ圏内に入ってからでないと、役に立たない。つまり３７０キロ圏内に入らないと、目的地から外れて太平洋にポチャンとなってしまう。

愛用の航空地図とナビゲーション道具

だから実際にはコンパスだけを頼りに、何の目標物も無い洋上を、ただ黙々と飛ぶのである。おまけに自動操縦装置の無い飛行機が多いから、絶えず操縦桿を手動で操作する。

そこが冒険飛行機野郎の腕の見せ所である。下手なパイロットに飛ばせると、すぐ針路がずれたり、絶えず右、左と蛇行し、結果として飛行時間が長くなり、燃料不足になる。そこが同じ機長でも、電子部品に頼り、管理された中で飛んでいる路線定期便のパイロットとは違う能力が要求される所以である。

菅原は、羽田から8時間飛んでウェーキ島で1泊、そこから10時間飛んでハワイのホノルルで1泊、そして、そこから２０８６海里先にあるサンフランシスコまで10時間30分かけて飛んでようやく着いた。

菅原にとってはじめて見るアメリカ本土。

ハワイとは違って、街の中を吹き抜ける風にまでパワーの底力を感じる。

〈これがアメリカ本土なんだ〉

そんな気持ちに浸っていたら、

「おい、明日の朝、すぐに燃料を満タンにして、捜索にでるぞ。場所は太平洋上のサンフランシスコとハワイの中間地点だ」

と、山地が声をかけてきた。

菅原は、山地がサンフランシスコ行きを急ぎたかった理由を、事前に聞かされていた。

実は、山地の仲間の1機が太平洋で消息を絶ったのだ。その仲間の奥さんをサンフランシスコで待ち受けて、フェリーしたYS－11で遭難海域までお連れし、捜索しようというのだった。

山地は10日前にサンフランシスコから、ハワイ経由で日本に航空大学校の訓練に使うビーチクラフト機をフェリーした。そのビーチクラフト機は単発エンジンの飛行機で、2機のうちの1機を山地が、もう1機を自衛隊出身の下山という男が操縦した。

ところがサンフランシスコを出て、ハワイまでの中間地点でうしろを振り向いた山地はびっくりした。すぐ後ろに居たはずの下山機がいない。

山地はすぐに高度を下げ、あたりの海域を探したが、手がかりは全く無い。上手く海面に不時着し、直径2～3メートルの救命筏という名のボートに乗れたとしても、太平洋の大海原でそんな小さなまるいボートをみつけるのは、大変なことである。山地はすぐにアメリカの沿岸警備隊に無線で捜索を依頼した。

下山操縦士は遭難にさいし、緊急の遭難信号を出したらしく、沿岸警備隊はこの電波を受信していた。この電波の源が遭難現場または遭難者の居場所である。沿岸警備隊はすぐに飛びたった。

山地も1時間近く付近の海域を捜索したが、見つからない。あまり長く捜索しているとハワイまで飛ぶ燃料がなくなり、今度は自分が危険になる。適当なところで捜索を切り上げ、山地はハワイに向かった。

沿岸警備隊の飛行機もすぐに飛び立ったが、なにしろアメリカの西海岸から、現場海域までは片道5時間かかる。往復10時間になるから、現場での捜索活動には時間的にも限度がある。とにかく精力的に捜索活動をしたが、とうとう見つからなかった。

しかし、救命筏というボートには数日分の非常食が積んであるから、波が穏やかでボートがひっくり返らなければ、漂流して何日か生き延びている可能性はある。奥さんの心境としては、やはり生きていて欲しい、たとえそれが1％の可能性でもと思うのは当然だろう。

山地もその気持ちを察して、たとえダメでも最後に消息を絶った現場までは連れて行ってあげたいと思うのである。ましてやこのフライトは、山地の指示で飛んだものだし、面倒見のいい山地なら、なおさらそのくらいのことはしようと思うのであった。

エンジンがひとつの単発機の場合、エンジンの故障は死へ直結するようなものだ。ましてや洋上となれば、たとえ上手く海上に不時着水しても、見つけ出してもらえる可能性は極めて低い。いや、むしろ発見される方が奇跡だ。だから、毎年フェリーパイロットは2人か3人は死んでいる。

これが双発機、つまりエンジンが2つ以上ある飛行機になると、ひとつ止まっても、もうひとつのエンジンで飛行を続け、自力で助かる可能性はある。フェリー機の場合、燃料をとても多く積むので、離陸してすぐの時は燃料が満タンで重いからそのまま飛び続けることは出来ない。高度はどんどん下がる。しかし、燃料が半分以上減った軽い状態なら、残りのエンジンで飛びつづけることは可能なのである。

翌朝早く、下山さんの奥さんを乗せて現場に向かった。下山操縦士は30代前半だったから、奥さんもまだ若い。とにかく今は奥さんの気持ちが1番大切だから、菅原はよけいなことは一切言わず、ただ黙々と飛んだ。

飛ぶこと5時間半でようやく遭難現場海域に到着した。高度2万フィート、約6000メートルで飛行してきた菅原は、無線で計器飛行方式をキャンセルした。そして有視界飛行で海面すれすれまで機を下げた。

海面からの高度70～100メートルくらいまで下げると、波のしぶきがかかるくらいだ。

探すこと1時間。見えるのは茫洋たる大海原だけである。帰りの燃料を考えると、そろそろ引き上げないといけない。菅原は、下山夫人に言った。

「奥さん、残念ですが見つかりません。この辺で捜索飛行を切り上げることにします」

「えっ！　もっと捜索を続けてください」

「我々もそうしたいのですが、帰りの燃料を考えると、もうこの辺が限度です。そうしないと、今度は我々全員が燃料切れで遭難してしまいます」

「そうですか……。では、せめてお花だけでも、投下させてください」

そう言って下山夫人は、用意してきた花束を取りに後方へ行こうとした。奥さんは車の感覚でものを言っている。

〈……これは困った。車なら窓を開けてお花をポンと投げることもできるが、旅客機であるYS－11の窓は開かない〉

この機で開くのは、操縦席の両サイドにあるダイレクト・ビジュアル・ウインドウ（DVウインドウ）という小さな窓だけである。しかし、そこから花束を投げると、プロペラが回っており、プロペラ後方のエンジンに吸い込まれる。そうなると危ない。エンジンが故障を起こす。それは絶対に避けなければならない。しばし考えて、菅原は結論を出した。

「わかりました奥さん。お花を投下しましょう。私が右のエンジンを切り、プロペラを止めます。そして機体を右に傾けて旋回しますから、操縦席右側の小さな窓から、お花を投下してください。奥さん、お花を持ってきてください」

夫人がお花を取りにいったとき、山地が心配そうに菅原に訊いた。

「おい、エンジンを止めて大丈夫か？　もし再始動できなかったらどうする？」

「大丈夫ですよ。このロールスロイスのダート10というエンジンは、信頼性が高い。再始動できなかったことは過去に1度もない。必ずエンジンは掛かる！」

菅原は、これまでの経験から、このエンジンの信頼性の高いことを確信していた。

菅原は右のエンジンを止め、左のエンジンだけで飛ぶ片肺飛行にした。

夫人は目にあふれる涙をこらえ、震える手で握り締めた花束にすべての気持ちを込めて、投げた。花束は翼の上を流れるようにして、海へと吸い込まれて行った。菅原は、止めたエンジンを再び始動させた。


サンフランシスコに帰り着いた。明日から2～3日は休養だ。やれやれ一息、と思っていたら、山地が言った。

「おい、明日の朝、すぐに日本に戻るぞ。次のフェリーは南米行きだ」

菅原たちは、翌日の日本行きの定期便に飛び乗った。そして、機内のスチワーデスに言った。

「飯はいらん。絶対起こさないでくれ」

南米へフェリー

日本にとって返し、こんどは別のYS－11を南米ブラジルのリオデジャネイロと、サンパウロへ1機ずつ、合計2機フェリーする仕事だ。

菅原が1機、山地が1機飛ばして、ブラジルの首都ブラジリアまで2機一緒に飛び、そこで分かれようという計画だ。南米まで約2週間の日程である。

経由地ごとに給油するから、給油のための現金を用意していかなくてはならない。菅原は必要な現金を大事にポケットにしまいこんだ。いつも身に付けていないと危ないからだ。

飛び立った2機は、羽田からサンフランシスコまでは、前回と同じルートで飛び始めた。ろくなナビゲーション装置がないから、高度6000メートル上空では風がどちらから吹いているか分からない。だから風があってもそれをゼロ、つまり無風と考えてひたすら飛ぶ。大圏コース上を飛ぶことになる。

アメリカ行きのジェット機に乗った人なら分かるだろうが、日本を飛び立った飛行機は、平面図上ではそのまま東に飛びそうなのに、実際には北海道からアリューシャン列島、そしてアラスカの近くまで北上し、それから南下してサンフランシスコへのルートを取る。それが大圏ルートだ。出発地と目的地の2点間を地球の中心点にむけて包丁を入れると、最短距離になるのが大圏ルートだ。

サンフランについた2機はフェリータンクを取り外し、さらに中米、南米をめざす。

サンフランシスコからはテキサス州のエルパソ→ミシシッピー州のレークチャールズ→マイアミを経て、カリブ海にあるプエルトリコのサンワン、日本語読みでサンファンに入る。

乗ってきた整備員は社会勉強だと思って、地図をさかんに広げている。まぁ、これらの場所がパッと指差せるようになれば、たいしたものだ。ところが整備員はいつもメルカトル図法の平面図ばかり見ているから、地球儀的視点がまだ出来ていない。空を飛ぶ人間は地球儀で場所をみないとダメなのである。

ワニの背中をピョンピョンと渡っていくウサギのように、日本からみてちょうど地球の裏側にあるリオデジャネイロまで飛ぼうというのだから、飛行行程は長い。そう簡単には着かない。

カリブ海のプエルトリコから南米のジャングルの国、ガイアナのジョージタウンに入る。さらに飛んでブラジルのアマゾン川河口の街ベレンに入る。

それからブラジルの人工都市で首都であるブラジリアに入った。この街は飛行機の形をして作られた人工都市だ。飛行機の先端部分に最高裁判所、操縦席あたりに国会議事堂、胴体の翼の付け根あたりに国立劇場や商業エリアがあり、左右の翼の位置には高層住宅が配してある。そして尾翼の部分にブラジリア駅がある。

もちろん、飛びっぱなしというわけではなく、適当にホテルに入って休む。このブラジリアでも1泊することになった。山地はここからサンパウロに飛ぶから、ここからは別行動となる。菅原たちは、リオデジャネイロについたら、定期便で日本に帰る予定である。

〈ここまでくれば、あとはもうひとっ飛びだ。旨いものでも食べて2～3日休もう。南米のニースと呼ばれるコパカバーナの海岸か、波の静かなイパネマ海岸で海水浴でもするか……〉

と考えていたら山地がドアをノックした。

「菅原君、ここでお別れだ。いま東京へ電話を入れたら、新しい仕事が入った。君たちクルー3人はリオデジャネイロから定期便でペルーのリマへ行ってくれ。リマで別のYSを1機受け取り、メキシコでデモストレーションのフライトをして、それから日本にもって帰ってもらいたいのだ。僕は日本にすぐ帰って、また1機サンパウロまではこんでくる。君たちがリマからサンフランシスコへ飛んでくる頃には、ちょうど僕も日本からサンフランに来る頃だから、サンフランで会えるかもしれないな」

聞いてみるとペルーのリマにあるYS－11は、最終の整備をしているから、出発できるまでにあと5日ほどかかるという。それなら、コパカバーナで泳いでから行っても充分間に会う。菅原は答えた。

「了解」

副操縦士と整備員も喜んだ。帰りも仕事で飛べば、収入が約1・5倍になるからである。

山地は別件の相談を菅原に持ちかけてきた。

「菅原君、僕の次回のサンパウロ行きフェリーに、コ・パイの都合がつかなくなった。誰かいないかね」

「そうですね。確か後輩でコ・パイやっていた林君が、会社を辞めるようなことを言っていたから、彼なら可能かもしれない。電話かけて聞いてみましょうか」

「そうしてくれ。たのむ」

ブラジルと日本は地球の反対側だから、時差はちょうど12時間。ブラジリアの夜10時は、日本の午前10時である。

菅原は、電話をとった。林はすでに会社を辞め、自宅にいた。菅原の申し出に、失業中の林は〝渡りに船〟とばかり、〝イエス〟と返事をしてきた。

「山地さん、林はOKですよ。でも、ちょっと変わった男だから上手くやってくださいね」

山地は、とにかくコ・パイが見つかったことにホッとし、他のことは気にもせず、部屋を去った。

南米のビールは日本のものと味が似ている。菅原は、水の代わりにビールを飲み、深い眠りに入った。

リオデジャネイロは南米の東海岸にあり、リマはペルーの首都で西海岸にある。リオデジャネイロで機体を引き渡した菅原たちは、数日後、定期便でリマに向かった。コパカバーナで泳いだ3人は、南米の太陽で真っ黒に日焼けしていた。

航空機の輸出入には、たいていの場合商社が入り、商業手続きを担当する。リマでは日商岩井の駐在員が世話をしてくれていた。

「菅原キャプテン、中米とメキシコでのデモフライトは、わが社がこのＹＳ－11の売り込みに、相当な力をいれています。現地の会社が今回のデモフライトでほぼ最終決定を下す様子です。ひとついいところを見せてやってください」

「う〜ん、いいところね。では、宙返りでもやるかね」

菅原がからかったら、若い駐在員は、そんなことはしないでくれと真顔で懇願してきた。中米支店の成績にかかわっているらしく、さかんにその辺の事情を説明してくる。そして、明日の航空弁当は特別おいしい、日本食を中心にしたものを手配したという。

さすが商社駐在員は気が利く。世界中を飛び回る菅原も、食事だけは、日本食が恋しいのである。

今回のルートはペルーの首都リマから北上→同国の北、エクアドル国に近いタララ→アンデス山脈越え→コロンビアの首都ボゴタ→カリブ海→ドミニカ共和国の首都サント・ドミンゴ→ジャマイカの首都キングストン→メキシコのユカタン半島のメリダ→メキシコの首都メキシコ・シティというものだ。

翌日、「アンデス山脈は高いですから、気をつけて」との駐在員の見送りを受けた。菅原が操縦するＹＳ－11はリマを飛び立った。

リマを飛び立った時は、アンデス山脈西側は霧雨で雲に覆われ、地表から雲までの高さの雲高は100フィート、約30メートルしかなかった。この悪天候の中を離陸し、菅原は、機をどんどん上昇させた。しばらくしてコ・パイの坂井が叫んだ。

「キャプテン、機内の与圧が上がりません！」

確かに上昇すればするほど、室内の空気が薄くなり、与圧がかからない。菅原は若い整備員に言った。

「原因を確かめろ」

5分後に整備員が戻ってきた。

「キャプテン、最後尾のトイレの弁キャップがしてなくて、音を立てて空気が抜けています！」

YS－11のトイレには、タンク式と機外排出式の2種類あるが、この機は機外排出式である。菅原も自ら確認に行ったが、確かにゴォーッといって空気が抜けている。

「これはたまらん。アンデス越えはこのままでは無理だ」

こうなると高度が高くとれないからだ。本来ならすぐにリマの空港に戻りたい。だがリマは悪天候のため、引き返しても着陸不能だ。

菅原は、仕方なく南米の西海岸に沿うように針路を北北西にとって飛行を継続し、タララの空港に降りた。ここは南米大陸の最西端である。菅原はすぐにリマに電話をかけた。

「こちらYS－11機長の菅原です。トイレの弁キャップがなくて、高度を上げて飛ぶことができない。部品を至急タララへ送って欲しい」
「わかりました。部品はあります。ただ、リマからタララへ飛ぶ飛行機はありません。しかし、ピウラに行く定期便があります。他の会社のボーイング727ですが、それに乗せることはできます。ピウラはタララの南にあり、わりと近くです。菅原キャプテン、YS-11を飛ばしてピウラの空港で待ってもらえませんか」
「わかった。ではそうしよう」

若い整備員は、ピウラで部品を受け取るや、すぐに修理した。
「キャプテン、これで大丈夫です」
「OK、ではすぐ出発しよう」

さあ、今度は難所のアンデス越えである。高い山は6000メートルもある。菅原は比較的低い4500メートル級の山の上を、高度6000メートルで飛ぶことにした。航空機用語ではフィートの単位を使うから、正式には高度2万フィート。そのとき室内の与圧は8000フィート、約2400メートルにセットする。これがYS-11の一般的な設定となる。

そして目的地のコロンビアの首都ボゴタは標高2600メートルの高地だ。

アンデス山脈を越え、コロンビアのボゴタで給油、そして遅れを取り戻すためにすぐに飛び立った。通常なら、1日や2日遅れても、どうということは無いのだが、今回はデモフライトが待っている。それには間に合わせたいからだ。

100メートル超短距離着陸デモフライト

カリブ海にはキューバ、ジャマイカ、ドミニカ、そしてドミニカから、ひらがなの〝つ〟の字のように、南米のベネズエラに向かって、無数の島が連なっている。当然ジャマイカやドミニカから飛ばす飛行機は、そんな島の々への定期便が多い。島の滑走路には短いものもある。だから滑走路が短くても離発着できる飛行機が適しているということになる。短距離で止まれるのがYS−11の〝セールスポイント〟である。菅原は今回のデモフライトでは、その点の優秀性を特にアピールする必要を感じた。

菅原は、メキシコ・シティで現地の航空関係者を乗せて飛び上がった。デモフライトというのは、人間のパフォーマンスと同じで、やはり何か特徴的で、相手の印象に残るほうがよい。

菅原は通常600メートルくらいかかる着陸距離を、100メートル余りで止めようという作戦に出た。ショート・フィールド・ランディング、つまり短距離着陸の、そのまた上を行く超・短距離着陸である。

YS−11に、そんな操作マニュアル項目なんかどこにもない。が、それをやろうというのである。

もし、マニュアルどおりしか出来ないのなら、自動車の場合、レーサーになる人は存在しない。レーサーは自分の限界を見極め、自分独自の技術でさらに上を目指す。つまり、レーサーは100というのが自分のぎりぎりの線だとすれば、99・9で走ろうとする。100・1になると制御しきれない。その100のレベルをいかに上げようかとするところに、向上心と独自の技術がある。

パイロットもそれと同じだ。通常の定期便パイロットには、そんな高度な技術は要求されないが、売り込みのためのデモフライトでは、その技術がものを言う。他社のパイロットがヘボであればあるほど、功を奏す。

リマで積んでくれた日本食の弁当に義理を感じたわけではないが、こういうことになると菅原の感覚は一段と〝冴え〟をみせる。菅原は機長席の真後ろにあるジャンプシートにすわっている整備士に、

「ベルトをしっかり締め、シートにしがみついていろ。そうしないと着陸した瞬間に、前の計器版まで吹っ飛んでくるぞ」と言った。

通常の高度から、着陸の降下ポイントに来た時、コ・パイの坂井が言った。

「キャプテン、ショート・フィールド・ランディングなら、低空で地上を這うように進入するのでしょう?」

「そんなことをしていたら、進入角度が浅いから、スピードがまだあり滑走路の端からずっと先に行って着地する。それではダメだ。いいか見ていろ。高い角度から、急激に降下する。

そうすれば、滑走路の端のすぐ先でタッチダウン、つまり接地する。しかも着陸時には失速ぎりぎりの速度にするから、極めて短い距離で止まれる」

「そんな、急激な角度で降下したら、ヘリコプターじゃあるまいし、ドスンと落ちてしまいませんか？」

「そこをやるのが腕だよ。よく見ていろ」

「わかりました。ところでキャプテン、その超・短距離着陸は今回で何回目ですか？」

「初めてだよ」

「えっ……」

菅原は着陸する時に使うフラップ（低速で高揚力を得る装置）をいっぱいに出した。そしてエンジン全閉にした。

その状態から、地面に向かって30度くらいにグッ機首を下げた。するとあまりスピードの増加を見ることなく、高い降下率で降下する。

機はだんだん地上に近づく。そのとき人間の心理として機首を上げたくなる。が、あるタイミングをみて、さらに機を地上に向かって急角度にした。

コ・パイの坂井が驚いた。「……！」が、声にはならない。

次の瞬間に菅原は機首を上げた。

菅原は、ある計算をしていた。ここで一旦急角度にして、翼上の乱気流をなくして、空気をスムーズに流し、翼の揚力を回復させたのである。

そして、左右の主輪、フロントの前輪の３つを同時に接地させた。３点着陸というやつである。衝撃を吸収する前輪のショックアブソーバーは、グッと縮んで機体を支えている。

菅原はすばやくプロペラピッチをゼロにした。プロペラは通常、扇風機のハネと同じく角度がついており、推進力を得るために使うのだが、これをゼロにすると、円い板が空気抵抗を作ってくれるからである。

それと同時にブレーキを一杯に踏んだ。アンチスキッドブレーキがついているから、タイヤがスリップしてコントロールを失うことはない。それも計算に入れている。

機は、予定通り１００メートルくらいで止まり、着陸後、滑走路の端から２つ目に位置する誘導路に入った。そこは通常、離陸する飛行機が使うのであるから、コ・パイの坂井はびっくりした。

「信じられません。どうやったら、あんなことができるのですか。キャプテン、教えてください」

「そのうちにな」

メキシコ・シティでのデモフライトも順調にこなし、３人はテキサス州のエルパソを経由し、サンフランシスコについた。

サンフランシスコでは、いつも現地で世話をしてくれるジョージ鯨岡という男が出迎えてくれた。

「やぁ、菅原さんお帰り。デモフライトはうまくいったそうですね。今晩、どこかで久しぶりにおいしいものでも食べましょう。シーフードがいいですか、ステーキがいいですか?」

「日本食!」

「あっ、これは失礼。菅原さんは日本食が好きでしたね。では、おいしいすし屋にいきましょう。ところで菅原さん、山地さんがあなたを待っておられますよ」

「なに、山地が。いつ日本から着いたんだ?」

「5日前です。フェリーの装備外しは一昨日完了したので、本当は昨日からブラジルのサンパウロに向けて飛ぶ予定だったんです。でも、どうしても菅原さんが来るまで、待つというのですよ。何かちょっと不機嫌でしたよ」

「彼女にでもふられたか?」

菅原は、ホテルにチェックインを済ませて、エレベーターに乗ろうとしたら、ロビーの反対側にあるコーヒーショップから、山地が早足に歩いてきた。

「よぅ、菅原君、デモフライトは結構うまく行ったそうじゃないか。俺も鼻が高いよ。ところでちょっと頼みがあるんだ。コーヒーショップに行って2人きりで話そう」

どうも山地の顔からして、面白くないことがあるらしい。

「恋の仲裁なら、ダメだよ。他の人に頼んでくれ」

「おい、からかうなよ。それよりも、俺はここからまだサンパウロまで飛ばなきゃならん。

そこでだ。君のコ・パイの坂井君と、僕のコ・パイをしてきた林を取り替えてくれんか」

「どうかしたの？　なんかあったの？」

「なんかあったの騒ぎじゃない。何にもなさ過ぎるのだよ。林は日本を出てから、ほとんど口をきかない。飛行中も俺に斜めに背を向けるようにして右を向き、お菓子を右手に持ち、ひとりでボリボリ食っている。『ちょっと変わった男』と、君が言った意味がわかったよ。

おまけに操縦桿をもたせると、蛇行して飛ぶから、ほとんど俺が操縦しなければならない。しかも俺がトイレに行って帰ってくると、5度くらい針路がずれていても平気で飛んでいる。林をコ・パイにしてこれからも飛ぶのは、考えただけでも気が滅入る。もう、あいつとは飛びたくない。菅原、頼むからコ・パイを取り替えてくれ」

えらいとばっちりが来たもんだ。だが、菅原としても自分が紹介をしただけに、〝そんなもん知りませんよ〟とは言いづらい。それに、そんな林をこのまま南米までいかせると、林も可愛そうだ。

定期便のコ・パイはいつも同じルートで飛んでいて、慣れれば機械的な作業の繰り返しだから技倆の差はあまり出ない。だが、フェリーのような飛行では、状況判断能力や技倆の差が如実にでる。条件が悪くなればなるほど、その差が出るのだ。

「わかりました。でも坂井も相当疲れています。サンフランシスコに着けばフェリー装備のために最低3日は休めるのを楽しみにしてきましたから、急にすぐ飛べといっても身体がもちません。このサンフランシスコで2日ほど休ませてから、出発させてやってくれませんか。

もちろん私の方から、坂井に話しますから、返事はちょっと待ってください」

「菅原君、ありがたい。是非そうしてくれ。頼む」

山地の顔が急に明るくなった。


4日後、コ・パイ席に林を乗せた菅原は、ハワイに向けてサンフランシスコの空港を飛び立とうとしていた。

「林君、タワーとコンタクトして、地上滑走のタクシーの指示をもらってくれ」

「ハイ、キャプテン」

だが、声が少し震えている。ちょっと変だ。

林は、コントロールタワーに向かって最初の呼びかけはするものの、その応答がタワーから来ると、マイクを持った手は固まった。身体も固まっている。タワーの英語が理解できないのである。

〈こりゃ、いかん〉菅原は、すぐに山地の気持ちがわかった。

菅原はすぐに林の手からマイクを取った
「リクエスト　タクシー　インストラクション」と言って、地上滑走の指示を要求した。菅原は、コ・パイのやる仕事も負担しなくてはならなかった。今度は菅原が滅入る番だった。

菅原は、飛行に関する英語の用語本来の意味を的確につかみ、
一般の人はもちろん航空関係の人も、タワーから、タクシーの許可、離陸の許可、着陸の許

可など、許可をもらうものと思っている人が大勢いる。

実はそうではない。そこには許可という言葉は本来存在しない。タワーに、そんな権限はない。ランディング・インストラクションを着陸許可と和訳していることが、間違い認識の原点になった。

考えてみれば当たり前のことで、地上滑走開始にしても、離陸にしても、着陸にしても、機長がどうしたいかで決める。どの空港にいくか、降りるか降りないか機長の判断である。

その空港に降りようと思ったら、タワーにコンタクトして、滑走路が使用可能か、どの滑走路を使っているかなどの情報をもらい、そして降りる。タワーは着陸してもよいという許可を出しているのでもなく、降りろと命令しているわけでもない。「降りたいなら、今はどの滑走路が使えますよ、あなたの前に1機先に入ろうとしている機がありますから、その機の後に着陸してください」といっているのである。

つまり、どのスーパーマーケットに行くかはドライバーが決め、そのスーパーマーケットの駐車場の入り口で、駐車誘導員が整理しているのと同じことである。だから、インストラクションに許可と言う意味はなく、安全スムーズに整理するための指示である。したがって指示が危険だと思えば、逸脱してもよい。

ただ、他国の飛行機が上空通過や、着陸する時は、国によっては事前に「わが国の上空を通過してもよい」とか、「この空港に着陸してもよい」という許可が必要なところがある。着陸に関して言えば、これはランディング・パーミッションという許可だが、これと前述のタワーのインストラクションとは違うものである。

一見なんでもなさそうにみえるが、こういう基本的なことを知っているのと、知らないのでは、大いに違ってくる。そういう〝世界の常識〟を知っているから、菅原はどこの国でもかなり自由に飛び回ることができるのである。

日本についたら、羽田空港には妻の幸子と子供たちが迎えにきてくれていた。街には、もうクリスマスソングが流れていた。

ギリシャに向けて離陸

ギリシャのオリンピック航空がYS－11を5機買うことになった。まず1番機を運び、アテネの空港でデモフライトとパイロットの訓練を1ヵ月くらいして欲しいという内容だ。加えて、3月1日に現地入りをし、その日にデモフライトをして欲しいと、要求してきた。

カレンダーはすでに2月15日をさしていた。もう日がない。急がないと間に合わない。時はベトナム戦争の最中であり、ベトナムの近くを飛ぶことはできない。

関係方面に問い合わせたところ、フィリピンから、ボルネオ、シンガポールを経て、タイのバンコックに向かう迂回ルートしかないという。

スケジュールはさらに厳しさを増してきた。地球を西回りに進むときは、フェリー用のフエリータンクはつけないで飛ぶことが多い。その装備の装着と取り外しに合計6日から8日もかかるし、費用もかかるからだ。地球西回りでは、陸地を伝うようにして飛べば、各地で給油をして飛んで行くことが可能である。それで今回はフェリータンクなしの標準装備でいく計画だ。

菅原は、最終整備を急がせ、2月19日に名古屋空港を出発することに決めた。

ところが出発直前になり、さらに重大な問題を抱えていることが分かった。自社の運航課長が数日前に菅原に言った。

「菅原さん、今回はバンコックからインドの東端のカルカッタに入るルートですよね。その間はとても向かい風が強いそうです。山地さんが、以前そこを飛んだときに燃料切れ寸前になったそうです。それで、途中のビルマのラングーンに降りて給油していった方が良いといっています。是非そうしてください」

「分かりました。ではそうしましょう」

だから、ラングーン着陸許可の手続きはされているはずだった。ビルマのラングーンは、現在のミャンマーのヤンゴンである。

ところが、この運航課長は言っただけで、何も手続きをしていなかったのである。かといってここで手続きをやり直していると、飛行スケジュールが変更になり、上空通過や着陸許可がおりるまで通常2週間くらいかかる。とにかく3月1日にはギリシャに着かなくてはならないのだから、それでは無理だ。

菅原は意を決めざるを得なかった。

「仕方がない。パンコックから一気にカルカッタまで飛ぼう」

今回のフェリーはキャプテンが菅原、コ・パイに南米へ一緒に行った坂井、整備士にナムコから派遣された若い男という3人の陣容だ。ナムコとはYS－11を製造している会社〝日本航空機製造〟の略称である。

この西回りのルートでは、区間フライトごとに国が変わる。それが大変なのである。定期便のように60分だけ着陸し、給油してすぐに飛び立つことが出来ないのだ。

定期便は国際条約で、このようなトランジットという通過方式が認められているが、菅原たちのフェリーフライトは、個人が小型機で旅行するのと同じで、各国ごとに入国審査と税関、そしてまた出国手続きをして、飛び立つしかない。しかも着陸した国ごとに両替し、着陸料や、税金、燃料代を払わなくてはならない。

つまり昼間の飛行時間は4時間くらいでも、それらの手続きで3時間くらいかかることがザラだから、結局は他国に入れば、1区間ごとに宿泊することになる。フライトよりも、むしろ手続き関係の方が大変だ。

菅原は、仕事をわり振った。菅原が両替、通関、税金等の支払い、坂井がフライトプランの飛行手続き関係、整備士は給油関係とした。両替は余らないようにするのが大変である。世界共通のカードがまだない時代だ。現金でないと支払いが出来ない。菅原は燃料代の支払いができるカード発行を、アメリカのジョージ鯨岡にリクエストしていたが、このときはまだ間に合わなかった。

名古屋空港を出発し、鹿児島を経て、台湾の台北《タイペイ》で１泊↓フィリピンのマニラ１泊↓インドネシア・ボルネオ島のコタ・キナバル１泊↓シンガポール１泊↓タイのバンコック、と日程を消化していく。

ところが、今回同行の整備士が悩める問題を一緒に持ち込んできた。

まず、この整備士は役に立たない。おまけにこの整備士は昼間のフライト中は、客席用のシートに横になって、Ｈな本を読んでいるか、寝ている。だから夜になると眠れず、腹が減ったと言って、うるさくてしょうがない。

部屋は別々だからまだいいようなものだが、それでも朝早くから「腹が減った。キャプテン、ラーメン食べさせてください」といってくる。こういう男に限って、他人の物はあさるが、自分では何も用意しないのである。菅原は、いつもラーメンと携帯用の湯沸しポットをかばんの中にいれていた。彼はそれを狙ってくる。

バンコックに向かう途中、菅原は客室で横たわって寝ている整備士に、

「おい、寝ちゃいかん。夜になると眠れなくなるから」

と言った。すると、その整備士はトドが日向ぼっこをしているような〝とろけた目〟で、菅原をゆっくり見上げた。その目を見て、菅原は悟った。

〈こりゃ、いかん。何を言ってもダメだ。諦めるしかない〉

とにかく、日本からベトナムを大きく迂回する形でタイのバンコックに入った。

さて、これからが問題のバンコック～カルカッタ間のフライトだ。YS－11は標準で4時間半飛べる。タイのバンコックからインドのカルカッタまで計算上は4時間のフライトだ。飛行機の場合、ぎりぎりの燃料で飛ぶわけにはいかないから、必ず30分ぐらい余分に飛べる計算をして、計画を立てる。今日のフライトは計算上では問題ないが、同じ時間飛行しても、向かい風が強いと押し戻される格好になるから、地球上の距離では短い距離しか飛べないことになる。今回はまさにそれだ。

坂井が少し心配そうな顔をしている。何もしていなかった運航課長を恨んでみてもはじまらない。

とにかく、機はバンコックからマレー半島を横切り、洋上に出た。その後はビルマのモーティン岬をかすめて、北西に針路を取り進む。案の定、向かい風は強かった。世界の屋根、ヒマラヤ山脈からベンガル湾に向かって吹く風は、菅原たちの機にとって真向かいからの風になる。

カルカッタに近づきつつある洋上で、燃料計の針はゼロを指しつつあった。どんなに優れたパイロットでも燃料がなくては飛べない。

菅原はカルカッタのタワーにコンタクトし、燃料がほとんどないので、正規のＩＦＲ（計器飛行）のルートではなく、真っ直ぐ空港へ進入させてもらえるよう要請した。おまけにインド領に入ってからは砂嵐で、時刻はもう午後6時をさして暗くなっており、地面は全く見えない。が、こんな時に限って、イエスの返事がこない。結局は通常の回り込む進入コースに乗せ、入って来いという。

〈一刻も早く着陸したいのに、あぁ、なんと言うことだ！〉

もういつエンジンが止まるかわからない。ＹＳの燃料タンクの底は真っ平らではなく、少なくなった燃料が一箇所にまとまるように〝凹〟の形に造ってある。そこへ集まった残り少ない燃料をスカベンジャーポンプで吸い上げて使う。

菅原はスカベンジャーポンプのスイッチをＯＮにした。人間で言えば、最後の非常食を食べているようなものだ。

とにかくエンジンが回り続けてくれることを願うしかない。間一髪、まさにエンジンが止まる寸前で滑走路に接地した。

「キャプテン、何とかカルカッタに着きましたね」

「あぁ。機体は、本当に軽かった」

菅原とコ・パイの坂井は冷や汗をかき、整備士はシートで毛布をかぶって震えていた。

翌日カルカッタを出た機は、さらに各地で1泊しながら旅は続く。インドのニューデリーを経て、パキスタンのカラチに入った。菅原は今回、両替所で小額だけを両替した。後の必要なお金は、闇で両替をした方が交換レートが良いのを知っていたからだ。

当時は日本を含め、米ドル外貨獲得に躍起になっている時である。だからこの国では、一旦両替した現地通貨は、余ったからといって再度米ドルへの両替はできないのである。

さらにパキスタンでは両替をしたら、それを何に使ったか明細をつけ、その明細書とともに残金も提示しなくては出国できない制度があった。が、萱原はそれを知らなかった。闇で両替したお金で、着陸料や、いろんな費用を払ったのだから、さぁ大変。計算上は持っていないお金で払ったことになる。出国寸前にそれが分かった。

「萱原さん、実はそれはこの国では監獄所行きになるのです。でも、ここはなんとか私の方で辻褄を合わせておきましょう」

この機のフェリーに関係している商社マンがそう言ってくれて助かった。

カラチを離陸した機は、ペルシャ湾に面したアラビア半島カタール国のドーハで1泊し、クウェートのワフラに入った。クウェートはペルシャ湾の最深部の西側にある国だ。

今回は機体販売には三井物産が関係している。クウェートでは三井物産の支店長が、萱原たちを待っていてくれた。奥さんが手料理を作って待っているから、家へ来てくれとの招待である。これには全員が喜んだ。

各地で1泊ずつしてきているとはいっても疲れがたまる。それに心労も重なるから、なおさらだ。そんな時の手料理と家庭的なもてなしは、何よりありがたい。

この国は酒が飲めないから、アルコール類はあきらめていた。そしたら、支店長が奥からジョニ赤を1本出してきた。さすがは商社の支店長だけのことはある。

菅原は、ジョニ黒ならもっといいと内心思ったが、そんな贅沢はいえない。飲めるだけでもありがたい。ダメと言われていることを、こっそり自分たちだけできると思うと、その酒は3倍くらいおいしく感じた。

酒に義理を感じたわけでもないが、菅原はギリシャでのデモフライトのとき、メキシコで行なった機体を１００メートルでとめるショート・フィールド・ランディングをしようと思っていた。

実はＹＳ－11で、この高度な着陸技術に挑戦した男がもうひとりいた。ナムコのテストパイロットである。しかし、その彼が試みたときはアンチロックブレーキが上手く作動しなかったせいか、タイヤがズル剥けになってしまった。だから、実際にそのショート・フィールド・ランディングが行なえるのは、菅原ひとりであった。

クウェートを出れば、あとはアラビア半島付け根の地中海に面したレバノンのベイルートで1泊、そのあとは地中海を斜めに突っ切りギリシャ入りだ。あともう少しの行程だ。機はアラビア半島を斜めに北上し、一路レバノンのベイルートを目指した。途中にシリア国の上空をわずかに通過するルートだ。

シリアの上空に入ってしばらくたったら、シリアの航路管制が菅原の機を呼び出してきた。

「こちらダマスケース、こちらダマスケース。上空を通過するＪＡ８８６１機応答せよ」

「こちらＪＡ８８６１。ダマスケース、どうぞ」

シリアのダマスカスは、現地では「ダマスケース」という。

「こちらダマスケース。わが国の上空を通過だけすることは出来ない。一旦ダマスケースの空港に降りられたし。どうぞ」

〈これは困った。こんな国で降りたら、すぐに離陸できないかもしれない。そうするとギリシャのアテネへ予定通りつけなくなってしまう〉

菅原は、シリアの上空通過の許可はとっていなかった。

「こちらＪＡ８８６１。我々は先を急ぐ。このまま通過させてほしい。どうぞ」

「それは出来ない。一旦着陸することを要求する」

「着陸したら、直ぐに離陸させてもらえるか。どうぞ」

「それは出来る。だから今から直ぐダマスケースの空港へ針路を変更されたし。どうぞ」

坂井がつぶやいた。

「あんな上手いことといって、本当に直ぐ出してくれるんでしょうかね。ダマスカスだから、我々はダマされるんじゃないでしょうかね」

「坂井君、君もずいぶんジョークが上手くなったね。とにかく仕方がないから一旦降りて、コーヒーでも飲んでいくか」

そう言って菅原は、機をダマスケースの空港に滑り込ませた。すると本当に冗談半分に降ろさせたのかと思うくらい、手続きも簡単である。何のために降ろさせたのかと思っていたら、紙を見せて役人が言った。

「以前に日本の清水千波と言うパイロットが、ある問い合わせをしてきた。その返事を電報で打ったが、その電報料が未払いである。金額は米ドルで25ドルだが、あなた払っていってくれないか。同じ日本人だろう」

清水千波という人は、菅原が全日空退社後に、事業用操縦士の免許を取る時に世話になった人である。金額も少ないので、払うと言ったら、相手はニコニコし、コーヒーは出してくれるし、飛行機の燃料はまだあるかと気遣いしてくれる。

どうも降ろされた理由は、上空通過の許可を取っていなかったことに加えて、燃料を売りたかったのと、電報代の未払金回収のためだったらしい。

〈こんなところで、25ドルの電報代立替払いをさせられるとは思わなかった。しかし、たった25ドルのことをよく覚えていたものだな〉

菅原は、25ドルを払うと直ぐに飛び立ち、夕方レバノンのベイルートに入った。

あとは、明日ギリシャに向って飛ぶだけとなった。菅原はベイルートでただ1軒ある日本食のレストランに向かった。

女性のオーナーは菅原を笑顔で迎えてくれた。中東のベイルートで、しかも女手で商売するだけあって、商魂はたくましい。菅原がギリシャへ行って1ヵ月くらい滞在し、現地のパイロットを訓練するのだというと、その女性オーナーは今度ギリシャにも店を出す予定だと言う。

〈やるもんだね〉と感心していたら、頼んだ覚えのないビールと生姜の乗った冷奴、おしんこの盛り合わせが出てきた。

「私はこれ、頼んでないよ。間違いじゃないの？」

女性オーナーはウインクして奥に引っ込んでいった。

翌日、ベイルートを飛び立つ時は結構風が強かった。〝天気晴朗なれど、地中海は波高し〟の天気予報とおり、天候はあまりよくなかった。

機は地中海上のキプロス島をかすめてさらに進むと、はるか眼下にクレタ島、ミロス島などが次々にみえてきた。アテネから北東はエーゲ海だ。機がアテネに近づくにつれ、幸いにも風はおさまり、天気はどんどんよくなってきた。行く手の天候がいいというだけで、気分はよくなる。

菅原は、ギリシャのアテネ空港へ着陸するよう進入を開始した。もちろん得意のショート・フィールド・ランディングを試みようというわけだ。これは高度な技術だから、感覚を研ぎ澄ませていなくてはならない。神経を着陸に集中させた。そして慎重に機をアテネ空港の滑走路に向かわせた。

高い高度からの急角度降下、そして着陸寸前にさらに機首を下げる操作に乗組員は肝をつぶす。その直後の機首上げ操作、3点着陸、フルブレーキの一連の操作。今日も上手くいった。

駐機スポットに入ったとき、コ・パイの坂井が菅原に話しかけた。

「菅原さん、教えてくださいよ。何で着陸寸前にさらに機首をさげるのですか？　あの時は、肝をつぶしますよ」

「教えてもいいが、君が機長になってもやらん方がいいぞ。研ぎ澄まされた感性と、個人に備わった能力みたいなものだから、誰にでもできるわけではない。事故のもとだ。ショート・フィールド・ランディングは特別短い滑走路に降りるときや緊急の場合に使う。だから、実際の定期運送の飛行ではこれをやることはないだろう。しないと約束するなら、理論だけは教える」

「ええ、お願いします」

「まず、ショート・フィールド・ランディングは滑走路の端で高度が50フィート、つまり15メートルなくてはならない。地を這うように低い角度で進入すると着地点がずっとさきになる。だから高いところからフルフラップにし、エンジン全閉、そしてヘリコプターのように深い角度で降下させる。

ところが30度くらいの深い角度で降下すると、翼の上を滑らかに空気が流れず、翼上に渦巻き状の渦流ができる。そうすると飛行機が浮いているための揚力が少なくなる。つまり飛行機は重さだけで降下しているようなものだから、そのままだと、機体ごと地球にドスンとなる。

そこでさらに機首を下げると、渦流が無くなり、翼の上を空気がきれいに流れる。すると飛行機に揚力がよみがえる。揚力が出たところで機首を上げ、パッと着陸させる。私は、それを計算に入れて行なっているのだよ」

「なるほど、そうだったんですか」

日本を出て10泊11日のフェリーの旅は終わった。明日からは正規のデモフライトと、現地パイロットの訓練が始まる。菅原は機を後にし、ターミナルビルに向かった。

ギリシャでの訓練も1ヵ月近くになった。菅原のデモフライトと訓練は現地で評判がよかった。あい前後して後任の訓練教員パイロットも着いた。菅原は日本に帰り、次の機を運ばなくてはならない。

「帰らないで欲しい」という現地パイロットの声に後ろ髪を引かれながら、菅原は日本へ帰り、次の機のフェリーに入った。

1年ほど経って、伊藤忠航空が都合により閉鎖されることになった。が、フェリーの需要はまだある。伊藤忠航空にいた面倒見のいい山地が、自ら社長になり日本航空機輸送会社をスタートさせたので、菅原はそこへ籍を移した。所属する会社の籍が変わっただけで、実際の業務はほとんど変わらない。菅原は相変わらず地球上を西へ東へと飛び続けていた。

魔法の太平洋横断術

全日空がYS－11を導入したのは東亜より後で、全日空はYS－11がデビューした当時、オランダ製のフレンドシップや、英国製の4発エンジンのバイカウントを使っていた。

そして全日空もYS－11を導入し、その後ジェット機のボーイング727を導入するようになると、フレンドシップやバイカウントは徐々に不要となり、払い下げで外国に売ろうということになった。そのフェリーを菅原がやることになり、彼はその2機種のトレーニングを受け、機種限定技能証明を取得した。

菅原に、YS－11よりひと回り大きい68人乗りのバイカウントを南米エクアドルのクエンカまで運んで欲しいという依頼が入った。当時、全日空はまだ国内線しかもっておらず、国際線を飛ばしていなかった。その全日空が今回のフェリーにプロジェクトを組み、運航課のディスパッチャーが何人もかかって飛行計画を立てていた。

「菅原キャプテン、我々のプロジェクトは今回のバイカウントのフェリーに際し、あらゆる角度から検討しました。日本―ウェーキ島の間は8時間で何とか燃料が足りますが、しかし、どう計算しても無風状態でもウェーキ―ホノルル間の10時間、ホノルル―サンフランシスコ間の10時間30分はその区間の燃料が足りません。そしてそれ以上燃料を積むこともできません。

我々からキャプテンにこの状態で太平洋を横断してくださいとは、とても言えません。何か方法はないかと考えましたが、可能な方策が見つかりません。もう我々の限界です」

全日空のプロジェクトチームはお手上げの状態となった。バイカウントは性能の悪い飛行機で、しかもエンジンが4ついているから、燃料もYS－11よりは多く消費する。だからYS－11をフェリーするときと同じ600ガロンのフェリータンクを3つ積んでも、その区間の燃料が足りなくなり、飛べないのである。

「あとは、菅原キャプテンの判断次第です。いかがでしょうか」

「事情はわかった。OK、飛びましょう。私には成算がある」

「えっ、本当ですか！」

即座に答える菅原をみて、プロジェクトチームの面々が驚いた。

菅原には秘策があった。だが、それについては一切話さなかった。

フェリー用のゴム製600ガロンタンクに、規定量を入れると楕円形のラグビーボールのようになる。菅原は出発前夜、すべての準備を整え、そのタンクに規定量の燃料を入れさせた。

夜が明けて、いよいよ出発である。空は抜けるような青空だ。出発直前に菅原は言った。

「燃料屋を呼べ。そしてフェリー用の各タンクに、さらに100ガロンずつ入れろ」

100ガロンは378リットルだから、相当な量である。100ガロンを注ぎ足したタンクはサッカーボールのように、まん丸になった。

　本当は前夜のうちに入れておきたいのだが、そうするとひと晩中機体に余計な重量がかかるし、火災の心配もある。だから出発直前に注ぎ足す指示を出したのである。これで出発準備は完了した。今回は陸軍少年飛行兵の整備出身で、全日空の生え抜き整備士佐々木をはじめ、計４人の整備士が同乗していく。

　菅原は、最大離陸重量の１１５％くらいになっている重い機体のバイカウントを、羽田から離陸させた。通常なら離陸時には正規のタンクの燃料を使用し、上空に上がり水平飛行に移ってからフェリータンクの燃料を使う。

　だが菅原は一刻も早くフェリータンクの燃料を使いたいから、上昇中に早くも使用燃料をフェリータンクの方に切り替えた。そして１００ガロン消費したら、次のフェリータンク、そしてまた次のフェリータンクへ切り替えていこうという作戦である。

　ところが、このバイカウントはただでさえ性能が悪い上に、規定重量よりもさらに重いから、なかなか上昇していかない。飛行計画書では、1万９０００フィートで水平飛行する内容で提出してあるから、早くその高度まで上昇させたい。菅原が操縦に細心の注意を払い、上昇させる。が、それでも上昇が思うにまかせない。東京コントロールから予定高度に達したら一報をして欲しい旨を言ってきている。

　すでに羽田を出て2時間近くになろうとしているが、高度はようやく1万フィートに達したところで、予定の高度にはほど遠い。

「天気は快晴だから、視界もよい。予定の高度には達していないが、かまうものか。この低空のままで飛行距離を伸ばし、軽くなってから上昇させよう」

菅原は東京コントロールへ、高度1万フィートなのに、1万9000フィートで飛行していると、インチキレポートを入れた。

フェリー飛行は、冒険飛行みたいなものだから、あらゆる状態に対処する必要がある。そうして前進していくのであるから、菅原にとってインチキレポートは特段どうということでもなかった。こういう状態では、それをやる必要があると判断したからだ。

クーデター勃発

バイカウントはウェーキ、ハワイを経て、サンフランシスコへついた。そこでフェリー装備を外し、テキサス州エルパソを経てメキシコを縦断し、パナマに入った。菅原は燃料を補給し航務課へいった。

すると、航務課の男は菅原に向かってこう言った。

「キャプテン菅原、エクアドルからたった今、変な電報が入ってきた。エクアドルのグアヤキル空港を最終目的地にする飛行機はよいが、そこを経由して他の空港へ行く飛行機の飛行は禁止するといってきているぞ」

「う～ん、何か変だな」

「キャプテンの最終目的地はグアヤキルではなく、クエンカだろう。それでも行くか?」

「かまわん。行くよ」

「そうか、じゃ気をつけてな」

「OK、サンキュー」

　菅原は、パナマから針路を南に取り、エクアドルのグアヤキルに入りバイカウントを着陸させた。だが、午後の1時というのに、羽田ほどの大きな空港に人影が全くない。

「ん、何か変だぞ」

　しばらくしてひとりの男が現われた。その男は空港長だった。

「キャプテン、この国はいまクーデターが起きた。だから私以外に誰もいない」

「えっ、あなたひとり?　でもコントロールタワーの管制員がいるでしょう」

「いや、あれも私が応答していたのですよ」

「そうだったんですか。しかし弱ったな。ホテルにも行くことが出来ないかな?」

「6時以降は外出禁止令が出ているが、ホテルには私の車でお送りしましょう。とにかく私についてきてください」

　ついて歩いていくと、入管審査員も税関員も誰もいない。だから、入国審査も税関もフリーで通過である。そんな事態だからタクシーもいない。

「どうぞ私の車にお乗りください」

空港長は、親切にもホテルまで送り届けてくれた。

後は最終目的地のクエンカへ向かうだけだが、クエンカはアンデス山脈の谷間にある標高2300メートルの高地の空港だ。翌日は天候があまりよくなかったが、グーデターがおきているのだから、出来れば早く飛び立ちたい。菅原は、とにかく行ってみようと離陸した。グアヤキルの空港からどんどん高度を上げて、菅原は両側に山が迫る谷間をぬうようにして、バイカウントを飛ばす。こんなとき、谷の真ん中を飛んでいたら危ない。左右に山があるから引き返そうとしたとき、旋回するだけの幅がとれなくなるからだ。

菅原は機を右の山肌一杯に寄せ、谷間を進む。最後の谷間を曲がるとそこはクエンカの空港だ。菅原はその谷間を曲がった。がその先は一面の雲に覆われていた。

「あっ、着陸は無理だ」

そう判断した菅原は、一気に機を傾け、垂直旋回に入れた。傾斜角度は50度くらいだろうが、同乗していた整備士の佐々木には垂直に近く感じた。

「キャプテン、この機はT類の飛行機だから45度以上傾けてはいけません」

「何言っとるか。そんなこと言っていたら山にぶつかって死んでしまうぞ！」

T類のTはトランスポートの頭文字で、旅客機や貨物輸送機などがこのT類である。

菅原は別に、無理をしたいわけではないが、いつも規定内の飛行条件とは限らない。状況をみて、すべてに対応しなくてはならないから、そうするのである。

翌日再び谷間を飛び、午後3時にクエンカに着陸した。同行の整備士の佐々木はさかんに感心していて、尊敬の念を込めて菅原に言った。

「菅原キャプテンはすごいですね」

彼らにしてみれば、全日空のプロジェクトが出来ないと言った太平洋横断を菅原はやり遂げ、英語を駆使し、行ったことのない初めての空港にもアプローチし、そして条件の悪い谷間にある高地空港に予定通り飛行機を着陸させて渡した。それはまさに魔法の腕を持ったパイロットに見えたのだろう。

RADIO EL MERCURIO
NOTICIOSA MUSICAL Y DEPORTIVA

EL ME

DIARIO INDEPENDIEN

EDICION DE OCHO PAGINAS　VALOR UN SUCRE　CUENCA—

LA NUEVA NAVE DE "SAN".

El día de ayer hizo su arribo a nuestra ciudad, la nueva aeronave de SAN. Llegó procedente de Guayaquil, en donde tuvo que hacer escala dadas las condiciones atmosféricas reinantes, el día sábado, fecha en que sobrevoló la ciudad y tuvo que regresar a la capital del Guayas. Ayer en la mañana, numerosas personas se dieron cita en el terminal aéreo de Cuenca, para presenciar el aterrizaje de este moderno y potente avión, el primero de las nuevas unidades recientemente adquiridas por SAN, para ampliar sus servicios de transporte en el país. Se trata de un turbo hélice, adquirido a la Compañía Mitsui Co. Ltd. de Tokio. De acuerdo con los técnicos en navegación aérea, esta clase de aviones Viscount, son los más aconsejados para operar en geografías como la del Ecuador. Sin lugar a dudas, un gran esfuerzo de quienes hacen la Compañía SAN, para quien consignamos nuestra enhorabuena.

Técnicos de la Corporación Andina vendrán al Ecuador

Amman enfréntase al peligro de epidemia

No tiene ni agua ni electricidad

全日空のバイカウントを、南米エクアドルのクエンカへフェリー。その様子を大々的に報道した現地の新聞

彼ら整備士4人は、だれも英語が話せなかったから、その気持ちはなおさらであった。

クエンカのホテルに入った菅原に、現地の航空会社からある依頼の電話が入った。

「はい、菅原です」

「菅原キャプテン、しばらくここでパイロットの訓練をしてもらえないだろうか」

〈こんなアンデスの山に囲まれた高地で、現地の未熟なパイロットを訓練したら危なくてたまらん。それに空気も薄いから階段を上がるだけでも息切れがする。彼らは高地民族だからなんともないだろうが、こんなところに長くいたら高山病になってしまう〉

そう思った菅原は、丁重に断った。

「私は次の仕事の予定があります。どなたか、別の人をさがしてください」

さて、今度はクエンカからグアヤキルへ戻りたいのだが、その間を飛ぶ定期便がない。結局2日後、タクシーで遠路行くことになった。

菅原たちを乗せたタクシーは標高2300メートルのクエンカを出た。すると雲が眼下に見える。それほどここは高地なのである。ここを走る道路は、山肌にくねくねした線を引いたような感じで、片側が深い谷になったスリリングな道だ。

運転手がハンドルを切り損ねたら、谷底へ真っ逆様に落ちる。それだけでもスリリングなのに、進むにつれ標高も下がってきて、とうとう雲の中に入ってしまった。雨も降っている。視界がとても悪い。ひたすら運転手がちゃんと走ってくれるのを期待するしかない。

しばらくしたら悪いことに、今度はワイパーが動かなくなってしまった。どうするのかと思っていると、その運転手が窓から顔を出し、路面を見て走り続ける。郷に入らば、郷に従えで、どうすることもできないから、ひたすら運転手が道の上を走るのを願うしかない。

やっとアンデス山脈の麓までおりたら、今度は自動小銃を持った兵隊に止められた。臨検である。菅原は平然と構え、彼らにタバコを渡してやった。タクシーはようやくグアヤキルにたどり着いた。

そのころ、エクアドルでクーデターが起きたという連絡は東京の会社にも届き、社長の山地の耳に入っていた。社員が社長の山地に心配そうに言った。

「社長、菅原さんたちは大丈夫でしょうか」

「な～に、菅原も整備士の佐々木も、太平洋戦争を生き抜いてきているんだ。彼らならどんな困難があっても切り抜けてくるだろう」

事実その通りであった。そう言う山地もまた太平洋戦争時代、一式陸攻機の生き残りパイロットであるから、その言葉には重みがあった。

日本に帰った佐々木整備士は、会社へある要請をした。

「菅原キャプテンは、全日空に多大な貢献をした。ついては菅原氏に当社全日空の全国無料航空券を出していただきたい」

数日後、菅原の手元にその全国無料航空券が届いた。

最終売れ残りYS－11と機長のセット販売

フェリーを始めて、2年ほど経ったある日、山地が菅原に話しかけてきた。

「菅原君、実は名古屋の中日本航空の格納庫に、製造したまま嫁入り先の決まらないYS－11が1機あるんだ。製造会社のナムコとしては、沖縄をベースにしている南西航空に売りたい。だが、その南西航空にはYS－11の機長が足りない。そこでだ、君がこの機をもっていって、現地で機長としてやってくれないか」

なんのことはない、飛行機に機長を抱き合わせたセット販売である。その頃はYS－11も製造がほぼ終わりを告げていた。かつフェリーの仕事も少し減ってきていたのである。

「まぁ、そういうことなら、沖縄へ行きましょう」

そして菅原は、こう付け加えた。

「しかし、私は正社員にはなりませんよ。嘱託のパイロットとして契約し、フェリーがあるときには、フェリーを最優先させるという条件付き契約でなら行きますよ」

「OK。では、そういうことで早速話を進めよう」

それからしばらくして、菅原は名古屋空港を沖縄に向けて飛び立った。

〈俺は、YS－11量産型機の最初の定期便で飛び、いまこうして最終生産機に近いYSをもって沖縄に行こうとしている。YSとは深い縁だな〉

沖縄のディスパッチルーム（運航管理室）にて

沖縄の南西航空で機長として飛べるのは月に１００時間、年間１０００時間が上限と決められていた。菅原は嘱託だからといって決して手を抜くことはなく、精力的にその限度一杯飛んで、働いた。

その他にフェリーで飛ぶから、ひと月に飛ぶ飛行時間は多くなる。しかも同じ距離でも、ジェット機なら飛行時間が短いが、プロペラ機だから飛行時間が長い。こうして、菅原の飛行記録時間はどんどん伸びていった。

「菅原君、そろそろ正社員にならんかね」

そんな誘いを会社の役員から何回もうけたが、菅原はそのたびに断ってきた。フェリーの仕事が入ると、契約条項にあるとおり、そちらを優先して、世界各地に飛んだ。

しかし菅原には、ひとつだけ気がかりなことがあった。妻の幸子の喘息である。そうひどいわけではないが、サトウキビの花の咲く頃、ちょっとひどくなる。

それで考えた。

〈それなら、南国のサイパンにでもいって暮らしたら、妻の喘息もよくなるのではないか。どうせ、自分はフ

エリーで家を空けることも多いのだから。自分は時々サイパンに帰ればよい〉

東京の都心にマンションの1室を買い、郊外に住む人はいる。菅原の場合はその拡大版だ。沖縄とサイパンは2000キロ離れている。スケールはちょっと大きい話だが、地球をあちこち飛ぶ菅原にとって、何ら違和感はない。

毎日9時～5時のサラリーマンと違って、パイロットは時間も日程も、ひと月単位で組まれるから、まとまった休日をとりやすい。沖縄からサイパンまでは、コンチネンタル航空の定期便がある。グアム経由ではあるが、これならサイパンへの往復も楽だ。早速家族はサイパンに移り住んだ。

「幸子、ここで日本製の衣料品の店でも開いたらどうかね」

そんな提案を幸子は受け入れ、店を始めた。その頃には2人の子供も成長し、税関へ品物を取りに行ったり、レジをしたり、店を手伝うまでになっていた。

1974年、昭和49年11月に、今度はYS－11を1機、ニューギニアに運んで欲しいという話が入ってきた。ニューギニアは赤道直下の世界最大の島で、南半球に位置する。ここは太平洋戦争の激戦地でもあったところだ。

ラエの空港からポートモレスビーまでの間、現地の航空会社が定期便を飛ばすので、YS－11をフェリーしていって、ついでに現地パイロットの操縦訓練も1ヵ月して欲しいとの依頼だ。南洋でのフライトはゼロ戦で行って以来だ。なつかしさもあって、菅原はすぐにニューギニアに向かって飛んだ。

ラエからポートモレスビーまでは直線にして約300キロしかないが、この間に4000メートル級のスタンレー山脈があり、これを越えなければならない。これが大変なのである。一生懸命高度を上げ、ようやく山脈を越えたかと思うと、直ぐにどんどん降下しなくてはならない。YS－11は戦闘機のようにパッと上昇できない。

PAPUA NEW GUINEA
Post-Courier
WEDNESDAY, DECEMBER 4, 1974
36 Pages　10 cents

Japanese deliver aircraft

Air Niugini's two new turbo-prop aircraft from Japan landed within minutes of each other at Wewak yesterday.

All clear to

● AIR NIUGINI'S chartered YS-11A with the new Fokker Friendship in the background at Lae yesterday after being ferried from Japan.

Rising Sun looks

パプアニューギニアへ全日空のYS−11をフェリーしたときの現地報道新聞

おまけに発展途上の地域は陸上の道路も鉄道もないから、原住民が移住するときはひとり100キロくらいの荷物を持ち込み、それに加えて家畜の子豚や、ニワトリまで平気で機内に持ち込む。引越し先で子豚を繁殖させ、食糧にしようというのである。
機はときとして、引っ越し屋と家畜運搬の様相を見せる。このへんが先進国と飛行機を使う感覚が違うのである。

菅原も最初は驚いたが、こういう国にいるとそれが当然のことだから、すぐに慣れる。

こんな国ではあるが、菅原は南国が好きだ。南洋へ行くと、生活のテンポがゆっくりとなる。これがまたいい。椰子の葉陰にビーチチェアを出し、足をテーブルの上に投げ出して、南国の青い空と白い雲を眺める。このひと時が好きなのである。

南洋の風にふかれて、〈先月は南米、今月は南洋の島か。これも悪くないな。俺の性に会っている〉などと思いながら、飛行の合間を見ては、椰子の葉陰でのうたた寝を楽しんだ。

1ヵ月の訓練が終わり、ニューギニアからオーストラリア経由で帰った菅原は、沖縄をベースに南西諸島を精力的に飛んだ。

定期便機長に自ら終止符

ある日、山地から「アフリカへYS－11をフェリーしてくれないか」と電話があった。もちろんOKである。菅原は早速会社へ休暇の届け出をした。が、ここに日本航空から子会社の南西航空に出向してきた、杓子定規な男がいた。

菅原が南西航空の社員にならない理由は、〝フェリー優先〟のほかにもうひとつあった。会社が官僚的だったからである。日本航空は政府が出資した国策会社、そこからの出向だから、ある程度はわかるが、その男は特別だった。

「菅原さん、会社の飛行を休んで、フェリーに行ってもらっては困る」

「いや、私はそういう契約で引き受けたんです。だから正社員ではなく嘱託契約なんですよ」

「それはそうかもしれんが、皆との調和とか、他に与える影響とか、いろいろあるから、あなたと話し合いたい」

「いや、私はあなたと話し合うことなんか何もありませんよ。もう、フェリーに行くことに決めて、返事もしてあるのですから」

そして菅原はアフリカへと向けて離陸した。

アフリカから帰って見ると、菅原の机はなくなっていた。菅原は義憤を感じた。弁護士を立てて正当性を証明しようと考えた。それは当然のことである。が、それは止めた。

〈こんな官僚的な会社にいてもしょうがない。俺の方から辞める〉そう思ったからだ。

菅原が南西航空に在籍したのは、８年間だった。

〈アメリカの会社なら、優秀なビジネスマンは平均5年でヘッドハンティングされて、他の会社で同じ仕事につく。まぁ、8年もいたのだから、良い潮時かもしれない〉

と言っても、今回も当てがあったわけではない。そのうち何とかなるだろうスタイルである。

その間に息子はアメリカのマイアミで、パイロットになる道を歩み始めたし、娘はアメリカの大学に留学していた。

〈しばらく、サイパンで日光浴でもして暮らすか……。それに、フェリーの仕事も時々はく

るだろう〉

サイパン行きのコンチネンタル航空に乗ったのは、1978年、昭和53年の春だった。菅原が54歳のときだった。

世の中、正しいことをしていれば、人はそれを見ている。義憤を感じたのは、菅原ひとりではなかった。同僚のパイロットからも〝菅原機長の処遇はおかしい〟との声があがり、そのうちのひとりが、日本操縦士協会の会長に連絡を取ってくれた。そしてその会長の世話で、日本近距離航空に入ることになった。その会社は全日空の子会社で、福岡を拠点に路線をもっている。

サイパンでのんびりするつもりが、急遽今度は福岡行きである。妻幸子の喘息もすっかりよくなったので、サイパンの店を閉め、妻と一緒に福岡へ転居することにした。そして早速福岡でYS－11の機長として飛び始めた。

それから2年、菅原は血圧が少し高くなってきたので、医者から血圧を下げる薬をもらっていた。この医者が出す薬は、どうも身体に合わない。体が少々かったるい。しかし飛行に影響するほどではないから、いつものように飛んでいた。今日のフライトは朝鮮半島との間にある対馬である。

帰路、対馬から福岡に向けて離陸しようとして、菅原はエンジンパワーを上げようとレバ

日本近距離航空時代、花束の贈呈を受ける菅原機長

ーを前に倒した。グッーッと出力が上がってスルスルと機が動き出したその時、副操縦士が、離陸時に使うウオーターメタノールというアルコール燃料のスイッチを入れるのを忘れていたことに気付いた。

「あっ、忘れていた」

そう言うと同時に、スイッチを入れた。

菅原はその瞬間、反射的にエンジンレバーを全閉にした。それがエンジンにとって危険なことを知っていたからだ。

ウオーターメタノールはパワーが必要な離陸と、上空で急上昇の必要に迫られた時に使うものだ。だからウオーターメタノール用のタンクは別になっている。この燃料をエンジンに送ると、最大40％出力が上がる。

通常は離陸前にこのスイッチをONにしておいて離陸する。そのように徐々にエンジン出力を上げていく時は問題ないが、エンジン出力が上がっているときに、急にその燃料を送り込むと、一気に燃える力が上がり、高温になる。するとエンジンのタービンブレードが焼けてドロドロになる。

それは、事前に入れておかなくてはならないスイッチであった。が、とにかく瞬間的にレバーを全閉にしたので大きなトラブルにはならなかったと判断した菅原は、今度はウオーターメタノール無しの離陸操作で飛び立った。飛行には問題はなかった。

福岡に着いてすぐ、整備士に言った。

「エンジンブレードを点検してみてくれ」

外見上は問題ないように見えたが、ブレードにはわずかにダメージがあった。

この問題を、菅原は副操縦士の責任にはせず、その責任は自分にあるとした。

〈こうなったのは、自分の体調が万全ではないからだ。規定上問題がなければ、それで良いというものでもない。このまま飛びつづけていて事故になっても困る。事故をおこさないのが、パイロットとしての私の誇りだ。これで定期便の機長は退こう〉

菅原は、そう心に決めた。紹介してもらった日本操縦士協会の会長にもその旨を伝え、社を去った。

時は1980年、昭和55年の夏、菅原が56歳のときだった。

新たな1歩

家へ帰った菅原は、息子のいる富山の北陸航空へ電話した。息子はアメリカで飛行免許をとり、北陸航空で小型機のパイロットをしている。

「やぁ、元気か。俺は今日で定期便の機長を辞めたよ」

「父さん、じゃ、北陸航空に来ないか。小瀬所長がパイロットをひとり欲しいといっているところなんだよ。ただし、給料は20数万円だよ」

「そうかぁ、じゃ、行くか」

富山は昔から売薬で有名なところである。そんな土地柄のせいかどうかはわからないが、医者が代わってから薬も替わり、血圧の薬でだるかった身体は、見る見る元気を取り戻した。

ある日、小型のセスナ機で上空に上がると、前方に息子が操縦する機が飛んでいた。菅原はわざと息子の機の斜め後ろにピッタリとくっつけた。ゼロ戦でよくやったゼロ機長、ゼロ機幅である。振り返った息子がびっくりした。手を伸ばせば届きそうなところで菅原がにっこり笑っているからだ。

「父さん、あまりびっくりさせないでよ」

「なに言っとるか。こんなことぐらい」

親子のランデブー飛行もたまにはいい。さて宣伝飛行が終わって、菅原は一足先に富山空港へ進入しようとしたとき、富山のタワーから、無線で呼びかけてきた。

「セスナ機へ、後ろから全日空機が近づいています。進路を空けて下さい。どうぞ」

「私が先にアプローチしたので、このまま進入を続行し着陸します」

「後ろは全日空の定期便です。進路を譲って、旋回し、その後に着陸ください。どうぞ」

「定期便に何の優先権もありません。このまま進入します」

「後ろにいるのは定期便のYS－11です。進路空けて……」

そこで菅原は無線機のスイッチを切った。

〈タワーも全日空機も、一体何を勘違いしているのだ。よし……〉

菅原は、わざとゆっくりと進入し、着陸したら直ぐ止まるセスナ機を、わざと滑走路の端までゆっくり走らせた。そしてUターンし、滑走路上を指定の駐機場までゆっくりタクシー（地上滑走）させた。

もちろん全日空機はセスナ機が滑走路を出るまで着陸できないから、上空で旋回して待っている。セスナ機から降りたとき全日空機をチラッとみて、無言のまま電話機のところへいき受話器を取った。

「大阪航空局さん、こちらはセスナ機で富山に着陸したパイロットの菅原です。今着陸しようとしたら、お宅の管轄下にある富山タワーから、全日空機のために進路を空けるように言われました。航空法に定期便も小型機も区別はありません。先に進入したものから着陸するのが順序です。それとも航空法が今日から変わったのですか。変わっていないでしょう。しかも富山のタワーには管制権がないレデオです。それを管制権のあるように指示してくるとは何事ですか。勘違いもはなはだしい。完全な間違いです。一体お宅はどんな教育と指示をしているのですか」

空港にもランク付けがあり、レデオの空港は情報だけ送り、パイロット同士が各自の責任において降りるシステムである。そして道路交通法に観光バスと軽四輪との優先順位がないように、飛行機にも定期便と小型機のどちらを優先するというルールはない。

しばらくして、空港所長が菅原のところに飛んできた。

「いや、菅原さん、申し訳なかった。以後充分注意するので勘弁して欲しい」

普通なら空港ビルの一角を借りて小型機を飛ばしている会社は、後先のことがあるから、そんなこと言いたくても言わないのが日本の現実だろう。だが、菅原は何事も正論はだれであろうが、臆せず言う。

横で聞いていた北陸航空の小瀬所長は最初ビックリしたが、すぐに納得し、「この人はよく勉強している。正確な知識が無くてはそんなことは言えない」と思った。

菅原は小瀬に言った。

「ここのタワーの連中は何もわかっていないんだ。定期便に優先権があると信じ込んでいる。さらに始末の悪いことに、定期便の機長にもそう思い込んでいる連中が多い。そのことでワシが各地の空港でずいぶん悩まされてきたよ」

定期便の機長もしてきて、世界を渡り歩いている菅原のその言葉には重みがあった。

富山の空港は全国でもめずらしい神通川の河川敷に造られた空港である。そして飛騨の山から吹く風の強いところである。ある日セスナで飛んでいた菅原は、強い横風のなかを着陸した。その後にきた全日空機は無線で、地上に呼びかけてきた。

「横風が強いので、富山への着陸を見合わせる。代替空港の石川県の小松空港に向かいます」

富山空港ビルに客はあふれている。その客たちは菅原のセスナが降りてきたのを見ている。地上の全日空職員は泡を食った。「セスナのような小型飛行機がおりてくるのに、なんでわが社の大きいYS－11が降りてくることが出来ないんだ！」

ひとりの全日空職員が菅原のところに駆け寄ってきた。

「菅原さん、どうしてわが社の定期便が降りられないのでしょうか？　小型機でも降りられるのでしょう。それなのにどうして？」

「私は自分の技倆で降りられると思ったから降りたのだよ。その機長は本人の技倆や、状況から降りられないと判断したから、降りなかった。その機長の判断は100％正しいよ」

パイロットの腕は、皆同じように思えるかもしれないが、車の運転にも上手下手があるように、その人によって違う。特に今回のように気象条件が厳しくなれば、その差は大きくでる。何事も自分の技倆をよく知ることが事故を防ぐ原点だ。上手でないことは恥ずかしいことではない。それを隠そうとすることが危険なのである。菅原は全日空の職員にそう付け加えた。

北陸航空には4年いた。息子が川崎重工の航空関係業務につくことになり、それを機に、菅原家族は岐阜県の各務原《かかみがはら》に転居した。しばらくして今度は福井で航空地図撮影の仕事があると言うので、菅原は福井へ引っ越した。

福井空港は定期便が飛んでいない、のどかな空港である。ある日電話が鳴った。東京の小西フリート航空のスタッフからだ。

「菅原さん、実は西アフリカのガンビア共和国に、わが社がYS－11をリースすることになりました。現地の航空会社が定期便を就航させるためです。それで、機長始め、副操縦士、整備士も派遣して欲しいという条件なのです。それで、菅原さんに機長としてアフリカへ行っていただけませんでしょうか」

菅原は数日後、打ち合わせのため東京に出向いた。

「菅原さん、今度の件はあなたにリーダーになっていただき、指揮してほしいのです。それと、給料の方はいかほどにしたらよろしいでしょか？」

「リーダーとしてやることは、承知しました。給料の方は、まあ、そんなに高くなくてもいいですよ……。では機長は8000ドルでいいですから、副操縦士と整備士は7000ドルにしてやってください。それでどうですか」

提示された条件は以下の内容であった。

1．運航に使用するYS－11は、当初は1機で行なう。そのYS－11はカリブにある。それを整備して、アフリカへフェリーして運ぶ。その整備のため日本から整備士を2人派遣する。フェリーはアメリカ人が行なう。2番機は約1ヵ月後に搬入する。

2．機長の1ヵ月の給料は米ドルで8000ドル。副操縦士および整備士7000ドル。

3．運航は機長2名、副操縦士2名、整備士3名の合計7名の陣容。

4．第一陣として、菅原機長、坂上副操縦士、北村整備士の3人は9月中旬、日本から現地に向かう。定期便のチケットは当方で手配予定。

あとの海老名機長と、大井副操縦士は後日現地入りの予定。

小西フリートは、小西フリート航空とガンビア航空との契約書を菅原に見せた。が、契約書のなかから、パイロットの給料のページだけは抜かれていた。

リーダー格になる菅原は、他からもある情報を集めていた。それで小西フリート航空に、条件を一つ出した

「条件は了承しました。ただ、我々も出発に際し、何かとお金が入用なので、1ヵ月分前払いをして頂きたく、お願い致します」

数日後、菅原のところに大井から電話が入った。大井は以前、菅原と同じ航空会社に勤めていたパイロットであった。

菅原は、アフリカの現状を説明し、特別勧めることもしなかったし、大変だから止めたほうが良いとも言わなかった。結局、大井は行くことに自ら意思決定した。

菅原はこのとき66歳、坂上は68歳、北村は69歳。後から来る海老名は69歳、大井は63歳である。

提示した一つの条件であった1ヵ月分の給料が、菅原の口座に振り込まれてきた。坂上と北村にも振り込まれてきた。菅原はすぐに坂上と北村整備士に連絡を取った。そして、振り込まれた分を必ず米ドルの現金に換え、全額を携行するように伝えた。

菅原は、依頼してきた小西フリート航空の経営状態からみて、2ヵ月目以降給料が支払われる訳が無いと思ったからだ。そうなると、手持ちの現金で自腹を切り、チケットを買って日本へ帰らなくてはならない。そのとき現金がないと帰れなくなるからだ。そしてそれはたぶん2ヵ月目にそうなるだろう。そう思ったから、全員それを承知の上で行くように因果を含めた。

ただでさえ大変なアフリカでの定期便運航なのに、そんな問題までも抱えての旅立ちである。が、天国以外ならどこへでも、たとえ地獄の1丁目まででも飛ぶ自信のある菅原と、菅原とは息がピッタリ合う坂上副操縦士、工具を持った魔術師こと北村整備士。それが腕一本にかけて生きてきた彼らの誇りだ。そんな彼らはどこへでも行く。

加えて、大井と北村は以前ザイール国にいた経験がある。モブツ大統領の身内がスーパーマーケットを経営しており、そのスーパーへ品物を納めるのに、YS-11を使っていたからである。

飛行機の整備は、その機体に精通していなくてはならない。車ならトヨタだろうが、日産だろうが、ある程度同じようなものなので、他社の車でも何とかなる。だが、飛行機の場合はそうはいかない。北村整備士はYS-11に精通した整備士である。

こうした海千山千の3人組みは1990年、平成2年9月末、1ヵ月分の現金を懐に忍ばせ、意気揚揚とロンドン行きの英国航空のジャンボ機に乗り込んだ。

第8章 いぶし銀パワー アフリカ機長生活

たった1機の航空会社

ロンドンで乗り継ぎ、英国航空でガンビアのユンダム空港に入った。ガンビアに着いたことは着いたが、肝心のYS－11がまだカリブから届いていない。空港に迎えに来てくれたガンビア航空スタッフが、市内のホテルと海岸線にあるリゾートホテルのどちらが良いかと訊くので、ためらわずにリゾートホテルに決めた。飛行機がくるまで何もすることがないから、プールで泳いだり、海岸線を散歩しようと思ったからである。

現地の9月は、3ヵ月にわたる雨季が終わり、これから9ヵ月にわたる乾季が始まったときだった。毎日のようにサハラ砂漠から吹く黄砂のために、太陽さえもよく見えない。が、それゆえ太陽の熱を遮断し、熱帯にもかかわらず暑さが緩和されている。砂はいただけないが、暑さの緩和には役立つ。

このガンビアという国は、周り三方をセネガル国に囲まれ、真中にガンビア川が流れ、大西洋に注ぐアフリカ西海岸の小国である。山というものがなく、ブッシュに覆われた平坦な地形で、岩もなければ石もない。行けども行けども砂ばかりの国である。

もっともこれはガンビアだけでなく、セネガル国も、ギニアビサウも、さらに南のギニアコナクリもそうである。西アフリカの大西洋に面した国々は押しなべて、サハラ砂漠から運ばれた砂によって、遠浅の海が埋め立てられて生成されたものであることが、素人の菅原にもわかった。

ガンビアは1965年にイギリスから独立した国だ。独立してまだ25年の新しい国だ。この国の公用語は英語だ。それは彼らにとって幸いした。近隣の他国はほとんどがフランスの植民地だったから、公用語はフランス語だ。フランス語は、数字以外は分からない菅原にとって、英語がガンビアの公用語というのはありがたい。ガンビアでは、最近奥地から出てきた者を除いて、皆英語を使っていた。この地域の国々はフランス語こそ公用語であり、かつ国際語で、英語が国際語という感覚はない。

時差ボケもとれ、プールでご機嫌よく泳いでいたら、会社から連絡が入った。今日10月7日の夕刻にYS－11が到着するという。ようやく来たかと、見にいった。アメリカ人親子のパイロットが、カリブ海のオランダ領アルーバ、そしてブラジルのレシフェを経て大西洋を横断し、ガンビアに到着したのだ。機体はそのオランダ領のアルーバで使っていたものだった。

パイロットの親の方は元定期便の機長で、この男もたいしたものだった。ブラジルのレシフェ空港を飛び上がるとき、「直接ガンビアに向けての飛行はならん、アルーバへ戻れ」と無線で管制が指示してきた。「OK、了解」、と返事はいいものの、そんなところへ帰ろうという気は全く無い。そんなことをしていたら、フェリーは務まらない。そのパイロットは、カリブ海のアルーバへ戻るような振りをして大西洋を北上し、ガイアナ国境の近くまで来たら、地上とのコンタクトを絶って、右に転針。一路ガンビアまで、飛んできたのである。

1990年代、上空からのガンビア川

届いた機の機体番号は〝P4YSD〟。これを、パパ、フォー、ヤンキー、シアラ、デルタ、と呼ぶ。その機の固有識別番号である。このYS機は、どうも少しくたびれた飛行機のように見える。が、それはいまさらいってもしょうがない。

ガンビア航空は、明日すぐにフェリータンクを撤去するという。予定どおり翌日の夕方にフェリー装備の撤去は完了した。飛行準備の整ったYSを見ている菅原のところに、ガンビア航空社長のジャローが近寄ってきた。

「キャプテン、明日から飛んでくれるか?」

「OK、では明日から飛びましょう」

菅原は明日からの慣熟飛行、そして飛行コースの下見のため、航空地図を広げて下準備を念入りにした。彼のこれまでの累計飛行時間は2万4000時間余、そのうちYS-11の飛行時間は1万3000時間強で、ベテラン中のベテランに入るパイロットだ。しかし、ガンビアに来る前の5年くらいは、セスナなどの小型機での飛行が多く、YS-11からは離れていた。久しぶりのYS-11での飛行だ。菅原は長い付き合いの女性に、久しぶりに会うような気分だった。こうしてたった1機での航空会社がスタートした。

ガンビアには〝ひとつの空港、ひとつの航空会社、その航空会社にたった1機の飛行機〟、これがすべてである。ということは、飛び立てば全てのフライトが国際線となる。

定期便の場合、最初はノーパックスといってお客さんを乗せず、慣熟と航路下見のフライトとして飛ぶのが普通だ。それは菅原がYS-11の操縦感覚を戻すことも意味していた。

今日は、セネガル国のダカールまでの飛行予定だ。菅原は予定時間に空港につき、操縦席で飛行準備をしていたら、社長のジャローが先頭にたち、うしろにゾロゾロと人が付いて歩いてくる。〈ん？　何だろう〉と思ってみていて気が付いた。

〈しまった！　あれはお客ではないか！　社長が早くもお客を案内しているのだ！〉

慌てて機を降りた菅原は、社長のジャローに駆け寄り小声で話した。

「社長、ダメですよ。最初は、航路の下見と、慣熟飛行をしなくては」

たった１機しかないアフリカ・ガンビア航空。左が菅原機長

「だって、キャプテンが明日から飛ぶといったじゃないですか」

同じ飛ぶでも意味が違うのである。だが、先進国の航空界では常識のことでも、ここでは全く通用しない。

言ってみてもすべてが〝後の祭り〟。結局、第1日目の第1便からお客を乗せて飛ぶ羽目になってしまった。こうして10月9日、セネガル国ダカール行きのフライトから、YS－11での定期運航は始まった。

定刻にガンビアを飛び立ち、夕闇せまるセネガルの首都ダカールの空港へ着陸させた。駐機のエプロンに機を停め、乗客を降ろした。降ろし終わったと同時に空港の係員が現われた。

「キャプテン、何のためにダカールに来たか？」

「何のために？　定期便としてお客をはこんできたのですよ」

「そんな事は知らない。不法侵入だから飛行機は差し押さえる」

これには驚いた。

〈一体どうなっているんだ？……そうか、会社は相手国と定期便運航の国際協定の締結をしないまま飛ばしたのだな！〉

自家用機なら問題ないが、営業用の定期便や貨物機は、相手国との飛行国際協定を締結してから運航を開始しなくてはならないのである。それをやってないとはえらい事だ。

副操縦士の坂上が少し心配そうな顔をしている。まあ、命まで取ろうといっているのではないからと、菅原は開き直った。

「どうぞご随意に」

菅原は成り行きにまかせた。

「坂上、今日はダカール泊まりだな。君、お金もっているか？　ホテル代が必要になるぞ」

「米ドルなら、少し持っていますが」

「我々の分だけではなく、スチュワーデスの2人も泊めなくてはならんから、有り金を全部だしてくれ。ワシも５００ドルくらいはもっている。２人分合わせれば、何とかなるだろう」

このときのスチュワーデスは、アメリカ人女性の２人だった。現地の黒人スチワーデスを訓練するのが目的だが、当分の間、彼女たち自身も飛んで、運航に従事する契約であった。

菅原は航務課へ行って、事情を話し、どこか適当なホテルを紹介して貰う交渉をした。ようやく適当なホテルが見つかり、空港を離れようとしていると、ひとりの空港職員が走ってきた。

「キャプテン、ガンビアに帰って良いということです」

「一体どうなっているんだい？」

こんなところで、理由なんかたずねても意味がない。とにかく帰っていいというのなら、気の変わらないうちに飛び立った方が賢明だ。再び全乗組員が飛行機に乗り込み、午後８時10分にダカールを離陸した。ガンビアに到着したのは９時少し前だった。部屋へ帰った菅原は、ビールをラッパ飲みし、すぐにベッドで深い眠りに落ちた。

翌日、菅原は運航課に行った。事前に、相手国と運航条約か協定を結び、問題がないようにしておいてくれと、念を押した。

「キャプテン、わかりました」

返事がいいから、ちゃんとやっているのだろう、そう思って飛んでいくと、また同じようなトラブルに見舞われる。返事はいいが、全く当てにならないのだ。これでは飛行に支障が

である。

だんだんと、社長以下ほとんどのスタッフが飛行機の運航に無知だということがわかってきた。もともとこの会社は飛行機を飛ばしていた会社ではなく、グランドサービスをしていた会社だった。グランドサービスとは、飛来してきた飛行機の室内清掃、食糧の積み込み、荷物の積み下ろしなどである。これまで飛行機を運航していなかったから、運航のことがよくわかっていない。だからなおさらである。

飛行計画書は通常、航空会社のオペレーターが出すのだが、彼らにそれを言うとパイロット自らやるべきだと言い出す。そして彼らは譲らない。いくら言っても埒《らち》があかない。では英国航空に問い合わせてみろとか、いろいろ言っても結局理解しなかった。飛行計画書は、結局菅原たちが出した。

要するに彼らは仕事に対しての責任感が希薄なのである。おまけにこのガンビア航空は、英国航空の子会社でもあり、ガンビア政府が50%出資の会社でもある。日本でいえば日本航空のような性格の会社である。そして、社員のほとんどが大統領始め、各大臣や有力者の一族か、強力なコネで入社している者達だ。

だから、たとえ上司といえども、もし一言でも部下を注意しようものなら、たちまち有力者から、逆にコテンパンに叱られるお国柄だ。

そんなお国柄だから、彼らのペースに歩み寄る他ないのである。

１週間くらい経ったとき、日本から海老名機長と、大井副操縦士がきた。そしてアメリカからも２人の整備士も来た。そうするとコックピットクルー、つまり運航乗務員は２組となる。

それにあわせて、今度は南にあるシエラレオネ国の首都フリータウンへの定期便開始、次にギニア国コナクリ、さらにギニアビサウ国のビサウへと定期便航路は広がっていった。そのいずれも第１便は菅原が飛ぶ。ビサウに第１便を飛ばしたとき、再び空港警察が近寄ってきた。

「何のために来たか？」

「定期便を飛ばしてきたのですよ」

「そんなことは知らない」

またしても、事前の運航条約を結んでいないのである。説明するのに苦労はするが、今度は差し押さえるとは言わず、わりと早めに帰って良いということになった。

日本人の感覚からすれば、いい加減で出鱈目にみえるが、それがまかり通るのがアフリカで、何とかなるのである。どうも事前にキチンとやるという面倒な方法よりも、既成の事実をつくり、それをもとに運航を開始するという手法らしい。

飛行機の操縦よりも、そちらの方が大変というのが実態だ。そんな出来事の毎日だが、ガンビアの空港を離陸する時、滑走路脇に猿が数十匹集まってきて整列し見送ってくれるのがユーモラスで、菅原の気持ちが和んだ。

ガンビアの北隣がセネガルで、そのまた北がモーリタニアで、その首都がノアクショットである。ガンビアとノアクショットはYS－11で約2時間の飛行である。ガンビアで飛び始めて半月くらいたったある日、菅原はノアクショットに向けて乗客を乗せ離陸した。すでにこの空港には何回か飛んでいた。が、この日は砂嵐の日だった。

サハラの砂嵐、それは想像以上に広範囲で、かつ凄まじい。周りも、地上も全く見えない。地図上では、陸地の上を飛んでいるはずだが、地図上にある集落も見えなければ、ノアクショトの街も全くどの辺かわからない。このカリブから持ってきたYS－11にはオートパイロットという自動操縦装置、略称オーパイは装備されていなかった。

菅原は計器誘導着陸装置というILSのスイッチを入れ、高度200フィート、つまり地上60メートルまでは、その装置の力を借りて降下していった。

しかしその先が問題である。オーパイがあれば、高度200フィートでそのまま水平飛行でき針路も保てるから、神経を滑走路探しに集中できる。だが、オーパイがない場合は、水平飛行も自分の手動で行ない、かつ滑走路探しにも神経を使わなくてはならない。200フィートまで降下して、滑走路が見えなかったら、着陸せずそのまま上昇しなくてはならない。菅原もコ・パイの坂上も目を皿のようにして、滑走路を探した。

ILSという計器進入は信頼性の高い方法なので、菅原は滑走路上にいることは確信でき

1990年代、上空からのアフリカ西海岸

た。後は滑走路が見えてくるかどうかだけである。

うしろの乗客は、そんなこととは露しらず、居眠りをしているものもいる。滑走路がなかなか見えて来ない。そのくらいひどい砂嵐だ。おまけに地上の建物は、砂を使って造っているから、砂漠の砂の色と同じで、保護色になり、全くわからない。コントロールタワーも見えない。そのくらい視程がわるい。まるで神隠しにあったみたいだ。

ようやく滑走路が見えた。菅原は機体を滑走路に何のショックもなく接地させた。

帰路は客はいなかった。大西洋に沈む太陽がオレンジ色だったのが印象的だった。

必要は発明の母

菅原たちは、ひとつの家を借りて住んでいた。各人それぞれの個室を使うが、リビングルームなどは共用である。庭でガーデンパーティも出来るし、週に数回黒人の掃除婦が掃除もしてくれる。黒人の少年が雑用もしてくれる。

そういう面ではいいのだが、困ったのは水道の水が、朝1時間と、夕方1時間しか出ないことだ。キッチンでの料理にも、風呂に入るのにも支障がでる。そこで菅原は何とかする方法はないものかと考えた。

〝必要は発明の母〟というが、いい考えが浮かんだ。YS－11の補助燃料タンクであるジュラルミンのフェリータンクを運んできて、貯水タンクにしようと思い立った。

カリブからフィリーしてきたYS－11のフェリータンクは、ゴム製のものではなく、機内で組み立てる方式のジュラルミンのものだった。そのタンクは日本家庭の風呂浴槽の少なくとも4倍の容量はある大きなものだ。

早速菅原は、そのタンクをなんとか家の2階に運び上げた。運び上げるのは大変だが、容量としては申し分ない。そのタンクからゴムホースで台所やバスルームに水が流れるように加工した。そして朝晩の水が出るときに、このタンクに注水し、水がいつでも使えるように工夫した。

ところが、そういう工夫をするのは菅原だけであった。あとの人は誰ひとりとして、そういうことをしようとはしなかった。

菅原は、子供の頃田舎に住んでいたことと、物も十分にあった時代ではなかったから、いろいろ工夫することをしてきた。だから現状に不具合があると、どうしたら良くなるかを工夫する知恵が自然のうちについていた。

日本では考えにくいかもしれないが、ガンビアの首都バンジュールですら、電気がないところがたくさんある。電気があるところでも、停電はめずらしいことではない。ディーゼル発電をしているのだが、メンテナンスなどほとんどしないから、ときどき壊れる。日本の沖電気技術者が来て直すのだが、やはり時間がかかる。

しかし停電になっても、電気がないところがあるくらいだから、現地の人は痛痒を感じないらしい。あるとき２週間停電になった。さてそうなると困るのは、電気冷蔵庫が使えなくなることだ。中のものが腐る。そこでまた菅原は工夫した。

菅原たちの使っている冷蔵庫は大きかった。それとは別に子牛なら１頭入る大きさの、蓋つき長方形の電気冷凍庫があった。

そこで菅原は、水をはったバケツを４つ、その冷凍庫に入れた。そうすると大きな氷ができる。停電になったら、その氷で冷蔵庫の物を冷やす。電気が来たら、また氷を作る。アフリカ流工夫の産物、菅原式停電時バックアップ方式である。

物質社会に住んでいると、何でも買ってきて使うだけで、工夫することを忘れてしまいがちだ。それではこういう工夫はでてこない。

菅原はこういうところにも才能を発揮した。生活経験から来る知恵である。

飛行機の方に話をもどすと菅原には、会社の無知から、悩める問題が他にもあった。

アフリカで飛ぶには、アフリカの航路や各空港の情報が掲載されているジェプソンのマニユアルが必要だ。ジェプソンはドイツで発行され、アフリカ、アジア、アメリカなど、地球をいくつかに分けたエリア別で刊行されているものだ。変更があるとその都度、差し替え改定ページが届き、パイロットにとって必携のものである。

ところが、ガンビア航空にはそれがない。値段が高いからか、そういうものへの認識が低いのか知らないが、とにかく無い。無いと困るから、菅原はそれこそ口が酸っぱくなるくらい社長のジャローに言った。

だが、いざ新しい航路への就航となってみると、菅原からのジェプソン入手依頼は全く気にかけておらず、代わりに「キャプテン、この航路にはいつから飛んでくれるか」と平気の平左で言ってくる。これには、さすがの菅原も、「参った」と言うしかない。

このように航空会社とは名ばかりで、飛行機の運航に関しては無知なことが多い。どうも、飛行機はエンジンをかけて、客を乗せ、ただ飛び立てばいいのだろうくらいにしか、思っていないらしい。

そもそも、この国にたったひとつしかないこの空港は、アメリカのNASAがスペースシャトル不時着用に金を出して建設したものである。よって滑走路も4000メートル級と、とても長い。羽田が3000メートル、関西国際空港が3500メートル、そして成田が4000メートルだから、比較するとその長さが分かる。

だから、現地航空会社にしてみれば、天から降ってきた〝ありがたい空港〟であろう。その空港を使っての運航だから、傍からみれば良いようにみえるが、運航面でのサポートの認識不足に、菅原は頭を悩まされる。

分からない人に、分からせるのは大変な苦労が伴う。かといって必要だから放っておくわけにも行かない。菅原はことあるたびに、ジェプソンの必要性を説き、飛行計画書を相手国に出すことが安全運航と定刻就航の役に立つことを言った。


それとはべつに菅原には、諦めざるを得ないこともあった。それはウオーターメタノールの入手である。ウオーターメタノールは、離陸のときや、急に上昇したいときパワーアップのため使う燃料だ。これによりパワーが最大40%アップする。パワーが欲しい離陸時にこれを使いたいのだが、その燃料がない。

結局、ウオーターメタノール無しで離陸するしかない。幸い滑走路が長いので、十分に加速をつけてから離陸することができる。その方法で対応するしかなかった。

菅原たちは、とにかく予定された定期便を、１便の欠航もなく飛ばすのを合言葉にして飛んだ。

ところが、今度は乗ってきた乗客が定刻に離陸しようとすると、菅原たちの足を引っ張る。この辺の国は、人為的に線引きされた国境によって一応隔てられているが、もともと同じ民族が線引きで二分されているようなものだから、国境という意識が希薄なのだ。まるで、隣の集落へでも行くような感覚である。

だから彼らはいとも簡単に国際線の飛行機に乗り、外国に出掛けることになる。隣で仕事にありつけそうなら、財布の中身はたとえ空でも、平気で乗り込んでくる。隣といってもそこは他国だから、当然入国審査や税関をとおる。すると文無しの出稼ぎとなり、入国拒否され、そこでUターン。

ガンビアから客を運び、帰路のフライトにつこうとすると、先方の国の役人が、「キャプテン、ちょっと待ってくれ。このUターン客も乗せて帰ってくれ」といってくる。だから帰路、菅原とコ・パイとで交わす会話に、必ず次の言葉があった。

「今日のUターン客は何人？」

とにかくこうして、たった1機のYS－11を、2組の運航クルー体制で1便の欠航もなく、飛ばしつづけた。それが〝いぶし銀パイロット達〟の誇りでもあった。そうこうしているうちに、1ヵ月がたった。やはり問題は1ヵ月後に菅原の予想どおりやってきた。

菅原はジャローの部屋へ入って言った。

「社長、案の定、我々の契約先の小西フリート航空から、給料が払われて来ません。従って我々はこれで日本に引き上げます」

これを聞いた社長のジャローは、びっくり仰天した。

「いや、我々は小西フリート航空に契約どおり払っているよ」

「しかし、支払われないのは事実だし、いつ支払うとの連絡もなにもない。別に辞めたいわけではないが、しょうがないでしょう。フライトは今日までとしてください」

「菅原キャプテン、待ってくれ。運航を開始してまだ1ヵ月足らずなのに、今辞められたら困る。何とか対策を考えるから、とにかく飛行機を運航して欲しい」

社長のジャロー は、すぐにアメリカの小西フリート航空マイアミ支店のジョンソンに連絡を入れた。ジョンソンに、すぐにガンビアに来るように要請したのだ。ジョンソンは翌日の夕方にはガンビアに着き、すぐにジャローと相談し、その結果を菅原に提示した。とにかく早くしないと、菅原たちに帰られてしまうから、向こうも必死だ。

「菅原キャプテン、では皆さんの給料はガンビア航空が、皆さんと直接契約し、給料も直接払うということでいかがでしょう。契約内容は同じで機長が1万4000ドル、副操縦士が8000ドル、整備士も8000ドルです」

ふたを開けてみたら、機長の給料分も小西フリート航空が利ざやをとっていたのである。だから、見せてもらった契約書の中から、給料に関するページだけが抜かれていたのだ。

菅原にしてみれば、8000ドルの給料が1万4000ドルになるのだから、悪い話ではない。

「わかりました。ではそういうことにしましょう。それともうひとつ、例のジェプソンのマニュアルですが、あれが無いととても困る。パイロットの必需品なのでアフリカ版を至急入手していただきたい。それはできますか」

ジェプソンのマニュアルは、ジョンソンがアメリカに戻り次第、手配するということになり、交渉はまとまるかにみえた。

ところが、今度はそれを聞いていた副操縦士の大井が文句を言い出した。

「菅原さん、ジャローさん、僕はYS－11の機長の資格をもっている。それなのにどうして、僕だけ副操縦士の扱いで、給料が8000ドルなんですか」

大井は航空機の用語は英語で話せるが、英会話は出来ない。結局菅原が、通訳した。それを聞いて、社長のジャローが大井に言った。

「でも、我々は機長2人、副操縦士2人、整備士を3人ということで契約しました。ですから、機長として契約したのは菅原さんと、海老名さんの2人です。あなたが、機長資格があるとか、ないというのは関係ない問題です」

「しかし、私は日本国内でも機長として飛んでいましたし……」

「わが社は機長2名と副操縦士2名が欲しいのです。それ以上は、必要ありませんし、副操縦士に機長分の給料を払うことも出来ません」

確かにジャローの言うとおりだが、このままではしょうがない。そこで菅原は一計を案じた。

「では、こういうことにしましょう。私と海老名君の機長としての給料をそれぞれ1万4000ドル出し、そこに大井君の8000ドルを足して、それを3人で均等にわけましょう。だから一人1万2000ドル。そして海老名君と大井君は、機長と副操縦士を交代でやるということにしましょう。坂上君はもともと副操縦士ですから、8000ドルで問題ありません。彼は私の副操縦士として飛ばせます」

これで、給料問題は解決した。

明日からはガンビア航空直属のパイロットとして、会社に貢献しなくてはならない。給料問題が解決した菅原の頭に、今度は古い機体の今のYSがいつまで飛べるかという問題がのしかかってきた。まぁ、次から次へと問題はでるものだ。菅原はビールをラッパ飲みして、寝た。

工具を持った魔術師

機体番号〝P4YSD〟のYS－11は、老体ながら健気に飛ぶ。YS－11は通常なら巡航速度240ノット、時速450キロのスピードで飛べるのが、この機はどんなに頑張っても200ノットに届かない。

そんな飛行機ではあるが、とにかくこの1機しかないのだから、そこを、〝工具を持った魔術師〟こと北村整備士の腕で、何とかグズらずに飛べるようにするのである。

もともとこの飛行機は、日本でオーバーホール直前まで使い込まれた飛行機で、本来ならもう飛ばされない機体だ。それをアメリカに運んで部品取りをするという理由のもとに、航空局よりフェリーの許可をもらい、アメリカに運んだ機体だ。

北村はナムコというYS－11の製造会社にいた整備士だから、この機体がどんな経歴か調べた。すると更なる前科がでてきた。この機は、日本国内航空時代に函館空港で離陸に失敗し、滑走路をオーバーランし、大破したのである。オーバーランとは、滑走路上で止まれず、さらに先まで滑走し、その先の滑走路でないところへ突っ込むことである。その大破した機体を再生した、いわく付きの機体なのだ。

いかに規定に従い修理してあるとはいっても、こんな大修理した機に老朽化が加われば、「健気によく飛んでくれるじゃないか、よしよし」と撫でてやりたくなるくらいだ。ガンビア航空にはこの1機しかないのだから、この機が無くなったら、ガンビア航空に残るのは〝航空会社の看板だけ〟となる。だから、菅原はいたわるように優しく飛ばし、機体に極力無理をかけないように細心の注意を払った。

給料問題も一応ケリがつき、いつものようにガンビアからモーリタニアのノアクショットに向けて飛行しているときだった。副操縦士席側の風防ガラスのあたりで、〝ビキ、ビキ〟という不気味な音が出始めた。

「キャプテン、なんだか変ですよ?」

「う〜ん、今日は砂漠の神のご機嫌でも悪いのかな?」

「どこからかなぁ、機体がきしむ音とも違うようだし……」

「ん? なんか音が大きくなってきたようだぞ」

〝ビキ、ビキ、ビーン〟、と音がしたかと思うと、副操縦士側の風防ガラスに、横一線の亀裂が走った。

機内はキャビンプレッシャーという与圧をかけて８０００フィート、つまり標高２４００メートルの空気圧にしてある。だが、高度１万５０００フィート、標高４５００メートルを飛ぶ飛行機の外の空気はうすい。その差があると、機内の空気は割れた窓から一気に外へ吸い出される。

〈ん！　これはヤバイ〉

そう思った菅原は、とっさに機内のキャビンプレッシャー——を可能な限り下げた。機内の空気は少し薄くなったが、なんとかこのまま目的地のノアクショットまで飛行できそうだ。20分後、機はノアクショット空港へ、何事も無かったかのように着陸した。

問題は帰路である。

「キャプテン、帰路はどうしましょうかね」

副操縦士の坂上がたずねてきた。

日本では、こうなった機体に、お客を乗せて飛ぶことはありえない。が、ここはアフリカ。日本の感覚は、ここでは通用しない。こんな他国の空港でYS‐11の整備ができるわけが無い。とにかく、ガンビアに帰らないとどうしようもないのである。

しばらく考えて、菅原は結論を出した。

「お客を乗せて良いとターミナルビルに連絡しろ。な～に、何としてでもガンビアまで帰らなきゃならんのだから、どうせ飛ぶなら客を乗せていった方がいい。カラで飛んでも、客を乗せても同じようなものだ。幸い航路上は山が全く無い平地だから、高度をいつもより下げて、1万フィート、つまり3000メートルで飛ぶ。そしてキャビンプレッシャーをかけずに飛ぼう」

「わかりました」

菅原は、客室乗務員のスチュワーデスに連絡をとるため、機内電話を取り上げた。

「お客様に、こう説明して欲しい。『今日は、お客様サービスデーです、地上がよく見えるように少し低めに飛びます。低い高度は燃料が多少よけいに喰いますが、就航1ヵ月の記念サービスです。どうぞ存分に地上の景色をお楽しみください』」

ものは言いようである。しかも、文句が出る前の先手必勝策である。

乗客はそんなこと知らないから、〝地上がよく見える、よく見える〟と言って、喜んでいるものが多かった。機は無事に、ガンビアに帰りついた。

〈たった一機の飛行機がダウンしたのだから、もうお終いかな？　いかに工具を持った魔術師こと北村といえども、部品も無いし、どうしようもないだろう〉

そう思いながら、菅原は北村にちかづいていった。

「北村さん、どうですかね。何とかなりますかね」

「……」北村は言葉を発せず、ただ、そのヒビの入った風防ガラスを斜めから覗き込んでいる。しばらくして北村は振り向いた。

「菅原さん、日本のように、正規の修理は無理だが、飛べればいいのでしょう？」

「まぁ、そういうことだが。部品もないのに何か秘策でもあるの？」

「こんなところへ来て、正規の部品が無ければ、修理できませんと言うのは、まだ青二才。そこをなんとかするから、会社は高い給料を払うのでしょう。私だって、伊達に〝工具を持った魔術師〟と言われているわけじゃありませんよ」

ガンビア航空にて。スチュワーデス、整備士と共に。
左から２人目が菅原機長

北村には、修理の目処が立つらしい。〝オレの出番ここに有り！〟と、目が輝いている。

北村は、倉庫というよりは物置と言った方がピッタリの部屋に入っていった。なにしろ物が充分にあるわけではないので、使えそうなものは、何でも捨てないで取り置きしてある。

「とにかく、役に立たないものは何も無い。物は必ず何かの役にたつ」と言う。さすがは魔術師、頼もしいことを言ってくれる。

北村は、ジュラルミン製の空《から》になった補助タンクに手を伸ばした。そのタンクはアメリカからフェリーのとき、客室に積んできたフェリー用燃料タンクである。北村はそれを器用に切り始めた。それをヒビの入った風防ガラスに当て、ボルトとナットで固定。ナットも振動で緩まないようにダブルでかました。

「キャプテン、これでOK。できました。これで飛べますよ。どうですか」

これで外から見ても、つぎはぎだらけの、正真正銘のオンボロ飛行機の様を呈してきた。さすがの菅原も、ちょっとびっくりした。

〈とにかく飛べる。普通ならダメだが、まぁいいか〉

「OKだ」

菅原は会社への報告書にサインし、次の1行を記した。

「継続飛行に異常なし」

背面飛行か！お客を乗せたYS－11

前が全く見えなくなって、砂漠で神隠しに合う気象のところだから、菅原の気象予測を超えることがある。

モーリタニアのノアクショットからガンビアに帰る途中、前線が前に横たわっていた。菅原は左右の前線の端を探すが、そのときはその端が見つからないくらい横にべったり張り出している。

ジェット機のように3万3000フィート、1万メートルまで上昇できれば、前線の上をこえられるのが、YS－11は２万フィートまでしか上がれないから、前線の上を飛び越えることはできない。

しばらく様子をみていた菅原は、前線を突っ切ることにした。今日の乗客は少ない。その乗客にベルトをしっかり締めるように指示を出し、積乱雲の中を通り抜けようとした。が、乱流は菅原の予想を越える激しいものだった。機は上下に激しく揺れ、ついには機体が90度以上傾き、背面の状態になった。

通常の旅客機パイロットだったら、パニックに陥っているかもしれない。しかし菅原はあわてなかった。

ここで、戦闘機でアクロバットや背面飛行、キリモミからの脱出をさんざんやってきている技倆がものをいう。地球に激突さえしなければ良いというのはその通りで、激突する前に戻せばよいのである。

言うのは簡単だが、実際はむずかしい。菅原は、背面に近い形になったYSを乱流に逆らわず、ゆっくりとエルロンを操作した。飛行機がひっくり返ると、あわてて戻そうとする気持ちが働き、急激なエルロン操作を行なう。するとエルロンに制限荷重以上の過重がかかり、エルロンが壊れてしまう。それがわかっていてもやりたくなるのが心情。

しかし経験と技倆がある菅原は、ゆっくり操作して、機体を正常の姿勢に戻した。旅客機での背面飛行はちょっと例が無いかもしれない。機はしばらくして前線を抜けた。乗客もさぞビックリしただろう。旅客機での背面飛行は、菅原にとっても初めての経験だった。

YS－11を自分の分身のように思う菅原は、用心のためにキャビンプレッシャーは正規より、若干下げて飛ぶようにした。

たった1機のYS－11〝P4YSD〟号も、寄る年波には勝てないが、それでも後継機が来るまで飛ばなくてはならないということを知っているかのように、健気に飛ぼうとする。機械なのに、まるで意思をもっているかのようである。

健気で痛々しい〝P4YSD〟号に、社長のジャローが、近づいてきた。

「キャプテン、もうそろそろ2番機が日本から搬入されるはずです。だから、わが社のたった1機のこの機で、もう少し飛んで下さい。お願いします」

ガンビア航空が小西フリート航空に2番機を発注しており、その機体は日本の東亜航空が使っていた飛行機だと言う。ところがその頼みの綱の2番機は、待てど暮らせど一向に来る気配がない。社長のジャローは、鶴のように首をながくして待っている。

菅原はピンときた。

〈我々の給料さえ払えない小西フリートが、2番機を買って、リースできるわけが無い！〉

菅原は、北村整備士や他のメンバーから、小西フリート航空の経営や、2番機の機体状態を訊いた。特に経営状態については、北村がかなり知っていた。整備料金の支払いが滞ったりするから、ナムコで整備をしていた北村には、ある程度想像がついた。

「菅原キャプテン、私の見たところ小西フリート航空には、2番機を用意できるほどの経済力はありません」

実態はそのとおりだった。

信じきって、騙されているとは知らない社長のジャローは、2番機の到着を心待ちにしている。オモチャを買って帰ると言ったお父さんを、玄関で今か今かと待っている子供のような心境なのだろう。

本当はそっとしておいてやりたいが、仕事だからそうも出来ない。無情のようだが、菅原はジャローに進言した。

「ジャローさん、ガッカリされるかもしれませんが、よく聞いてください。私と、北村整備士、そしてアメリカで整備を担当していた整備士3人は、小西フリート航空の2番機は諸般の事情により、いつまで待っても搬入されることは無いとみています」

社長は、一瞬驚き、そしてガックリと肩を落とした。

沈黙がしばらく続いた。菅原の心も痛んだ。彼らは、計算とか数字にはルーズなところがあるが、こういうことはすぐ相手の言うことを信じ込み、騙されやすいのである。

菅原は、飛行機を飛ばすために来たのであるから、経営には全く関係がない。だが、2番機が来ないと、社長以下、ガンビア航空の連中があまりにも気の毒である。とうとう菅原は2番機搬入にむけて動く決心をした。

「ジャローさん、YS－11は何も世界に2機しかないわけじゃありません。全部で182機造られたので、まだ、現役でたくさん飛んでいます。今回の小西フリートからのリース予定機は、東亜航空が使っていた機体で、自動操縦装置のオートパイロットや、レーダーがついていません。

日本の全日空という会社もYS－11をたくさん使っています。全日空の機体には、そのオートパイロットやレーダーもついています。そのほうが安全性と使い勝手が非常に良いのです。さらに値段についても交渉の余地はあります。値段さえ合えば、オンボロ機をリースで借りるより、購入した方がベターでしょう。どうですか、全日空にはコネがありますから、ひとつ聞いてみましょうか」

ジャローはそれでも、昔の恋人が、〝待っててネ〟と言った言葉を捨てきれないかのように、一縷の望みを小西フリートにつないでいる。

気持ちはわかるが、ダメなものはダメなのだから、菅原は機会ある度に社長のジャローを説得した。数日後に、ジャローの気持ちがようやく傾いた。

菅原は、電話機をとった。フェリーの仕事で、親しくなった全日空の有力社員である井上へダイアルした。

「井上さん、菅原です。お久しぶりです。今アフリカのガンビアにいるのですが、力になってもらえないかと思って電話したのです」

「おぉ、菅原さん、今アフリカですか。ライオンとでも昼寝を愉しんでいるんですか」

井上がきつい冗談で挨拶をしてくる。

「井上さん、実は……」そう言って話しを切り出した。ガンビア航空の現状、小西フリートの2番機の到着見込みがないこと、1番機がオンボロで本来なら飛べないのを、無理して飛んでいること、だから、何とか早急に1機都合して貰えないだろうか、それらをありのままに伝えた。

事情をよく理解した井上は、打てば響くように答えた。

「話はわかった。すぐに全日空商事の方に話をまわして、種々の便宜を図るように言いましょう」

地獄に仏、菅原は井上に感謝し、相手が見えもしないのに電話機に向かって頭を下げた。

それからは、全日空商事と直接の商談となった。1番の問題は搬入の時期である。何しろ1番機はいつまでもつのか、全く心もとない状態である。だから菅原は、1日も早い時点での入手を熱望した。

そんなときに、大井と海老名の両機長が、用事が出来たので日本とフィリピンへ1度行ってきたいと申し出てきた。いま2人に一時的であっても抜けられると、その分、残った菅原たちに負担がくる。しかし菅原は了承した。

「ありがたい。助かります」

2人は大喜びである。

話はそれで終わりかと思ったら、まだ続きがあった。大井が2つ目のお願いを出してきた。

「菅原さん、実はガンビア航空が全日空から2番機を搬入されるそうですが、そのフェリーのとき、僕をコ・パイにして頂けませんか」

本人がフェリーのコ・パイで飛べば、仕事だから自分の日本行き往復旅費がただになるし、フェリーのコ・パイのお金も入る。そういう目論見もあるからだ。菅原は答えた。

「それはダメです。フェリーのコ・パイはそんな楽なもんじゃない。入国や出国、現地通過への両替や支払いは私がやるが、コ・パイはフライトプランの提出や、到着後のプランのクローズド等、地上の業務もこなさなければならない。しかもいろんな国を通るから、考え方も違う。『ハイ、お待ちしていました』となるわけがない。そこを万難を排して切り抜けてこなくてはならない。定期便で、毎日同じルートを飛ぶのとは、わけが違う。今のあなたには無理です。誰かについて習い、何回か経験してからでないと、とても無理。それは諦めてください」

菅原は、「全日空から機を購入する話はでているが、決定したわけではないし、フェリーするとしても何時になるか分からない」ということも伝えた。

結局、大井と海老名はロンドン経由の英国航空で日本にむかった。用意された英国航空の無料券は、菅原が社長のジャローに頼み用意して貰ったものだった。

大井と海老名が2週間の休暇でいなくなると、全ての運航は菅原と坂上の2人で行なわなくてはならない。1便の欠航も無く飛ばすのが彼らのモットーだから、2人は頑張るのだが、地上で運航をサポートするオペレーション部とまた一悶着である。

飛行機が飛行するのに、最大離陸重量を規定以内に収め、さらに人と荷物の位置をバランスよくとって、規定の範囲に入れなくてはならない。そうしないと飛べないのである。それをウエイト＆バランスという。略して〝ウエバラ〟。

つまり定員の半分しか乗らないとしても、その全員が後部に集まったら飛行機は地上にいる段階で尻餅をついてしまう。だから信じられないかもしれないが、ＹＳには念のため支え棒が地上に用意してある。

あるとき、客室掃除の人間が10人くらい一斉に後部に行った。そこに食べ物があるのを知っているからだ。彼らにしてみれば、飛行機がバランスを取らなくてはならないという感覚は全く無く、ただひたすら食べ物のことしか考えない。そして後部に殺到する。すると本当に尻餅をつきそうになったこともあった。

逆に前部に集中すると〝前のめり〟になってしまい、飛び上がれない。それをバランスよく配置し、飛び上がれる規定の範囲にいれるようにするのが地上のオペレーションの仕事である。

ところが、現地のスタッフでこのウエイト＆バランスを理解している者がほとんどいない。おまけに算術の計算もまともに出来ない男が社内で威張っているから始末が悪い。ヨーロッパの高校や大学を出ているのに、電卓を使ってもまともに計算が出来ないのである。

もともと彼らは、「ウエイト＆バランスは機長のやる仕事」だと主張していた。それを菅原は、「世界中どこへ行っても、それは地上のオペレーションのやる仕事だ」と、ようやく納得させたのである。

「キャプテン、ハイこれウエバラです」

数字を見ると出鱈目である。菅原は経験上すぐそれが分かる。そんな訳で、彼らの持ってくるウエイト&バランス表は全く信用が出来ない。

それと出鱈目の理由がほかにもあった。ここガンビアは香港と同じく関税のない自由港である。だから大西洋上にあるカボベルデの島から来た人たちは、ガンビアに買出しに来て、持ちきれないくらいの荷物を持って帰ろうとする。その主たるものは衣料品である。

その人たちのほとんどは商人で、元々は船で荷物の運搬をしていた。ところが飛行機が飛ぶようになると2時間でいけるので、飛行機を利用するようになったのである。

問題は持って帰ろうとする荷物の多さだ。規定重量をオーバーする預け荷物は、カウンターで追加料金を払うことになっている。ところが、ウエイト&バランスなど頭に無い航空会社のスタッフ連中だから、「追加料金よりワイロ」の方に走る。だからワイロをもらってどんどん荷物を乗せる。でも表向きは規定重量しか書かない。

それに加えて、乗ってくる乗客の手荷物もハンパではない。背中に背負えるだけの荷物を背負い、両手に荷物を下げ、それでも足りず頭の上にも荷物を載せてくる。そしてこれが全部手荷物だという。

こうなると、ウエバラの表に書かれた数字は、例え見せ掛けの計算が合っていたとしても、実際とはかけ離れてしまう。

菅原は考えた。

〈とにかく計算の出来ない彼らにいくら言ってもダメだ。1年経ってもこんな調子だろう。するど自衛策を取らざるを得ない。さて、どうするか？〉

かといって、自分たちがいちいちウエバラまでやっていたのでは定時運航に支障をきたす。ところが、〝窮すれば通ず〟でいい案が浮かんだ。全員が乗り込み、全ての荷物の積載が終わった段階で、前輪の支柱の沈み具合をみれば、ウエバラが上手く規定範囲に収まっているか否かが分かることに気付いた。前輪の支柱には〝オレオ〟と呼ばれるショックアブソーバー、つまり衝撃を吸収する油圧の装置がある。その沈み具合を見て判断しようというのだ。

菅原はキチンと正規のウエバラの枠の中にはいるように搭乗人数や荷物の予想に基づいて、あらかじめ何列目からのシートに着席してもらうか決め、それより前方のシートを倒して着席させないように対策をとった。

そして毎飛行の出発前に、オレオのチェックをおこなった。これは大変うまくいった。

いつものように菅原はオレオのチェックをして、機内に戻ろうとしたとき、恰幅の良い中年女性がひとり、最前列に座っているのを発見した。菅原はその女性に向かって言った。

「飛行機のバランスの関係から、お手数ですが後方の席に移動してください」

「私はガンビアの大臣だ。ここに座りたいのだ」

「そうしてあげたいのですが、飛行機は前後のバランスを取らないと飛べないのです。ですから、後部座席のほうへお願いします」

「するとなんですか、私がそんなに太っていて重いから、私のためにバランスがとれないと言うのですか！」

　これには菅原も多分に頭に来た。

「大臣であろうと、誰であろうと、飛行機に乗ったら、キャプテンの言葉が法律です。キャプテンの指示は絶対のものです。早く後の席に移動しなさい」

　菅原はそう言って強要した。

「社長に通報してやる！」と、その大臣は捨て台詞を残しながら、しぶしぶ後方の席に移動した。

　社長に通報されようが、大統領に通報されようが、菅原は痛くも痒くもない。だが菅原はこの女性大臣をみて、民主化の進展度合いの低さを見る思いがした。

〈まぁ、日本の高級官僚も似たようなものだから、その点はアフリカの途上国なみだな〉

　そんな思いを抱きながら、機は離陸した。

　ところで全日空商事との連絡で、ガンビアにまわしてもらう1機は日本で就航中のため、定期便から外すのは、どんなに早くても翌年、つまり1991年、平成3年3月とのことがわかった。

するとそれから整備して引き渡すとなると、どんなに早くても91年の4月末であろうと菅原は推測していた。その機がくるまで、何とか今のオンボロ1号機を飛ばしつづけるしかない。〈それまで、もってくれ！〉菅原は祈るような気持ちであった。

ある日社長室に入った菅原に、社長のジャローは開口一番言った。

「キャプテン、エコーが来る！」

ジャローは、えらいはしゃぎようである。エコーとは、機体番号〝P4YSE〟の最後の〝E〟を指す。Eを航空機業界用語ではエコーと呼ぶ。それは2番機が来ることを意味している。

小西フリートと契約した当事者は社長のジャロー自身だし、契約不履行で困っている処への朗報だから、彼がはしゃぐのは無理もない。

菅原は、とっさに思った。

〈来るわけがない！　またいい加減な情報を信じ込んだな。かわいそうに〉

だが、ジャローのあまりのはしゃぎように、頭から水をかぶせるようなことも言えない。

仮にそのエコーと呼ばれる機が来たとしても、今のオンボロ1番機は遅かれ早かれダウンするに決まっている。するとどうしても2番機としてもう1機必要になる。だから、菅原は今交渉中の全日空機との交渉を断ち切らず、そのまま交渉を進展させた方が賢明であろうと判断した。

ジャローは毎日のように、エコーがもう来るのではないかと空を眺めていた。その後ろ姿は、母親の帰りを待つ子供のようであった。

だが、待てど暮らせど一向に、エコーは何時頃つくと言ってこない。何らの情報もない。日を増すごとにジャローの肩が落ちていく。〈やはりダメか〉そう悟ったジャローは菅原に言った。

「キャプテン、12月に入ったら日本へ行って全日空商事と購入の折衝をしたい。一緒に行ってもらえないだろうか」

「まぁ、乗りかかった船だ。いいでしょう、一緒に行きましょう」

「そうか！　一緒に行ってもらえるか！」

ジャローは地獄に仏のような顔になった。そんなときに社長の机の電話がなった。

「はいジャローです。なに？　大統領が会議に行くのにYS－11を自家用機にして行きたいって！」

変身！　大統領機の機長に

アフリカ各国の大統領会議が11月末にマリという国の首都、パコマで開かれる。それで大統領は定期便を利用してではなく、大統領専用機として行きたくなったらしい。気持ちはわかる。ガンビアから、パコマまではYS－11で片道約3時間半。ちょうどいい距離である。

それでYS‐11に白羽の矢を立てたのだ。

「キャプテン、飛んでくれるか」

「もちろんです。行きましょう」

毎日西アフリカの海岸線ばかり飛んでいた菅原にとって、初めてアフリカ内陸への飛行である。もちろん事前の慣熟飛行などという、気の利いた計画なんかあるわけがなかった。

大統領出発の当日、機体の前に式典のための儀杖隊と軍楽隊が並んだ。赤じゅうたんが敷かれ、奏楽のなか大統領はひとりひとり握手しながらゆっくり歩いて来た。出発式典の格好は立派なものだ。迎えの列の最後は、飛行機に乗り込むタラップの横に立つ菅原だ。大統領は菅原に力強く握手した。

大統領に随行の新聞記者など30人が、その後に乗り込んで、出発である。菅原の操縦するYS‐11は、アフリカ大陸を一路東に針路を取った。離陸して50分経ったときスチュワーデスから機内電話が掛かってきた。

「キャプテン、大統領が操縦席をご覧になりたいと言っておられますが、よろしいでしょうか」

「わかった。大統領はハイジャックしないだろうから大丈夫だ。案内してくれ」

すぐに、大統領はひとりで操縦席にやってきた。

菅原は、簡単に操縦席の機能を説明し、それから左右にゆっくりS字を書くように旋回し、操縦するところをみせた。数分して大統領は言った。

「キャプテン、この機はかなり疲労困ぱいしているらしいね。社長のジャローは口では言わないが、顔を見ていればわかる。何とか次の飛行機が来るまで、この機を飛ばしてほしい。頼むよ」

なんという思いやりだ。細かいところへ気配りができる。さすが大統領だけのことはある。

「わかりました。最善を尽くしてやってみましょう」

さらに雑談をしていると、再びスチュワーデスからの機内電話が鳴った。

「キャプテン、大統領を今しばらくそこに引き留めて置いてください。我々はいまてんてこ舞いです」

普段あまりおいしい料理にありつけない食い意地の張った記者連中が、このときとばかりご馳走にありついて、夢中で食べているという。そんなところへ大統領が帰ってきたら、大変だというわけだ。記者連中のガッついて食べている姿が、思いやられた。

菅原は引き留め作戦にでた。〝夜間飛行の星の綺麗さ、この先には何があるのだろうとうとう未だ見ぬ地へのロマン、ゼロ戦にのって水しぶきをかぶるくらいに水面をすれすれに飛んだ話……〟、どうも彼も空に興味があるらしい。大統領の顔は完全に一個人の顔になっていた。

30分後に操縦室から客席にもどろうとしてドアを開け、振り向いて言った。

「3日後の迎えも頼む」。その顔は再び大統領の顔に戻っていた。

大統領を降ろした菅原は、直ちにガンビアに引き返し、すぐに燃料を積み、午後5時にダカールに向かって飛び立った。

大統領専用機なら、そのまま会議国に滞在していてもいいのだが、あるときは大統領機としても、すぐに民間定期便の飛行機に早変わりしなくてはならない。何しろガンビアにはこの1機しかないのだから。

数日間は多忙を極めた。結局菅原はこのフライトも含め、大統領専用機として都合3回飛ぶことになるのであった。

異例、全日空との機体購入仲介交渉

一段落した12月6日に、菅原と社長のジャロー、そして幹部社員のンガムの3人はロンドン行きの英国航空ＤＣ10の機中の人となった。ロンドンで乗り換え、成田に向かおうというのである。

何しろ暑い熱帯の国から、底冷えのする冬のロンドンに来たのだからたまらない。菅原は夏物の衣服しか身につけていなかったから、すぐにショピング街にでて、1番暖かそうなセーターとジャンパーを買った。

ロンドン発成田行きの飛行機は、当時まだアラスカのアンカレッジ経由であった。日本食が恋しい。菅原は、アンカレッジの空港でうどんのコーナーへ急いだ。屋台風の飾りがしてあり、久しぶりに食べるうどんは旨い。

うどんを食べ終わって、家族へのお土産にと思い、サーモンの燻製や、イクラをしこたま買い込んだ。一緒にいた社員のンガムは、菅原の買いこんだ量の多さにあきれていた。

東京へ着いて、ジャローとンガムを東京全日空ホテルに送り届けた菅原は、すぐに東京・荒川区にある自宅へと向かった。妻の幸子は手料理を作って待っていてくれた。幸子は彼より10歳若いし、久しぶりに見る幸子は一層美しく見える。菅原はビールを片手に、心行くまで手料理を食べた。

久しぶりの満足感に、妻の幸子を抱くのも忘れたように、その場で眠りに入ってしまった。幸子は無理に起こそうとせず、毛布をやさしく掛けてくれた。

翌日、菅原を含めた3人は全日空商事に出向いた。全日空の有力社員である井上も同席した。井上はドイツ出張の前で多忙を極めていたが、何とか都合をつけてきたのである。菅原は、その友情に感謝した。

全日空商事社長の挨拶のあと、すぐに担当部長から、売却候補になっている数機の機体番号、エンジンの残余飛行可能時間の説明があった。引渡しは聞いていたとおり、どんなに早くても、1機目は年明けの4月下旬であった。価格については未だ提示されない。菅原は言った。

「ガンビア航空は弱小国の弱小航空会社です。全日空さんは世界でも最高の収益を上げている航空会社さんなので、値段に関してはひとつ格安で、特段のご配慮を是非お願いします」

ガンビアの現状を訴え、交渉1日目を終えた。

2日目、全日空商事の部長は冒頭から切り出した。

「菅原機長、2機で100万ドルでお譲りしましょう。この値段は当方として格安の値段です。まず、商社の介在なくして取引したことはかつてないことですが、今回は菅原機長が直接こられたこともあるので、全く特別の扱いです。それで価格も大いに勉強しました。これでいかがでしょうか」

話が早いのはいいことだ。100万ドルは140円換算にして1億4000万円。つまり単純計算で1機7000万円である。新品の機体が1機4億5000万円だから、使用年数を考えても安い提示価格と菅原は思った。

いまガンビアで使っているオンボロ1号機は飛べなくなるのは時間の問題である。運航には今後2機必要なのだから、2機まとめて買えばガンビア航空にとっ

全日空とYS−11の異例売却仲介交渉

て都合がいい。しかも現在小西フリートからリースしているのと比較して、今回の2機の価格、その他の条件を勘案してみると、購入した方が格段に有利である。菅原は社長のジャローにそうアドバイスした。

ジャローは全日空商事の部長に言った。

「では、それでお願いします」

「わかりました。では、契約書が出来上がり次第調印ということにしましょう」

交渉はわずか2日だった。菅原に紹介料の謝礼が入るわけではない。もとよりそれをあてこんでいた訳でも無い。ただ、菅原は橋渡しした立場上、大いに嬉しく、かつ安堵した。この契約は、そのまま菅原がガンビアまでYS－11をフェリーすることを意味していた。

だが行く手の航路にあたる中近東は、イラクがクウェートに侵攻し、多国籍軍との湾岸戦争の暗雲がたちこめていた。

行く手に広がる湾岸戦争の暗雲

1991年、平成3年3月、菅原とコ・パイの坂上2人はフェリーのために再び日本を訪れた。テレビからは「ちびまる子ちゃん」の「おどるポンポコリン」が流れていた。当初4月の予定だったフェリーが多少早まったのである。

湾岸戦争は幸いにも停戦となった。しかしそれからわずか2週間しか経っていない。ペルシャ湾、紅海、地中海沿岸を含み、中近東には未だ緊張が漂う。

湾岸戦争がはじまる直前、イラクのフセイン大統領はボーイング707型機を2機、アフリカのモーリタニアの首都のノアクショットに飛ばしてきた。それはハーレムの女子供約300人を避難させるためだった。その2機は、飛んできてすぐ帰るのではない。自動小銃を持った兵に守らせて戦争が終わるまでそこにずっと駐機しているのであった。そんな現実をノアクショットで見ている菅原だから、緊張感が漂うのがよく分かった。


しかし、とにかくこの機をガンビアに運ばなくてはならない。この2番機が運航すれば、たとえ1番機がダウンしても、何とかなる。だから一刻も早く運びたい。アフリカにフェリーするにはやはり地球西回りの方が断然早い。中近東はその航路に当たるのだ。

今回は川辺と、鴨上という男2人を現地でコ・パイとして使うため、連れて行くことになった。つまり整備士を含めて5人乗っての飛行だ。川辺は25歳の混血である。鴨上は奥さんがアメリカ人で家族はアメリカに住んでいる。

今回運ぶ機体はフェリー仕様になっているから13時間半飛べる。3月12日午後12時30分、彼らのYS－11は大阪空港を飛び立った。大阪の真南に向けて飛ぶとパラオがある。まずパラオへ飛び、それからシンガポールへ向かう計画だ。

まず最初のルートは大阪を出てグアム上空を経てパラオに入る航路だ。が、この日は運の悪いことが重なった。

ひとつ目の不運は、強烈な西風だった。紀伊半島の串本上空を過ぎ、無風ならグアムへは針路160度で飛ぶのだが、それでは大きく東に流される。菅原は長年の経験から、通常の針路より、西に45度のコレクションアングルをとった。

つまり飛行機の機首を45度西に振り、偏流修正角を取る。そうすると、風で東に流される分と相まって、飛行機は予定のコース上を飛ぶことになる。しかし、何度のコレクションアングルを取るかは地上から教えてくれるわけではなく、機長である菅原の判断による。

串本から太平洋上に出て、40分も飛んだころ、2つめの不運がやってきた。地上との連絡を取るHFの無線機が故障したのである。YS－11には無線機が2つ装備されていた。近距離用のVHF（Very Hight Frequency＝超短波）と遠距離連絡用のHF（Hight Frequency＝短波）だ。この2つは周波数帯が違う。日本全土上空はVHFでカバーされているが、洋上へでて、遠距離のグアムやハワイとコンタクトする時にはHFの周波帯の無線機が必要なのである。

串本上空から洋上へ出た菅原は、VHFの無線で「東京コントロールへ周波数○○でコンタクトせよ」の指示を受けた。周波数はプライマリーとセカンダリーの2つを伝えてくる。プライマリーが主で、電波状態が悪くてプライマリーで連絡がとれないときは、セカンダリーの周波数を使うためだ。

「ラジャー（了解）」と言ってHFの無線機で連絡を入れようとしたが、壊れていて連絡がつかない。

この無線機が故障すると、エンルートと呼ばれる航路を飛行しているとき、地上との連絡がとれないことを意味する。それでは困るから、菅原はＶＨＦで地上とコンタクトし大阪空港へ引き返すことを決意した。が、この強い西風が邪魔をして、串本まで戻るのに往路の２倍もの時間がかかり、結局大阪空港に帰り着いたのは、午後４時になってしまった。

至急に無線機を取り替え、燃料を補給するよう指示を出した。その間に菅原はパラオの大統領府に電話した。そちらに着くのは明日の夜明け前になる旨を申し出ると、相手は「問題ない。来い」と言う。

午後６時30分、菅原は再び大阪空港を離陸した。串本から洋上にでても西風は相変わらず強い。菅原は同じく45度のコレクションアングルを取った。もしこれが当たらなかったら、グアムにはたどり着けない。

大陸なら多少ずれてもどこかにたどり着く。だがグアムを含めたマリアナ諸島は南太平洋上にある島だ。つまり洋上の点でしかない。針路が数度ずれても、目的の島にたどり着くことはできず、闇夜の洋上を燃料が切れるまで飛び続けることになる。

菅原は１時間飛ぶごとにコレクションアングルを10度少なくして、飛びつづけた。それは大正解であった。ピタリとコース上に乗っていた。硫黄島の少し手前で、グアムレデオが菅原の機を呼んできた。

グアムレデオは、菅原機のトランスポンダーが出すパルス電波をキャッチし、レーダーに映ったので呼びかけてきたのだ。それはちょうど良いコースに乗っている事を意味した。

菅原はグアムとコンタクトし、針路をパラオに向けた。途中のヤップ島上空ではホノルルへポジションレポート（位置通報）し、パラオ上空で再びホノルルを呼び出し、フライトプラン（飛行計画）をクローズドした。これらの時使う時刻はグリニッジ世界標準時を使い、24時間法を用いる。したがって飛行記録を書くログブックにも、国際間を飛ぶときはこの世界標準時で書く。

パラオ上空に差しかかったのは午前4時台だった。空港には全く人はいない。日本ならいくら真夜中だって、空港の近くなら街路灯や何かの光があるだろうが、ここパラオは漆黒の闇。

そんな中、上空から指定されている周波数で呼びかけると、自動的に滑走路が照らし出され、闇から急に滑走路が現われた。風の向きを知らせる吹流しにも照明がされる。その吹流しを見て、滑走路をどちら側から進入するか判断し着陸した。このパラオはコロール島に無線局があり、滑走路はパラオ本島にある。つまりその2つは別々の島にあるのだ。

しばらく休んでいると、男がひとり現われた。菅原は事前に電話しておいたことを伝えると、

「電話に出た男は、何の権限もない男だ。事前連絡無しで来た飛行機は罰金を払ってくれ。それがここのルールだ」

と言う。そんなことといわれても困るが、経験豊富な菅原は一切逆らわずに答えた。

「ＯＫ分かった。で、いくら払えばいいの？」

と聞き、米ドルで支払った。郷に入らば郷に従えである。

パラオのように空港は、世界中どこでも24時間運用が基本である。誰もいないような空港でも、無線でその空港を呼び出すと、漆黒の闇から突然煌々とライトに照らされた滑走路が現われる。着陸する時だけライトが点く仕掛けだ。

そして着陸後、フライトプランのクローズド、つまり事前に連絡してあった飛行計画を、「これで完了しました」とフライトオペレーションへ連絡を入れるための電話も、無人ながら用意されている。それが空港の本来のありかただ。

菅原の知る限り、世界中で夜空港を閉鎖するのは日本だけである。菅原は日本の航空局は、航空行政を発展させるのではなく、「航空妨害局」ではないかと思うことしきりであった。一般道路も高速道路も24時間利用できる。空港も24時間オープン運用してこそ、航空運輸の機能が効果的に果たせると思うからだ。

菅原が行った世界中の幾多の空港で、夜間着陸できなかったのは、日本以外では只１ヵ所、アフリカ西方の大西洋上にあるカボベルデの島だけだった。そこは山の中腹にあるたくさん風車で発電をしている島だ。夜間運用していないのは、夜間照明施設がないからであった。

菅原は、パラオからシンガポールへと飛び立った。シンガポールのチャンギ国際空港は成田以上の混雑だから、菅原は同国のセレタ空港に機を滑り込ませた。

シンガポールからは、ベンガル湾を抜けスリランカのコロンボを目指した。スリランカを目指す時は、シンガポールから直に入るルートではなく、一旦インドの南東岸まで飛びそこから南下する。

このルート上で今度は、前線が菅原たちの飛行機を待ち受けていた。菅原は、この前線はたいした事はないと判断し、その前線を突っ切ろうとした。全員に対してベルトをしっかり締めるように指示を出した。

前線の中の乱流は予想以上に激しかった。4点式のベルトは菅原の肩に食い込む。機はそのくらい激しく乱高下する。そんなときは成り行きに任せて、決して無理な操作をしてはいけない。

ようやく前線を抜けたので、菅原はトイレにたった。客室にいたひとりが菅原に言った。その男は室内に積んだフェリーのタンクにしがみついていたが、機が乱高下するたびに足が宙を舞っていたらしい。

「キャプテン、たまりませんよ」

菅原は答えた。

「なに言っとるのよ、このくらいのことで」

頼まれて買った電化製品は、機内最後尾に箱に入って隙間がないように積んであったので、無事だった。

船の長い航海でもそうだが、飛行機も長い航行となるといろんな気象に出会う。いつも穏やかならこんないいことはないが、現実にはそうはいかない。その困難を乗り越えていくのがフェリーである。

機は、スリランカのコロンボからインド西海岸のボンベイ（現ムンバイ）に入った。このボンベイでは、事前着陸の申請をしていなかったのと、深夜に着陸したものだから、手続きに時間が掛かる。ちょっと休憩しながら待って欲しいということになり、ある部屋に案内された。

〈ちょうど良い。その部屋のソファーで毛布を引っかぶって仮眠しよう〉と思った。ところが通された部屋はスチュワーデスのロッカールームだった。

ボンベイは24時間運用の空港だから、深夜と言えどもスチュワーデスが入れ替わり立ち代り入ってくる。インド5000年の歴史にヨーロッパ系の白人系の血が入った女性は、脚がスラリと長く、息を呑むくらいの美人が多い。肩のやわらかい線がなんとも言えず色っぽい。

若い川辺が、

「キャプテン、たまりません。目がさえて寝てなんかいられません」

といってくる。

「そりゃ、美人が嫌いな男はいないだろうから、気持ちはよくわかる。私だって、おちおち寝ていられないんだから」

菅原はミスワールドにインド人が選ばれたと聞いたことがあるが、この美しさなら、さもありなんと思った。

事前の着陸許可は国によって多少異なるが、基本的には無くてよい。商業便、つまり定期便や貨物便は事前の許可がいるが、個人的な飛行機はそれで商売しているわけではないので、原則として国際法上、無害通航権があるからだ。

菅原がフェリーする飛行機は、商業用貨物を運んでいるわけではないので、自家用機と同じ扱いになる。だから、無くても構わない。

菅原たちは、ボンベイの空港を後にして、いよいよ湾岸戦争の影響が残る中東に向かった。目的地はアラビア半島の最南西に位置するイエメン民主主義共和国のエイデンだ。日本ではアデンとよんでいるが、現地ではエイデンと呼ぶ。

紅海からハーブ・アルマンデブ海峡を経てインド洋に出る位置にあるエイデンは、そのすぐ向かいがアフリカ大陸である。エイデンにはスムーズに入ることができた。

3月17日午後6時、菅原たちのYS－11はエイデンを飛び立った。アフリカ大陸の最初の目的地はスーダンのカルツームである。日本ではハルツームというが、現地ではカルツームである。

カルツームはナイル川の上流で、スーダンの首都である。エイデンからはほぼ西の方角になる。エイデンを飛び立ち紅海にさしかかろうとしたとき、北イエメンから無線で呼びかけてきた。

「おまえさん、スーダンのカルツームに行くそうだが、着陸許可はもっているのかい？」

「いゃー、そんなもん、もっていませんよ」

「いや、カルツームは着陸許可を事前に取っておかないと降りられないよ。では、いま問い合わせてみるから、そのまま旋回して待っていてくれ」

「了解。待っている」

10分後に北イエメンの無線が再び呼びかけてきた。

「カルツームに問い合わせたが、残念ながら答えはダメだった。これからどうするか？」

「そうですな、しょうがない、もう1度エイデンに戻ります」

再び菅原のYS-11はエイデンに着陸した。やはり湾岸戦争の影響で中近東の近隣の国々は、飛行機に神経をとがらせているのである。

翌日も、翌々日も埒《らち》があかない。次の日もダメ、その翌日もダメ。とうとう4日経ち、3月22日になった。菅原は意を決した。

「おい、みんな。飛ぶぞ」

世界標準時で12時45分、現地時間で午後4時15分にYS-11は再びエイデンを飛び立った。飛行計画の目的地は、カルツームはダメだから、南のタンザニアの東海岸、インド洋に面したダル・エス・サラームである。

航路としては、針路を南にとり、エイデン湾を縦断し、アフリカの角と呼ばれるソマリアを縦断し、ケニア、そしてタンザニアに入ろうというものだ。飛び立ってすぐに、イエメンの無線が菅原の機を呼んで来た。

「おまえさんダル・エス・サラームに行くそうだが、ソマリアの上を飛ぶんだろう。ソマリアはいま内戦中で、ソマリア上空は許可なしでは飛ばれないぞ。どうするか？」

「あぁ、そうかそうか。では海の上に出てエイデン湾からインド洋に出て、ソマリアを迂回していくよ」

「そうか、それならいいだろう」

菅原は機をどんどん上昇させた。無線ではそう言ったが、迂回する気なんか全くない。高度2万フィート、約6000メートルまで上昇させ、針路を南にとった。エイデン湾を縦断し、ソマリアの上空にさしかかった頃には夕闇が迫ってきていた。

菅原は、敵味方識別のスイッチを切り、両翼端と尾翼にある航海灯など、全部のスイッチを切った。夜陰にまぎれてソマリア上空を突っ切って飛ぼうという訳だ。

空飛ぶ忍者、つまりレーダー以外、肉眼ではその機は見えないのである。そして、わずかに相手が呼びかけてくる無線だけ傍受できるようにしておいた。沈黙の飛行である。若い川辺が機長席の後ろにある、ジャンプシートに来た。

「キャプテン、キャプテン、僕こわいですよ。まだ25年しか生きていないんですよ。今死ぬのはこわいですよ」

「はっはっ、なに言うとるか。そんなもん死ぬときは同じだ。25歳も、60歳も知ったこっちゃないよ。死ぬ時は一瞬だよ。そのときは一緒に死のうや」

「……そうですね」

川辺はしぶしぶ諦めて、席にもどった。

実は、菅原には一応の読みがあった。ソマリアは外国と戦争しているわけではなく、内乱だ。内乱は地上戦だから、外国から攻めてくる飛行機を心配する必要がない。だから高射砲も持たないし、ミサイルも持っていない。菅原は海軍や自衛隊の経験からそのことを知っていたのである。

およそ1時間半後にソマリアを抜け、エチオピア上空に入った。菅原は全てのスイッチを入れ、航海灯も点け、地上と連絡できる状態にした。川辺の顔に血の気がよみがえった。地上とコンタクトし、エチオピアから、ケニアに入った。首都ナイロビは近い。

「キャプテン、タンザニアまでは遠いですね」

コ・パイの坂上が言った。

「そうだな。面倒だ。ダル・エス・サラームにいくのは止めたわ。ケニアのナイロビに降りよう」

「えっ、でもナイロビ空港は、事前の着陸許可が無くて降りると、耳を切られるとエイデンの人が言っていましたよ」

「うーん、変なとこだな。ワシもそう聞いていたから、タンザニアのダル・エス・サラームを目的地にしたのだが、ガンビアに行くのにはえらく遠回りになる。面倒だ。耳を切られてもいいから、ナイロビに降りよう」

菅原は着陸の指示をもらい、機をナイロビの空港に着陸させ、すぐに航務課へ行って言った。

「聞きたいのだが、ここの空港は事前の着陸許可なしで降りたら、耳を切るそうじゃないか」

「はっはっ、そんなことある訳がないじゃないか。ここは何も許可がいらないんだ」

居合わせた航務課の連中が全員、大声で笑った。

「そうか、そうか。ワシは余計な心配をしたようだな」

「燃料は十分あるか。補給しようか」

耳を切られるどころか、逆にいろいろ気を利かせてくれる。聞いていたのとは正反対だった。

ナイロビには夜の9時35分に着いた。小休止の後、菅原たちは夜中の午前1時45分にナイロビを飛び立った。燃料を満タンにしたフェリー仕様のYS－11は13時間半飛べる。

今度は一路アフリカ大陸を横断し、ナイジェリアの大西洋に面した首都、ラゴスまで10時間で飛ぼうというものだ。長距離フライトである。地球を東に飛ぶとすぐ夜があける。しかし今回のように西に向いて飛ぶと、太陽を追いかける格好になるから、夜が明けるのが遅い。

カメルーンからナイジェリアに入り、ラゴスに近づいたとき、ガーナ国の無線が呼んで来た。

「おまえさん、ナイジェリアのラゴスに降りるのか？」

「そうだ」

「あそこへ降りたら、ちょっとやそっとでは離陸させてくれないぞ」

「何？　それはどういうことか？」

「あそこは恐ろしい国。軍政の国だ。軍が政府を転覆させて、軍が独裁をやっている国だ。それでも降りるのか？」

「いや、そんな恐ろしい国はいやだ。降りるのは止めた」

「では、どうする。どこへ降りるつもりか」

「ちょっと待っていてくれ。今から降りるところをさがすから」

菅原は、パイロット用の地図を広げた。するとナイジェリアの2つ西寄りにトーゴという国がある。〈そうだ、ここへ降りよう〉

「我々はトーゴの首都ローメに降りる」

日本ではロメというが、現地ではローメという。

「うん、それならよかろう。ではトーゴに向かって飛べ。よいフライトを」

そう言われて、地上との無線のやりとりは終わった。

コ・パイの坂上が心配そうに菅原に言った。

「この辺はややこしい国が多いから、トーゴは大丈夫ですかね」

「トーゴは東郷元帥からとって国の名前にしたくらいだから、親日派の国だ。大丈夫だ。日露戦争で東郷元帥がロシアのバルチック艦隊を破った。有史以来、白人に有色人種が勝ったのは東郷元帥が初めてなんだ。黒人にとってみれば有色人種の英雄である。それで独立するときトーゴとしたのだよ」

菅原は以前に得た知識を基にそう言った。

トーゴは1960年にフランス領トーゴより独立した国である。それ以前はトーゴランドと呼ばれていた地域である。国名の由来については諸説があって本当のところは分からない。

急に降りることになったから、トーゴの空港の資料を持っていない。菅原は計器飛行をキャンセルし、目で飛ぶ有視界飛行に切り替えた。天気がよいから全く問題ない。滑走路は何番を使っているかさえ分かれば、着陸できる。

滑走路にはその両端に数字が書いてある。例えば「09」とか、「27」とか書いてあって、「ランウエイ09」と言ってくれれば、それは滑走路09と書いてある方から進入せよということだ。その09の数字は磁方位90度を意味している。菅原は無線で使用滑走路を訊き、着陸させた。

早速、航務課に行って、事情を話した。

「ナイジェリアに降りるつもりだったが、やめた方がいいと聞いた。トーゴは親日派の国とのことなので、変更してここへ来た。燃料を補給して欲しい」

「それは正解だ。我々は日本を尊敬している。日本人は歓迎だ。なんでもリクエストを言ってくれ」

アフリカ大陸を横断し、このトーゴまで夜通し飛んできたのだが、太陽を追いかけて飛ぶことになるから、一晩飛んだよりも実際には長く、アラビア半島のエイデンを出て既に21時間経っている。

燃料の補給も終わり、さてホテルに行って寝ようと、菅原は時計を見た。時計は午前10時を指していた。

〈ん？ 今からホテルに行って寝ても、なんか中途半端だな〉

それに、エイデンで4日も足止めを食っていたから、その遅れを取り戻したい気もある。トーゴからガンビアまでは、あと1行程のフライトである。菅原は皆に提案した。

「どうだ、あと1行程だ。このまま飛ばないか」

「いいでしょう」と、全員が同意した。

ガーナ、コートジボアール、マリ、これらの国の上空を次々と通過し、ガンビアに着いたのは世界標準時で17時35分、ここはイギリスと同じグリニッジ標準時の時間帯の国だから、現地は同時刻午後5時35分だった。エイデンを出てから約29時間経っていた。日付は3月23

日を指していた。日本から12日かけての飛行であった。

ガンビアには何時着くとも、何の連絡もしていなかった。途中でそんなことをしていると、それに手間をとられ、どんどん遅れるからである。突然現われた菅原たちのYS－11に、社員はビックリした。

「ジャロー社長、菅原キャプテンが帰ってきた。キャプテンが帰ってきた！」

女子社員が大声で叫んだ。社長のジャローも飛び出してきた。やっと来た2番機。それを見たジャローは菅原に抱きついて喜んだ。

全日空から買ったもう1機も、すぐに引き取りに行く予定だったが、ガンビア航空の金銭的支払がスムーズに行なわれず、先送りとなった。

とにかくオンボロ1号機は魔術師北村のお陰で、老体に鞭打って飛んでいた。だが、さすがのオンボロ1号機も、2号機が来て安心したのか、息を引き取るかのごとくダウンしてしまった。

消えた900万円

全日空から購入の2機目の支払いが先送りになる状態だから、ガンビア航空の経営状態はあまりよくないのだろう。ガンビア航空は、菅原たちに直接給料を払う契約ではあるが、これがまた払いが悪い。

アフリカでは当たり前のことかもしれないが、金に細かい大井は、ことあるたびに会計の女子社員に向かって、「マネー、マネー」と言っていた。その女子社員は大統領の姪《めい》である。彼女は現地通貨をかき集めて給料を大井に払った。

高さにして20センチくらいになる。時刻はもう夕方の5時近くだから、大井はその場で数えることも出来ず、家へ帰って同じ建物に住んでいる女性に手伝ってもらって、お札の枚数を数えた。

翌日、大井はその女子社員に言った。「マネー、マネー、200ダラシー」。200ダラシーは約600円である。

大井は、航空用語の英語は分かっても、日常会話は出来ないので、マネーマネーとだけいうのである。だから今日は鴨上を通訳に使ってさかんに文句を言っている。

「大井さんはこう言っている。数えたら、200ダラシー足りなかった。昨日の現金出納帳と現金が200ダラシーあわないはずだから、調べてくれ。とにかく200ダラシー足りない。払ってくれと言っている」

大統領の姪の女子社員は、目に涙を浮かべている。そこへ、偶然に菅原が入っていった。

「大井さん、なにを言っているの？　どうしたの？」

事情を聞いた菅原は笑い出した。

「あんた、この国で、そんなもの合うわけがないでしょ。合ったら奇跡か偶然だ。そういう国なんだよ、この国は」

実際そうであった。

確かに給料の支払いは多少遅れたり、一部が後払いとなることもあった。年が明けた1992年、平成4年2月に社長のジャローが菅原に言った。

「キャプテン、給料の支払いを少し待ってくれないか」

「そうですか。まぁ、いいですよ」

「それと、全日空から買う2番機だが、4月に日本へ行ってフェリーしてきてもらえないだろうか」

「OK、分かりました。フェリーしてきましょう」

とにかくガンビア航空には今あるYS‐11の1機以外、他の航空機は全くないのである。この機が来れば、ガンビア航空もようやく2機飛ばす飛行機会社になる。再び菅原と坂上は日本に向かった。

日本からアフリカへ向かってのフェリー出発は4月21日、大阪空港からと決まった。前日に大阪空港に入ってほぼ出発準備完了となった。

「じゃ、今夜は日本食のおいしいものでも食べにいきましょうか」

菅原はコ・パイの坂上に言った。

「そうですね、お好み焼きもいいですね」

そのとき全日空商事の若い社員が、書類を持って菅原のところに来た。

「キャプテン、この機体の残金が払われていないので、お渡しすることが出来ません」

「何？　本当か？」

「ええ、この書類を見てください。残金が2万ドル、つまり日本円に直して約260万円未払いなのですよ」

「えっ、それは弱ったな。準備はもう出来ているし。とにかく君からガンビアに電話してみてくれないか」

「わかりました。やってみます。ガンビアとは10時間の時差がありますから、いま現地は深夜です。今日の夕方6時になれば現地は午前8時ですから、その頃に連絡をとってみましょう。キャプテンはその頃どちらにいらっしゃいますか」

「大阪全日空ホテルにいるよ。ルームナンバーはフロントで聞いてくれ。食事も外へ出ないで、ホテルの中でとって、必ず連絡取れるようにしておくから」

そう言って、菅原は大阪空港から市内のホテルに向かった。

ホテルで待てど暮らせど電話は来ない。6時、7時、8時。ようやく電話が来た。

「キャプテン、連絡がとれました。お金はすぐに振り込むと言っています。ですが、現実には1ヵ月くらいはかかるでしょう。どうしますか？」

「他になんか言っていなかったか？」

「ええ、申し上げにくいのですが、できれば菅原キャプテンに立て替えてくれないかと言っておられました」

「そんなことを言っていたか。分かった。では私から直接電話してみよう」

菅原はアフリカへダイヤルした。

電話の向こうで、社長のジャローは立て替え払いをしてくれないかと言う。飛行機の売買に機長が立て替え払いをする話は聞いたことがないが、とにかく払わなくては飛び立てない。

菅原は肚《はら》を決めて、東京の妻の幸子にダイヤルした。

「幸子、実は、機体の代金の一部を立て替え払いすることにした。悪いが明日一番に銀行へ行って、全日空商事の口座に2万米ドル分振り込んでくれないか。電信で頼む。そうすればかろうじて出発に間に合う」

菅原の給料も2月から払われていない。〈本当に払ってくれるだろうか?〉一抹の不安を胸に、YS‐11は、4月21日午前11時05分に大阪空港を離陸した。

大阪→フィリピンのマニラ→シンガポールのセレター→スリランカのコロンボ→インド洋のセイシェル諸島→ケニアのナイロビ→カメルーンのヤウンデ→ガンビアへのルートで飛んだ。

ガンビアに到着したとき、カレンダーはすでに5月となっていた。

立て替えた2万ドルは、わりとすぐに払ってくれた。これでようやくガンビア航空も2機所有となった。これで、かねてから計画のカナリヤ諸島への定期便も就航できるようになるだろう。そう思っていた菅原に、社長のジャローが言った。

「キャプテン、日本人クルーによる飛行は今月の20日をもって終わりとしてくれないか」

「ん、どうしたのよ?」

「実は、アメリカ人パイロットを雇うことにしたんだ。キャプテンひとりの給料は、社長の私を含めた重役4人の給料より高いのですよ」

「そうかもしれんが、私らの給料は特別高いわけではなく、日本ではもっともらっていますよ」

「それは分かります。ですが、アメリカ人パイロットはキャプテンの3分の1で雇えるのです」

その話を聞いて、菅原は思わず苦笑した。戦後、日本の航空を再開したときは、アメリカ人パイロットの手によって行なわれた。そのときアメリカ人パイロットの給料は、とても高かった。だから日本の各社は何とか日本人パイロットを雇い、安いコストであげようとした。

ところが、同じパイロットということで、日本人パイロットの給料も上がった。日本人パイロットには、日本の生活コストを前提に給料を払うから、結局はアメリカ人パイロットの給料を抜いてしまった。

フィリピン・マニラ空港のディスパッチルーム（運航管理室）にて

それはともかく、今度雇おうというアメリカ人パイロットは、かろうじてYS－11を飛ばせる力量だとわかった。定期便機長の予備群クラスである。だから安いのであって、正規の機長ならもっと高い。菅原は、そのことを伝えると同時に、機長とコ・パイ、つまり副操縦士の力量の差は、大いにあることも付け加えた。

それを言っておかないと、社長のジャローはパイロットが足りなくなると、コ・パイの力量しかない者を、勝手に機長として飛ばしかねないからである。

コ・パイが操縦しても、条件のいいときにはそれほど問題ない。だが、機長として飛ぶには全ての状況を判断し、決断しなくてはならない。条件が何かひとつでも予定外のことが起きたら、コ・パイではなかなか処理しきれないのである。

そんなことを考えながら、菅原は答えた。

「いいでしょう。5月20日をもって終了としましょう。それでは私の給料の未払い金、7万ドルを払ってください」

「……キャプテン、それなんですが2万ドルにまけてもらえませんか」

「そうか、これで君らの人間性は分かった。まぁ、いいでしょう。もともと年寄りの隠居仕事できたようなものだから」

〈どうせ払ってくれないなら、2万ドルだけでも貰えた方がいい〉

菅原はそう思ったからイエスと答えた。大幅にまけたのだからすぐ払ってくれるのかと思ったら、そうではなかった。

「キャプテン、すまん。助かる。キャプテンが日本に帰ったらすぐ払うから」

菅原は経験から、とっさに思った。

〈彼らがそんなこと、するわけがないじゃないか！〉

7万ドルといえば約900万円である。それを2万ドル、約260万円で良いと言ったのに、それすらも払おうとしない。菅原は個人的に面識のある大統領に直訴することも考えたが、公私混同をしたくなかった。

菅原は、直訴する代わりに隣国のセネガルにある日本大使館に連絡をとった。日本大使館員はガンビアにやってきた。ガンビアにある日本の名誉領事館員のパキスタン人も来た。彼らは来たことは来たが、何もする様子がない。

菅原は、「この航空会社は政府出資の会社だから、政府か大統領と話をしなくては駄目だ。ぜひそうしてくれ」と進言し、頼んだ。

だが彼らは、菅原の話だけ聞いて、何もしないで帰って行った。

〈なんだ、やっぱり役人て、そんなものか。自分たちの裏金を作ることには一生懸命だが、日本国民のためには、何もしないじゃないか！〉

菅原は、5月下旬に日本に帰国した。

未払い給料は、払われる気配はまったくなかった。菅原は外務省に連絡をとった。外務省は木で鼻をくったような返事をしてきた。菅原は思った。

〈国と国との問題も含めて現地に行って働いてきたのに、日本の役人は全く分かっていない〉そう強く思った。

そのお金は、書類上はいずれ会社からは菅原に支払った格好になり、結局、社長たちのポケットに入るであろうことは、菅原には充分予想できた。そんなことは日常茶飯事の国である。菅原は給料のことは完全に諦めることにした。菅原はダメと分かると割り切りが早い。

〈過去は戻らない。その代わり明日がある〉

明日に向かってテイクオフ

果報は寝て待てというが、それから1年9ヵ月。再びアフリカ・タンザニアのダル・エス・サラームへYS－11をフェリーし、定期便で飛ばして欲しいという依頼が入ってきた。それは菅原が70歳の古希にあと1ヵ月という時であった。

羽田空港で、フェリーするYS－11のタラップを上がる菅原に向かって同行する整備士が言った。

「菅原キャプテン、フェリーって怖くないですか」

「フェリーは腕と度胸だよ。私に、チャールズ・リンドバーグと同じ装備の飛行機で、大西洋を渡れといったら、いくらでも渡る自信はあるよ」

菅原は機長席に座った。

「エンジン・ビフォアースタートチェック。ブースターポンプON……」

コ・パイロットの読み上げるチェックリストの言葉が、菅原の耳に心地よく聞こえた。

「さあ、行くぞ」

菅原はスロットルレバーを前へ倒し、エンジンを全開にした。車輪がスルスルと動き出した。

1994年、平成6年2月25日、菅原の操縦する機は羽田から一路アフリカに向けて飛び立った。

パイロットの腕一本で人生を切り開き、世界を渡り歩いてきた男、菅原靖弘。そのとき彼のログブック総飛行時間は、2万7000時間を超えていた。それは日本人最高位を意味していた。

彼は雲上でつぶやいた。

「わが人生に悔いはなし！」


〈完〉

パイロットの腕一本で、人生を切り開いてきた男、菅原靖弘。
我が人生に悔いはなし。
1990年10月28日、アフリカ・セネガルにて。

＊本書は2002年12月刊『ゼロファイター 大空を翔ける男』（長崎出版）
を改題、加筆修正して文庫化したものです。

あとがき

「飛行機貸して下さい」——

アメリカで飛行免許をとった私は、富山空港ビルの一角にある北陸航空のドアを開けた。私は、郷里である富山の実家の空を自分で飛んでみたかったからだ。

飛行機はレンタカーのように、看板を上げて〝飛行機貸します〟と宣伝はしていないが、実際には貸してくれる。私はそれを知っていた。

私は戦後の昭和24年の生まれだが、小さい頃「ゼロ戦に乗って空を飛ぶ」夢を見た。夢を見た子供の頃はまだ、実際に飛行機を見たことも乗ったこともなかった。漫画でゼロ戦の存在を知った。

戦争は怖くて嫌いだが、なぜか夢に出てくるのはゼロ戦。夢に出てくるシーンは決まって、近所の神社裏手の場所にゼロ戦が風上に向かって今まさに飛び立とうとしているものだった。

私の生まれた大沢野町は風の強いところだ。その南から吹く風にむかって、パイロットは操縦席に座り白いマフラーをなびかせ、キリリと前方を見ている。そのとき私は、なぜかバケツを手に持ち、右手30メートルのところで憧れの眼差しで見ている。洗車ならぬ飛行機を洗う手伝いでもしているのだろう。毎回同じシーンだ。ところがある日、後部座席に乗せてもらって胸が張り裂けそうにしている自分がいた。

「本当に飛び上がるんだ！　うれしい！　怖い！……」

あとはもう覚えていない。

小さい頃から夢見た郷里での飛行。ゼロ戦という飛行機ではないが、それが今実現しようとしている。私の申し出に、北陸航空の小瀬所長が聞き返してきた。

「あ、そうですか。免許はお持ちだとおもいますが、飛行時間はどのくらいですか？」

「単発、多発、グライダーを合計して約120時間です」

「では、一緒に飛んでフライトチェックしましょう。ご存知とおもいますが、それがルールです。それでOKなら、単独でお貸ししましょう。では早速、空へ上がりますか」

そのとき横にいたひとりの小柄だが、エネルギーが全身から溢れるような男が私に声をかけてきた。

「あなた、アメリカのどこで免許を取った？」

「カルフォルニアのコロナ・エアーポートです。ロスから東へ車で1時間位のところです」

「その近くに、チノ・エアーポートというのがあるのだが、そこに世界でただ1機飛べるオリジナルのゼロ戦がある。あなたご存知か？」

「はい、現地の人に聞いて見に行きました」

「そうか。あれはサイパン島で捕獲した私の部隊のゼロ戦五二型なんだよ。私もサイパン島で同型のゼロ戦で空戦をやっていたんだ。捕獲された機は、日本から送られてきたばかりで、まだ機銃などの艤装がすんでいなかった。だから軍の二十一空廠《くうしょう》の支廠が艤装している途中だった。そうこうしているときに米軍が上陸してきて20機ほど捕獲したうちの1機なんだ。軍人なら逃げる時爆破して逃げるだろうが、支廠の職工さんだったから、そのままにして逃げた。それであんな完全な状態で現存しているんだ」

「えっ、あなたはゼロ戦のパイロットだったんですか?」

「ええ、そうですよ。最後は米軍の高角砲にやられて、火だるまになりながら垂直急降下して、サイパン島の飛行場に滑り込んだんですがね」


これが、ゼロ戦パイロット、菅原靖弘氏との出会いだった。昭和57年、１９８２年6月30日のことであった。

私は昭和24年、１９４９年生まれ、菅原氏は大正13年、１９２４年の生まれだから25歳違う。数字的にはゼロ戦のパイロットは現在も生きておられて当然とわかるが、戦後生まれの私には、戦争は遠い昔のことのようにしか思えない。そこに、憧れでもあったゼロ戦パイロットの人が、目の前に時空を越えて現われたように感じた。

以来親交は続いた。あるとき当時氏がお住まいだった名古屋の息子さんのマンションに伺った。アフリカでの2年間の氏の話に聞入り、面白くてさらに、さらにと思っているうち、調子よく飲み過ぎて帰ることができなくなり、廊下でいいから泊めて欲しいと申し出た。すると氏は、「あぁ、分かった。じゃぁ茶木さんはワシの部屋のベッドで寝てくれ。ワシはトイレが近いのでベッド脇の床で寝るから」と言われた。

相当酔っぱらった私はベッドに寝て、夜中に目が覚めた。その時思った。何も苦労していない私が高い位置にある暖かなベッドで寝ていて、身体と命を張って生きて来られた菅原さんが床で寝ているとは……、バチが当たるのではないかと思った。

氏の特異な体験が本にならないかとの思いは前からあった。だがそれを書くには、飛行機の世界が分かり、出来れば操縦経験のある人で、ものが書けて、さらには世界あちこちを歩いてきた人でなくては書けないだろうと思った。見渡してもそんな人はいなかった。だが、ふと気が付いた。ひとりいた。私自身だ。拙くても私ならその要件を満たしている。よし！書こうとその時決意した。

が、書くに当たっては難儀した。飛行機という共通項で繋がった菅原氏と私だが、私は戦争を経験していないので、軍隊の階級も分からなければ、陸上攻撃機と艦上爆撃機がどう違うのかも知らなかった。そんな私だから、その後名古屋から神奈川県の逗子に引っ越された氏の家へ何回も泊まり込みで出掛けた。弁当を持参で行く時もあった。そのとき私はいつも世界史と日本史の本、そして地球儀を抱えて行った。

氏の経験からくる話は、歴史の中のある部分を言っているのであり、そのスケールは地球をベースにしているからである。家へ帰ってきてからも1日に3回、4回と電話する日も多くあった。

そのとき私は、氏がいろいろ話してくださることに対して、「聞ける喜び」を感じた。もし資料だけを元に歴史的考察を加えて書こうと思ったら、10倍の時間をかけても描けなかっただろうと思う。

戦闘機同士の空戦では10メートルまで接近して射撃するときのことや、ゼロ戦を急降下に入れる時は、くるりと回して背面飛行すると同時に急降下に入れた方が早いし、マイナスGが掛からないなどのことは、両手を使ってのジェスチャーがなかったら理解し得なかっただろう。

さらに幸いしたことは、氏は悠悠自適の生活を送られており、私の訪問や質問に多大な時間を割いて下さったことだ。

もうひとつあえて言えば、私自身が世界をいろいろなことで旅した経験と、それに加えて自動車ラリー、ヨット、そして飛行機の操縦をする経験からナビゲーションが分かり、世界を地球儀として見ることがある程度できたことも寄与しているかもしれない。

いつかは書きたいと思い始めてから20年、それがようやく2002年12月に完成した。

氏は「これがワシの人生の全てだ」と言われた。氏の実体験を生でも届けたいと、講演会も数回お願いした。民間人に交じり、現役自衛官の方や、平和祈念展示資料館（総務省委託）の方も参加された。

その氏も、2012年1月22日に旅立たれた。権力にも果敢に立ち向かい、腕と叡智、度胸と信念で世界を翔けた男、菅原靖弘。享年88歳であった。

それが今ここに文庫本として改題し、加筆修正して発行に至った。

氏の視点が、読者の皆様の生きる励みと希望になり、視野拡大に繋がれば大変嬉しく思う次第です。

お読み頂き有難うございました。

そして出版に当たり、お力添え頂いた皆様に心より感謝申し上げます。

2022年2月

茶木《ちゃき》寿夫《としお》

NF文庫

ゼロファイター世界を翔《か》ける！

二〇二二年四月二十一日 第一刷発行

著 者 茶木寿夫

発行者 皆川豪志
発行所 株式会社 潮書房光人新社
〒100-8077 東京都千代田区大手町一-七-二
電話／〇三-六二八一-九八九一㈹
印刷・製本 凸版印刷株式会社
定価はカバーに表示してあります
乱丁・落丁のものはお取りかえ
致します。本文は中性紙を使用
ISBN978-4-7698-3258-4 C0195
http://www.kojinsha.co.jp

NF文庫

刊行のことば

第二次世界大戦の戦火が熄《や》んで五〇年――その間、小社は夥しい数の戦争の記録を渉猟し、発掘し、常に公正なる立場を貫いて書誌とし、大方の絶讃を博して今日に及ぶが、その源は、散華された世代への熱き思い入れであり、同時に、その記録を誌して平和の礎とし、後世に伝えんとするにある。

小社の出版物は、戦記、伝記、文学、エッセイ、写真集、その他、すでに一、〇〇〇点を越え、加えて戦後五〇年になんなんとするを契機として、「光人社NF（ノンフィクション）文庫」を創刊して、読者諸賢の熱烈要望におこたえする次第である。人生のバイブルとして、心弱きときの活性の糧《かて》として、散華の世代からの感動の肉声に、あなたもぜひ、耳を傾けて下さい。